桐城派文庫

皖江歷史文化研究年刊（二〇一八）

桐城派名家年譜

第一輯

汪長林 主編

北京师范大学出版集团
BEIJING NORMAL UNIVERSITY PUBLISHING GROUP
安徽大学出版社

圖書在版編目(CIP)數據

皖江歷史文化研究年刊. 二〇一八. 桐城派名家年譜. 第一輯/汪長林主編. —合肥:安徽大學出版社,2019. 8
(桐城派文庫)
ISBN 978-7-5664-1887-6

Ⅰ. ①皖… Ⅱ. ①汪… Ⅲ. ①文化史—研究—安徽—叢刊②桐城派—作家—年譜 Ⅳ. ①K295. 4—55

中國版本圖書館 CIP 數據核字(2019)第 122988 號

皖江歷史文化研究年刊(二〇一八)·
桐城派名家年譜(第一輯)

汪長林　主編

出版發行:北京師範大學出版集團
安 徽 大 學 出 版 社
(安徽省合肥市肥西路 3 號 郵編 230039)
www. bnupg. com. cn
www. ahupress. com. cn
印　　刷:合肥遠東印務有限責任公司
經　　銷:全國新華書店
開　　本:170 mm×240 mm
印　　張:25. 25
字　　數:313 千字
版　　次:2019 年 8 月第 1 版
印　　次:2019 年 8 月第 1 次印刷
定　　價:59. 00 圓
ISBN 978-7-5664-1887-6

策劃編輯:李加凱　　裝幀設計:李　軍
責任編輯:李加凱　　美術編輯:李　軍
責任印製:陳　如　孟獻輝

編者按

桐城派名家年譜整理乃我校皖江歷史文獻整理之『桐城派文庫』之一部分。桐城派發源於皖江，波及全國乃至海外，在清代文壇以至中國文學史上均屬最有影響之文學流派。其影響延及近代，在當代亦不無啓迪借鑒之功。近年來，桐城派已然成爲皖江文化研究之熱點。我中心作爲皖江文化研究的一個平臺，在條件允許的情況下，對桐城派文獻有計劃地進行整理和研究，使這一珍貴歷史文獻以全新之姿重新展示於世，融合於新文化建設之中，服務於當代，不僅爲我輩之職責，也是當下社會主義新文化建設之要求。

據不完全統計，桐城派名家中有舊譜存世者二十餘部。有鑒於此，我們依據工作計劃對其分批點校整理，以專刊之形式出版。整理的原則是：以桐城派名家年譜或生平事略爲主體，與其有關之資料，如行狀、傳記、墓志銘、墓表等，酌情選擇作爲附録。校點包括以下幾項：①桐城派名家年譜及序跋；②桐城派名家年譜正文部分；③附録（包括譜主行狀、傳記、墓志銘、墓表等）；④校勘標點，依據『皖江文獻叢書』校點體例；⑤編排順序，以譜主生年先後編排。

目録

『皖江文獻叢書』校點體例

(一)總則

一、皖江文獻乃指以安慶爲中心的涵蓋長江之安徽段區域裏孕育、發展所産生并傳存於世之各種文獻。史稱皖江『上控洞庭,下扼京滬,分疆則鎖鑰南北,坐鎮則呼吸東西』,有『萬里長江此封喉,吴楚分疆第一州』之美稱。皖江地區不僅地勢顯耀於東南,且歷史悠久,人杰地靈,文化薈萃,爲後人留下諸多文獻資源。

二、本叢書以皖江文獻爲主體,與其有關之資料,可酌情選擇作爲附録。

三、本叢書校點包括以下幾項:①整理説明;②皖江文獻原刻本序跋;③皖江文獻正文部分;④附録(包括皖江文獻編纂者傳記資料、墓志銘等)。

四、本叢書包括『方志叢書』『桐城派文庫』和其他文獻三部分。

(二)校勘

一、整理之前,應盡力搜集文獻之各種傳本,并確定底本與參校本。

二、於同一事實之載記,凡底本不誤而他本誤者,一般不出校記。

三、底本明顯刊誤,如因形致誤之『己』『已』『巳』之類,可以依據上下文字予以辨識者,徑改而不出校記。

四、底本之訛脱衍倒,可以斷定者,於訛倒處加圓括號『( )』標示,改正之字置於括弧後;於脱漏處添補之字加方括號『[ ]』標識;於衍處加尖括弧『〈 〉』標明,以示删除。重要校改應出校記簡要説明理由。若疑爲訛脱衍倒,而難以確認者,則不加校勘符號,仍存原文,必要時可出校存疑。

五、凡所載之事實,底本與他本文异,但義可兩通,難斷是非者,以校記説明。

六、個别虚字有异而文義無殊者,仍存原文不改,可不出校。

七、凡作者原文避本朝名諱及家諱者,一般不改,缺筆者補足筆畫。引用古書而避當朝名諱者,應據古書及原書改回,并於首見處出校説明,餘皆徑改,不出校。

八、對書中引用之文字,要進行覆核。若引用文字與原書小异但不失其本意者,則存原文不改,亦不出校;若節引文字與原書大异且失其原意者,應出校説明。

九、校碼用漢字數碼加方括號置於所校字句之後,校記附於頁末。

一〇、校記力求簡短，摘引正文僅舉所校詞語，不引全句。

一一、本書采用繁體豎排。

一二、文中通假字、异體字一般保留。

一三、文中如有譯名與現行譯法不同者，仍存原譯。同一譯名在文集中前後互异者亦存其异。

（三）標點

一、標點符號使用依照一九九五年國家頒布之標點符號用法，但具體使用時應注意古代漢語特點，如標點一般不用省略號、連接號與着重號等，冒號、感嘆號、問號儘量少用。

二、韵文一般在押韵處用句號，若爲詞曲，還應考慮譜讀。

三、凡名詞并列而易引起誤會者，用頓號分開。雖爲名詞并列但不引起誤讀處，可不加頓號，如『漢唐』『江淮』『巴蜀』等。

四、引文不完整，末尾不宜用句號者，引文前不用冒號。凡引文衹用引號不加冒號者，引文末尾標點放在引號之外；引號、冒號俱全者，其末尾標點放在引號之内。

五、作者與書名簡稱連用時，用引號標示，如『班書』（指班固漢書）。書名與篇名簡稱連用時，則標書名號，如漢表（指漢書諸表）。

六、書名號内又有書名或篇名時，裏面一層可不標明，如吴汝綸辯程瑶田九穀考之九穀考，可不再

標書名號。同一書中不同篇名連用,按如下方法處理:

漢書:賈誼傳、司馬遷傳、東方朔傳

(四)其他

一、整理時,應依據内容,適當劃分段落。段落劃分宜從大層次着眼,無須過細。

二、整理説明應力求簡要,最多不超過一萬字。

三、整理者撰寫整理説明、簡介、校記時,應注意下列各點:

①凡人物一般均稱名,不稱字、號或别署。如方苞,不稱方望溪等。

②凡地名一律用當時名稱,需要加注今名時用圓括號標示注文,但一般不必加注。

南山先生〔一〕年譜

戴鈞衡撰　汪長林　查昌國點校

戴名世（一六五三—一七一三），字田有，一字褐夫，號南山，又號憂庵、藥身，世稱『南山先生』，桐城（今安徽桐城市）人。康熙四十八年（一七〇九），以第二名進士及第，授翰林院編修。五十年（一七一一）以南山集案獲罪入獄，五十二年（一七一三），坐大逆伏法。身後，其鄉人及四方學者諱其姓名作宋潛虛，以宋出於戴，潛其名而虛擬之。爲文主張『道、法、辭相合，清、氣、神爲一』，要求獨得於心，不入窠臼，且文成而法立。爲桐城派之形成有奠定之功。

其年譜一卷，初纂者姓名已佚。道光間先生族裔戴鈞衡重輯其文爲潛虛先生文集，附潛虛先生年譜於目録之後，亦未著編纂者姓名。該譜取材以本集爲主，較爲簡略，於交游事迹尤闕，惟據南山集偶鈔及吴氏寫本記其文目於每年之内，并於記事之下詳引本集之文爲證。今據光緒十八年（一八九二）所刊潛虛先生文集本整理點校，原題諱作『潛虛先生年譜』，今改作『南山先生年譜』。

先生行略,世多不傳,所僅見者,文中自道。里中吴氏(棄)弃手寫本,及尤刻南山集偶鈔文目之下多繫以年。爰推甲乙,以證終始,於其家乘亦採焉,纂爲年譜,以示來哲。

順治十年癸巳,[先生一歲]。

先生生於是年三月十八日吉時。先生曾祖孟庵先生猶在堂,年五十八。祖古山先生,年四十。父霜崖先生,年二十一。

友人曰:『余少從戴皋亭師游。皋亭,南山先生玄孫也。家藏南山先生年譜,少時見之。戴先生一歲能言。』今皋亭師之子孫無復存,其書不復可得也。

十一年甲午,先生二歲。

十二年乙未,[先生三歲]。

父霜崖先生以是年補縣學生。按先生先君序略云:『歲甲午,年二十一,補博士弟子。』

十三年丙申,[先生四歲]。

十四年丁酉,[先生五歲]。

十五年戊戌，先生六歲。

是年初從塾師受學。按先生時文全集序云：『(予)余自六歲從塾師受學，凡五年而「四書」「五經」讀已畢。』

十六年己亥，[先生七歲]。

十七年庚子，[先生八歲]。

十八年辛丑，先生九歲。

弟平世，以是年六月十九日生。時霜崖先生授徒廬江。按先君序略云：『歲辛丑、壬寅間，始擔囊授徒廬江。』

康熙元年壬寅，[先生十歲]。

二年癸卯，[先生十一歲]。

三年甲辰，[先生十二歲]。

四年乙巳,[先生十三歲]。

五年丙午,[先生十四歲]。

六年丁未,[先生十五歲]。

七年戊申,[先生十六歲]。

八年己酉,[先生十七歲]。

九年庚戌,先生十八歲。

曾祖孟庵先生,以是年二月十二日卒,年七十有五。按先生響雪亭記:『曾大父爲之銘,有曰「不陰常雨,盛暑猶雪」,遂以名其亭,而命小子記之。』據此,是文作於孟庵先生在時,當在十八歲以前,集中所載,是篇爲最早。

十年辛亥,[先生十九歲]。

十一年壬子，先生二十歲。

是年，始授徒。按先生時文全集自序云：『讀書稍有得，〔年〕已二十矣。先君子束脩之入不足以給饔飧，余亦謀授徒以養親。』

十二年癸丑，〔先生二十一歲〕。

十三年甲寅，〔先生二十二歲〕。

十四年乙卯，〔先生二十三歲〕。

十五年丙辰，先生二十四歲。

是年所作，有正希稿序，有大士稿序、答朱生書、左忠毅公傳。

十六年丁巳，〔先生二十五歲〕。

十七年戊午，先生二十六歲。

是年所作，有老子論二首。

十八年己未,先生二十七歲。

始受知於督學使者劉木齋先生。按先生時文全集隱居以求其志二句題文後自記云:『此與子游子夏二段題文係己未年督學使者劉木齋先生月課首取之作也。二義極蒙先生咨賞,明年遂入縣學,距今踰二十年矣。偶定舊稿,頗欲棄去。念當年文風卑弱特甚,余以文不諧俗蒙詬厲,而外間之知吾文自茲始。後來督學知余者,惟今大司農李公,此外小試及埸屋之文無一不落者。存此,志知己之感也。』

是年所作,有書詠蘭詩後、與王静齋先生書、與趙良治書、窮鬼傳,又有先世遺事記、贈趙良治序、褐夫字説。集中載與王静齋書二首、論一首,抄自吴氏寫本,下注:『己未作。』其短篇抄自尤氏刊本,不知作於何時,當亦己未作也。

十九年庚申,先生二十八歲。

補縣學生。是秋,謁劉木齋先生於句曲。按先生送朱字緑序云:『庚申之秋,余謁劉公於句曲。』父霜崖先生以是年冬十一月十九日卒於陳家洲館次,年四十八。詳集中先君序略。

二十年辛酉,先生二十九歲。

授徒陳家洲。按先生初集原序云:『歲辛酉,余教[授]江濱洲渚之上,菰蘆之中,無可以度日。』又汪河發墓志[銘]云:『余辭出山來江濱,時時憂念。』蓋即仍霜崖先生館地也。

是年編訂霜崖先生遺詩，自訂古文初集、周易文稿。所作有先大人詩序、初集原序、自訂周易文稿序，又有與弟書、先君序略、汪河發墓志銘、『春秋經解三首疑解』、祭錢雲瞻文、鸚鵡贊。

二十一年壬戌，先生三十歲。

授徒舒城郭氏。按先生郭生詩序云：『今年春，余踰岐嶺，浴於湯泉。有郭生者，遣其二子受學於余。』

是年所作，有郭生詩序、潘木崖先生詩序、青布潭記、温泉記、河墅記、紀老農夫説、紀夢、筆贊。

二十二年癸亥，先生三十一歲。

仍客舒城，得交許亦士。按先生贈許亦士云：『乃者客於舒〈城〉，［舒］尤荒陋，而亦士獨爲有志於道者。』

是年所作，有左生生字説、贈許亦士序。

二十三年甲子，先生三十二歲。

仍客舒城。秋應鄉試，遇宿松朱書於舊縣，遂訂交。按先生送朱字緑序云：『歲在甲子，余浮江往金陵，舟次舊縣，登岸與舟子相與語。有兩生攜手立江干，聞余言，前問曰：「子得非桐（城）縣人乎？」余曰：「是也。」一生曰：「桐〈城〉有某秀才，子豈嘗識之？」蓋余姓名也。余曰：「足下何郡人，乃識秀才？」生曰：「吾宿松人也。素知秀才，故問之。」余曰：「足下家宿松，亦知［宿松］有朱字緑者乎？」生曰：「我是也。」余曰：「（某）戴秀才即我也。」因相視一笑。至余舟趺坐，各道平生，則皆大喜過望。』

是年所作，有上劉木齋先生書、送釋鍾山序、送朱字緑序、曹先生傳，又有西園記、楊劉二王合傳、薛大觀傳、陳士慶傳、李逢亨傳、楊維嶽傳。

二十四年乙丑，先生三十三歲。

仍客舒城，館於許氏。按先生書許翁事云，『余客翁家兩載』，『翁季子從余［遊］』。與王雲濤書云：『今歲授經於舒城，舒之司訓何君與足下同（縣）鄉［里］，因爲［書］一通付之以達於左右』。周烈婦傳贊曰：『頃余客舒［城］，與許君遊也，許君爲言烈婦事甚具。』

先生以是歲得選貢生。按邑志：『順治初，題準府州縣學，將文行兼優［者］，（考取）起送入監肄業，名曰貢監。順治八年、康熙（二十）十年、三十四年皆舉行。雍正十一年，乃分貢監名色，廩生準貢，所謂優貢［者］也。』先生是時以廩生選貢，則食餼當在庚申、壬戌、癸亥三歲，不可考矣。時督學使者爲吉水李公振玉。

是年所作，有書［歸］震川文集後、與王雲濤書、周烈婦傳、徐節婦傳、書許翁事、書許榮事。

二十五年丙寅，先生三十四歲。

是冬，入京師。按先生北行日紀序云：『往余居鄉，以教授餬口，不（過）出（二百里）一百之內，歲得一鍰兩鍰，與村學究爲曹伍。計四時中省親一再歸，歸數日即去，雖無安居之樂，亦無行役之苦。後以死喪債負相迫，適督學使者貢余於太學，遂不得已而爲遠（行）役，則始於歲丙寅之冬。』

是年所作，有跋趙孟頫畫、答張氏二生書。按先生與劉言潔書云『偶料檢篋中文字，自丙辰至［於］丙寅［十年間］，所著有蘆中集、天問集、困學集、巖居川觀集，爲删其十之二三，彙爲一集』，則先生是時著作已多矣。

二十六年丁卯，先生三十五歲。

是年，至京師。以選貢生考取補正藍旗教習，考授知縣，應京兆試，被放。有與白藍生書、送蕭端木序、蕭翁壽序、艱貞叟傳、書光給諫軼事。

二十七年戊辰，先生三十六歲。

是年，至京師，客游山東。按先生（前）齊謳集自序云：『戊辰、己巳之間，自燕踰濟，游於渤海之濱，遍歷齊魯之境。同游者數人，與余皆不得志。』又云：『數人者，爲無錫劉齊、武［進］白賓，宿松朱（字緑）書、溧陽史騏生、常熟翁振翼、華亭畢大生、山陰胡賡昌［云］。』按吴氏寫本載，先生是年有代山東學政作條約數則，兹紀同游凡八人，時蓋同膺山東學使之聘，而學使不可稽爲何人矣。

二十八年己巳,先生三十七歲。

仍客山東。是夏,自濟南入京師。按先生李庶常家傳贊曰:『余以己巳之夏自濟南入京師。』又先生蔣度臣詞序云:『歲己巳秋,余自河濟之間入燕。』按二文所紀,夏秋不同者,蓋啟行於夏,稅駕於秋也。

是年所作,有齊謳集自序、與何屺瞻書、張天閒先生八十壽序。

二十九年庚午,先生三十八歲。

居京師,客吉水李少宰邸第。先生桃山鏡石記云:『歲庚午,余客少宰李先生邸第。先生嘗爲余言桃山之勝與鏡石之奇。』

是年所作,有四[逸]園集序、畫石跋、贈劉言潔序。

三十年辛未,先生三十九歲。

居京師,授經太常李愚庵先生家。按李太常案牘序云:『今年客先生家,得覩其案牘一書。』

是年所作,有黄崑圃稿序、李潮進稿序、四家詩義合刻序、戴氏宗譜序、狄向濤稿序。

三十一年壬申,先生四十歲。

祖古山先生,以是冬十月初一日卒。

是年所作，有西河婦荏山女合傳、胡以温家傳，又有一壺先生傳、李烈婦傳、郭烈婦［傳］、張天（常）閒先生八十壽序、送王序綸之任婺源序。

三十二年癸酉，先生四十一歲。

元配李孺人卒。是年，客福建。按先生意園制義〈全集〉自序云：『歲癸酉秋，余自福建還江（寧）鄉。』又己卯作鄭允石制義序云，『往余自浙東踰仙霞，［經］建寧、延平而至福州』，『是時余友孫檢討子未爲福建考官』。今考吴氏寫本，載先生是年有代作閩闈墨卷序，是必代孫檢討作者，先生是年客福建無疑。第考是年所作陳某詩序云『今年春，來京師謁選天官，出其詩示余』，則先生春日猶在京師。合證以意園制義〈全集〉［自］序云云，則秋末又還里，客福建乃夏秋間耳。

三十三年甲戌，先生四十二歲。

是年，客淮上、吴門間。按先生書閻寧前墓志後云，『癸酉之秋，余客榕城』，『明年夏，余游淮上』。慶曆文（牘）讀本序云：『吾友汪君武曹，既舉平日所藏隆慶、萬曆兩朝文（牘）讀本雕刻之以行於世，刻且成，適余過吴門，武曹悉舉以示余，且屬爲之序焉。』又甲戌房書序云：『余與武曹論定甲戌科新進士之文。』又有甲戌房書小題文序。又庚辰小題文選序云：『歲甲戌、丁丑，吾友汪君武曹從事房書之選，余實襄其役。』蓋武曹是時在吴門操選政，先生亦客，是與商榷也。

三十四年乙亥,先生四十三歲。

是年,復入京師。有乙亥北行日紀。按乙亥北行日紀云:『六月初九日,自江寧渡江。先是,浦口劉大山過余,邀與同入燕,余以資用不給未能行。至是,徐位三與其弟文虎來送。少頃,郭漢瞻、吴佑咸兩人亦至。至(江寧)金陵開登舟,距家[僅]數十步耳。』據此,是時先生已移居金陵矣。乙亥北行日紀又云:『余之入京師,至是凡四。』考先生初入京爲丙寅冬,再入京爲己巳夏,此爲四入京,而三入京之年不可考。余意壬申南還,癸酉春復入京,夏客福建,秋季旋里,甲戌客淮上、吴門,遂移居金陵,至此復入京耳。按先生蔡阜亭稿序云:『往余[僑]居金陵九載。』先生以壬午冬自金陵歸居南山,逆推九載,當爲甲戌,則移居在甲戌明矣。

所作,有方百川稿序、書全上選事。

三十五年丙子,先生四十四歲。

居京師。

是年所作,有種樹説、孫檢討課兒草序、送韓某序、李庶常[家]傳、謝烈婦傳、曹氏怪石記,又有吴文煒傳、朱翁詩序。

三十六年丁丑，先生四十五歲。

是春，自京師反金陵。按北行日紀序云：『乙亥之夏，自金陵至燕山，有北行日紀付宿松朱字緑。丁丑之春，自燕山（反）返金陵，有南還日紀付祁門汪獻其。已而獻其卒於客舍，其稿無從尋覓。』

是年所作，有野香亭詩集序、徐文虎稿序、汪武曹稿序、馬宛來稿序、贈顧君原序、張翁家傳，又有袁烈婦傳、吴江兩（烈）節婦傳、闕里紀言序、丁丑房書序、答趙少宰書。

三十七年戊寅，先生四十六歲。

居金陵。母方孺人，以秋九月十二日卒。

是年所作，有徐貽孫遺稿序、吴七雲制義序、弘光朝僞東宫僞后及黨禍紀略、儀真四貞烈合傳、詹烈婦傳、小學論選序、命説。

三十八年己卯，先生四十七歲。

居金陵。

是年所作，有崇禎癸未榆林城守紀略、［崇禎］甲申保定守城紀略、弘光乙酉（楊）揚州城守紀略。操房書選政，有己卯（房）行書小題文序。友人方望溪以是秋領解江南，刊其制義，先生爲作［方］靈皋稿序。又有程偕柳淮南游草序、鄭允石制義序、左尚子制義序、史某制義序、中西經星同異考序、宋嵩南制義序、朱烈女傳、王氏墓表諸作。

三十九年庚辰，先生四十八歲。

春，操房書選政。夏五月，膺浙江學使保德姜公之聘，遂往焉。詳庚辰浙行日紀。姜公詩文、教令多出其手。冬十二月，回金陵。

是年所作，有憂庵記、遊吼山記、北行日紀序、上韓宗伯書〔二〕、庚辰小題文選序、九科文總序〔三〕、庚辰浙行日紀、杜溪文稿序〔四〕、與劉大山書。

按姜公名橚，字崑麓，望溪集有吏部侍郎姜公墓表。

四十年辛巳，先生四十九歲。

正月，復往浙江。有辛巳浙行日紀。集中浙中山水諸記，悉以是年作。是年，門人尤雲鶚爲刻先生古文，凡百有十餘篇，名曰南山集。是時先生已買宅里中之南山，將歸隱矣，曰『南山』，著其志也。友人方百川是冬卒。

是年所作，有遊爛柯山記、古樟記、遊天臺山記、雁蕩記、龍鼻泉記、畫網巾先生傳、再上韓宗伯書〔五〕。

四十一年壬午，先生五十歲。

是年所作，有遊大龍湫記、唐允隆傳、節孝唐孺人傳、送趙驂期序、三山存業序。冬，自江寧歸居南山。

按先生硯莊記云：『自歲丁卯至壬午，凡十五六年，存於友人趙良治所者凡千金。是時吾縣田值甚貴，而良治爲余買南山岡田五十畝，並宅一區。田在腴瘠之間，歲收稻若干。屋多新築，頗宏廠，屋前後長松不可勝計。良（治）治復代余名堂額曰『硯莊』，而余以歲壬午冬，自江寧歸居於此。』

硯莊距余居八九里許，先生之墓在其左。近予嘗過先生墓〔六〕訪求硯莊故址，問之土人，皆不知。至一地，曠然夷衍，平岡環後，繡陌交前，証以先生所作數峯亭記，左右皆合，惟無宅可證，而其後高地又爲懷寧楊氏墳。予徘徊久之，有老者笑謂余曰：『此勝地也，墳中人乃尚書。其前空地，昔戴榜眼居住。』乃知即硯莊所在，蓋先生子孫售之楊氏爲葬地耳。

四十二年癸未，先生五十一歲。

是歲所作，有道墟圖詩序、姚符御詩序、芥舟翁壽序。

四十三年甲申，先生五十二歲。

是年，客姑蘇。按先生時文全集刻本序文末行有『康熙甲申秋日書於姑蘇寓齋』云云。又吴他山詩序云：『他山吴氏，年近八十矣，杖而訪我於姑蘇寓舍。』又戴母湯孺人壽序云：『余所居去官山十餘里，欲徒步往爲壽，適有吴門之役，乃書此使諸弟持往太孺人所。』據此，先生客姑蘇明矣。考先生窮河源記云『康熙四十三年，遣使尋河源，得其處，與元史合。是年予入京師，聞其事，訪得其詳，乃爲記之』，則是先生春、夏、秋客姑蘇,冬蓋由姑蘇入京矣。

是年所作,有吴他山詩序、自訂時文全集序、趙傳舟制義序、讀易質疑序、唐宋八大家文選序、戴母湯太孺人壽序、沈壽民傳、緑蔭齋古桂記、窮河源記。

四十四年乙酉,先生五十三歲。

應順天鄉試,中式第五十九名舉人。里中同榜者四人〔七〕:何隆遇、吴總、吴紹芳、齊芳起。主試者爲錢塘汪公霦,同里姚公士藟。『四書』題:首題『吾嘗終日不食』一章,次題『君〔八〕子之道譬如行遠必自邇』三句,三題『禹惡旨酒』一節。是年,始採朱子語録纂四書大全。

所作,有成周卜詩序、傅天集序、和陶詩序、張貢五文集序、禹貢錐指序、送王雲衢之任新津序、朱[太]孺人壽序、金知州傳、蓼莊圖記。

四十五年丙戌,先生五十四歲。

會試被黜,遂自京師客吴門操房書之選。按先生丙戌南還日紀云:『五月二十八日,抵蘇州寓舍。』程爽林稿序云,『歲乙酉,余在京師』,『明年春夏之間,余自京師南還,客吴門』,『時余方從事房書之役』。劉退庵先生稿序云:『歲丙戌冬,余客吴門,先生亦客吴門,爲日甚久〔九〕。』蓋是冬亦未嘗旋里也。

是年所作,有倪生詩序、劉退庵先生稿序、洪崑霞制義序、儲禮執〔一〇〕制義序、繆太翁遺稿序、楊千木稿序、(辨)辦苗紀略序、恭紀睿賜慈教稿序、温濼家傳、張驗封家傳、方舟傳、成烈婦傳、邵生家傳、紀紅苗事、丙戌南還日紀。

四十六年丁亥，先生五十五歲。

是年春夏，仍客吴門。按先生慧慶寺玉蘭記云，『慧慶寺距閶門四五里而遥』，『歲丁亥春二月，余晝閒無事，獨行野外，因叩門而入』。凌母嚴太安人壽序云：『歲丁亥四月，吴門凌君某介余族婿姜君賦三而來謁。』秋，辭吴門，客江都，偕柳亦適授徒於此。齊天霞稿序云：『歲乙酉，天霞舉於京師。明年，成進士。又踰一年，其同年生方君靈皋爲刊其稿於金陵，而取蘇署所作若干篇附之。時余[方]客淮上，天霞以書來曰：「願有言也。」』按梅文常稿序云：『歲丁亥秋，吾來南陵，客劉氏之（墓）慕園，而文常亦適自郡至。』先生所著四書大全以是冬告成。

是年所作，有章太（古）占稿序、蔡阜亭稿序、程偕柳稿序、梅文常稿序、高工部兩世遺稿序、戴母唐孺人壽序、凌母嚴太安人壽序、何翁家傳、慧慶寺玉蘭記。

四十七年戊子，先生五十六歲。

是年，入京師。按程爽林稿序〔一一〕云：『歲戊子，余將北適京師，過淮上，主爽林家，因得盡見爽林全稿。』先生四書朱子大全成，友人程鳳來以是春二月鐫板行世，有四書朱子大全序。

四書朱子大全一書，予向未之見。庚子春，先生之族孫□以是示予。刻本甚精好，上下方有（殊）硃筆批識，或塗乙，或增補，皆先生親手寫。蓋刻既成後，先生逐年加校，有未安者，仍復審訂，將以重梓也。先生獲罪，此書遂不行於世。乾隆時，金壇王步青爲四書匯參〔一二〕，所採録朱子書與先生略同。不知王氏曾見此書耶，抑先後適相合焉？又此本簡首朱筆識曰：『另换他人名亦可。』亦先生親手寫者？悲夫！

四十八年己丑，先生五十七歲。

是年，會試中式第二名進士，殿試授一甲第二名。里中同傍者有方式濟。總裁爲福建李公光地、陝西趙公廷樞。會試『四書』題：首題『知者樂水』一章，次題『今夫天』二段，三題『孔子之謂集大成』二節。

四十九年庚寅，先生五十八歲。

自後數年，先生著作不傳。

五十年辛卯，先生五十九歲。

是年獲罪。按方望溪文集兩朝聖恩恭紀云：『始戴田有本案牽連人，罪有未減，而方族附尤從〔一三〕重。獄辭具於辛卯之冬，五上，五〔一四〕折本。』又按全紹衣鮚埼亭集〔一五〕前侍郎桐城方公神道碑銘〔一六〕云：『宗人方孝〔一七〕標者，故翰林，失職遊滇中，陷賊而歸。怨望，語多不遜。里人戴名世〔一八〕日記多採其言，姓而不名。事發，吏遂以爲公也。及訊，得知爲孝標。』先生獲罪，世傳以與余生書，據此則另有日記矣。

按望溪集教忠(祠)祠祭田條目〔一九〕序云『康熙辛卯，余以南山集序牽連赴詔獄』，則(全)傳言未足據也。

五十一年壬辰，[先生六十歲]。

五十二年癸巳，先生六十一歲。

是年二月初十日卒。弟輔世自京師扶櫬歸葬於所居南山硯莊之南。

〔一〕南山先生：底本諱作『潛虚先生』，今改。

〔二〕上韓宗伯書：戴名世集作『上大宗伯韓慕廬先生書』。

〔三〕九科文總序：戴名世集作『九科大題文序』。

〔四〕杜溪文稿序：戴名世集作『杜溪稿序』。

〔五〕再上韓宗伯書：戴名世集作『再上韓慕廬大宗伯書』。

〔六〕墓：底本脱，據王樹民重訂戴南山先生年譜校補。

〔七〕人：底本訛作『入』，據王樹民重訂戴南山先生年譜校改。

〔八〕君：底本訛作『甘』，據中庸校改。

〔九〕先生亦客吴門爲日甚久：戴名世集無此十字。

〔一〇〕禮執：底本訛作『執禮』，據戴名世集校改。

〔一一〕程爽林稿序：底本訛作『程偕柳稿序』，據戴名世集校改。
〔一二〕四書匯參：全稱作『四書朱子本義匯參』。
〔一三〕尢從：底本訛作『從尢』，據方苞集校改。
〔一四〕五：底本脱，據方苞集校補。
〔一五〕鮚埼亭集：底本訛作『鮎琦之亭集』，據鮚埼亭集傳本校改。
〔一六〕銘：底本訛作『文』，據鮚埼亭集校改。
〔一七〕孝：底本訛作『學』，據鮚埼亭集校改。
〔一八〕名世：底本作『田有』，據鮚埼亭集校改。
〔一九〕條目：底本脱，據方苞集校補。

方望溪先生年譜

（清）蘇惇元輯　查昌國　王永環點校

方苞（一六六八—一七四九），字鳳九，一字靈皋，晚年自號望溪，學者稱『望溪先生』，桐城（今安徽桐城市）人。康熙四十五年（一七〇六）貢士，以母疾未應殿試而歸。五十年（一七一一）以南山集案牽連入獄，五十二年（一七一三）出獄，隸漢軍籍。雍正元年（一七二三）赦方苞出旗籍。九年（一七三一）授左中允，後歷任侍講、侍講學士、内閣學士及禮部侍郎等。方苞學宗程朱，經學深醇，又長於散文，提倡義法，世推爲古文巨擘，爲桐城派開山之祖。

其年譜一卷，同邑後學蘇惇元編。此譜於方苞經説諸序及奏議間録全文。方苞所爲文有年可考者，輯爲文目編年。又凡與方苞同時之人有評論方氏者，輯爲諸家評論附之。

今據北京圖書館藏珍本年譜叢刊本整理點校。

望溪先生年譜序

鈞衡既刊望溪先生全集，遂取吾友蘇厚子所編年譜坿後，梓既成，爲之言曰：『年譜之作，昉於宋人。自後千餘年，世所謂大儒文人歿後，類必有年譜坿集。第作者，或及其門，或年輩略相後先從遊久故，或孫子述追祖考，乃能詳而無缺，信而不誣。若夫時代間隔，典册亡徵，言之必不能詳，詳者未必無誤，此仁傑、興祖所致憾於靖節、昌黎者也。夫譜之不詳與無譜等，詳焉不信則如勿詳。詳矣信矣，爲之者或識不足以知其人之深，於學行大小、重輕、繁簡失要，則猶不足以饜塞乎尊信者之心。』

吾鄉望溪先生，舊傳其門人王兆符編有年譜。兆符卒先先生二十餘年，其譜缺不備，世亦絶未之見。以故習舉業者，第傳誦先生時文；治古文者，則奉以紹八家之統；治經學者，則謂大義炳然非章句小生所及，而其修身立命，幽隱不欺，與夫忠國愛民，經世大體，則千百中無二三。知者再閱數十載，人遥風往，文獻就湮，承學之士不過即所誦讀者想像大略而已。又先生守道不阿，與世多梗，自安溪、長洲、江陰、高安諸公先後繼逝，同朝媒孽快其嫉心，海内學者苟無據以考其真，將使讀先生書，信爲大賢君子，而無以解於當日傳聞，轉疑明道晰理如先生者尚不無可議，或遂恣爲僞學，蠹聖道而壞人心，豈獨先生一身之顯晦已哉！嗚呼！此厚子年譜所由作也。

厚子於先生之學，信之篤而愛之深。其爲年譜也，積十數年乃成。博而不雜，贍而有體。舉先生立身行己，出處本末，學問源流，一開卷昭然若揭。其爲功，視周益公之於歐陽、李公晦之於朱子、劉伯繩之於山陰，殆有過焉。惟其初意在單行，故於先生經説、諸序及奏議，大者間録全文，以諸家集後年譜例之，可從割削。然而厚子之意，則欲他年有子長、孟堅其人者，得是譜即已洞其質行經綸，毋待遍窺全集。又欲天下未見先生經説者，因是求讀其書，以興學向道。其用心可謂至矣，豈好爲漫冗復疊者哉！余故依而刊之，爲述大恉如此。

辛亥五月，戴鈞衡序。

方望溪先生年譜序

學不足以修己治人,則爲無用之學; 文不足以明道析理,則爲虚浮之文。有行而無學,則其行無本; 有學行而無文章,則無以載道而行遠。故孔子教人『行有餘力則學文』,又以『文、行、忠、信』四者並教,然則學行文章固不可偏廢也。

吾鄉方望溪先生,少時論行身祈嚮,曰:『學行繼程朱之後,文章在韓歐之間。』竊觀先生爲學,固徹上下古今一出於正,而其學行大綱則符乎程朱之旨,至發爲文章則又合四子而一之。其行足以副其學,其文足以載道而行遠。先生少日之志,固畢生力學而允蹈之。顧先生之著述,行義未能盡顯; 奏議載於家譜,世所罕見。或知先生之文章而不知其學行經濟,或徒愛其文之醇潔而不知其文之載道,或知先生經學之宗宋儒而不知其有心得之實。先生居官雖未顯著政績,而其憂國之忠,直言於大臣,潛挽朝廷大事頗多。在書局三十年,承修各書,亦皆頒列學官。其所以扶樹政教,嘉惠士林,實有古大儒名臣之風矣。

惇元壯歲始知篤好先生之書,十數年間常奉以爲師,愧未能希其萬一,而於先生遺文逸事不憚集録。惟先生門人王兆符所編年譜,及先生幼子道興所撰行狀,今皆無傳本; 其他傳狀、碑銘又不能具其學行之詳,用是惜之。竊嘗論近代大儒宗法程朱精詳親切者,以楊園張先生之學爲最。宋以後文家能合程朱、韓歐爲一而純正動人者,以先生之文爲最。昔曾增訂楊園年譜〔一〕,以備考鏡。年來因更搜輯先生學行編爲年譜，庶亦自備楷模，又以俾天下學者知先生學行、文章、經濟之詳，並知爲文必以載道爲貴，毋徒爲浮靡奇詭之辭而已也。

道光二十七年冬十二月，同邑後學蘇惇元謹序。

〔一〕楊園年譜：全名作『張楊園先生年譜』。

康熙七年戊申夏四月十五日，先生生於六合之留稼邨。

先生姓方氏，諱苞，字鳳九，一字靈皋，老年自號望溪，學者稱『望溪先生』，江南安慶府桐城縣人。見本集及方氏家譜、桐城志、上元志。始祖號德益，於宋元之際，由休寧遷桐城縣市鳳儀坊。德益生秀實，爲元彰德主簿。秀實生謙，爲元望亭巡檢。謙生圓，爲元宣使。圓生法，明建文元年舉於鄉，爲四川都司斷事。永樂初，不具賀表被逮，行至望江，自沈於江，事載明史。法生懋。懋生瓘，成化元年舉於鄉。瓘生圭。圭生絅，國子監生。絅生夢旸，爲南安縣丞。夢旸生學尹，縣學生。學尹生大美。見家譜。大美，字黃中，號沖含，萬曆十四年進士，官至太僕寺少卿，是爲先生高祖。見桐城志及家譜。曾祖諱象乾，字廣野，號聞庵，明恩貢生。官按察司副使，備兵嶺西左江。明季避寇亂，僑居江寧府上元縣，由正街後移居土街。見桐城志及本集、家譜。祖諱巘，字漢樹，號馬溪，歲貢生。有文名，官蕪湖縣學訓導，遷興化縣學教諭。見桐城志及家譜。父仲舒，字南董，號逸巢，國子監生。好讀書，胷無畦畛。與黃岡杜于皇濬、杜蒼略岕，同里錢飲光澄之，族祖盦山文諸先生唱和。所作詩三千餘首，以遺逸名。見桐城志及本集、沈廷芳所撰傳〔一〕、家譜。前母姚氏。母吳氏，紹興府同知諱勉之女。吳公，莆田人，寓居六合留稼邨，逸巢公贅焉。見同知紹興府事吳公墓表。兄舟，字百川，長先生三歲，寄上元縣籍廩貢生。性孝友好學，以制舉文名天下，又善古文，而自以爲不足，疾革時，自焚其稿。早世，年三十七。後崇祀鄉賢祠。見兄百川墓志及四君子傳、刻兄百川遺文書後〔二〕、縣志、家譜。弟林，字椒塗。亦孝友好學，善時文。早夭，年二十一。見弟椒塗墓志及家譜。

十年辛亥，先生年四歲。

父嘗鷄鳴起，值大霧，以『雞聲隔霧』命對，先生即應曰『龍氣成雲』。見雷鋐所撰行狀〔三〕及沈傳。

十一年壬子，先生年五歲。

父口授經文章句。見臺拱岡墓碣。

十二年癸丑，先生年六歲。

隨父自六合歸上元。見吳處士妻傅氏墓表。

十三年甲寅，先生年七歲。

祖有舊板史記，父固藏篋中。兄百川時年十歲，百川偕先生俟父出，輒啟篋而潛觀之，故先生所得於史記者，多百川發其端緒云。見從弟辛元評書史記十表後。

十六年丁巳，先生年十歲。

從兄百川讀經書、古文。家貧甚，冬無絮衣，旬月中屢不再食，益厲學。其後兄爲講經書注疏大全，擇其是，辨其疑，相與博究經史百氏之書，更相勖以孝弟。見先母行略、兄百川墓志、與呂宗華書及雷狀、沈傳。

始作時文，前輩一見輒異之。見杜蒼略評讀孟子。

十七年戊午，先生年十一歲。

兄百川往蕪湖，侍大父學署。太公課先生及弟椒塗，誦讀甚嚴。先生嘗曰：『五歲，吾父課章句。稍長，治經書、古文，吾父口授指畫焉』。見臺拱岡墓碣及兄百川墓志。先生未成童，易、詩、書、禮記、左傳皆已能倍誦。見程崟儀禮析疑序。

二十二年癸亥，先生年十六歲。

隨兄百川求友閭巷間，交同里劉古塘捷。見劉古塘墓志。

二十五年丙寅，先生年十九歲。

交高淳張彝歎自超。見四君子傳序。太公攜歸安慶應試，交宿松朱字緑書、同里劉北固輝祖。見朱字緑墓表及四君子傳。過樅陽，宿草舍。晨光始通，錢飲光先生扶杖叩門而入。太公驚問，錢先生曰：『聞君有二子，皆吾輩人，欲一視所祈嚮，恐交臂而失之。』太公呼先生出拜，錢先生答拜，太公跪而相支拄，爲不寧者久之。見田間先生墓表。

先生嘗曰：『苞童時，侍先君子與錢、杜諸先生，以詩相唱和，慕其鏗鏘，欲竊效焉。先君子戒曰：「毋以爲也！是雖小道。」』『非盡心以終世，不能企其成。』『而耗少壯有用之心力，非躬自薄乎？苞用是遂絕意於詩。』見鷹青山人詩序。

二十六年丁卯，先生年二十歲。

循覽『五經注疏大全』，以諸色筆別之，用功少者亦三四周。其後崑山刻通志堂宋元經解出，先生句節字劃，凡三次芟薙，取其粹言而會通之，二十餘年始畢。唐宋以來詁經之書，未有聞而不求、得而不觀者。偶舉一節，前儒訓釋，一一了然於心，然後究極經文所以云之意，而以義理折中焉。年三十以前，有讀尚書偶筆、讀易偶筆、朱子詩義補正。見與吕宗華書及程崟所撰儀禮析疑序。

秋七月，丁大父憂。

二十八年己巳，先生年二十二歲。

夏四月，歲試第一，補桐城縣學弟子員，受知於學使宛平高公素侯諱裔。七月，公招入使院。先生素不好作時文，後此皆高公敦率之。見書高素侯先生手札後〔二則〕及姚薑塢筆記〔四〕。

二十九年庚午，先生年二十三歲。

春三月四日，弟椒塗卒。

秋，應鄉試。房考將樂廖公蓮山諱騰煃、新鄉暢公素庵諱泰兆得先生文，大異之，交論力薦，不售。見〔工科〕給事中暢公墓表。

冬十一月，娶夫人蔡氏。先是，先生以弟椒塗卒，服未終，不娶妻。父母趣之，始娶。禮齊衰期，三月不御內。時七閱月，計已過時，先生猶不忍成婚，入室而異寢者旬餘。族姻大駭，物議紛然，先生乃勉成婚，畢生恨之。見與兄子道希兄弟書。

三十年辛未，先生年二十四歲。

作讀孟子文，杜蒼略先生見之，評曰：『前儒所未發，卻婦人小子所共知。方郎十歲，初爲時文，先兄即勸以「何不舍此而發憤著書」，不意十五年後，所造至此。』見本集。

秋，從高公素侯如京師，館於高公所。見書高素侯先生手札後〔二則〕。交宛平王崑繩源、無錫劉言潔齊、青陽徐詒孫念祖。見四君子傳。

遊太學。安溪李文貞公諱光地見先生文，歎曰：『韓歐復出，北宋後無此作也。』長洲韓文懿公諱菼以文名海內，見先生文，至欲自毀其稿，評先生文曰：『廬陵無此深厚，南豐無此雄直，豈非昌黎後一人乎！』當是時，巨公貴人方以收召後學爲務，天下士集京師，投謁無虛日。公卿爭相汲引，先生非先焉不往，於是益見重諸公間。見沈傳及韓公評語、家譜。

一意爲經學。先生入都，萬季野先生名斯同獨降齒德與之交。季野告之曰：『子於古文信有得矣，然願子勿溺也。唐宋號爲文家者八人，其於道粗有明者，韓愈氏而止耳，其餘則資學者以愛玩而已，於世非果有益也。』先生於是輟古文之學，一意求經義焉。見萬季野墓表。

始讀宋儒書。先生嘗與劉拙修書曰：『僕少所交，多楚、越遺民，重文藻，喜事功，視宋儒爲腐爛，用此年二十，目未嘗涉宋儒書。及至京師，交言潔與吾兄，勸以講索，始寓目，乃深嗜而力探焉。二十年來，於先儒解經之書，自元以前，所見者十七八。然後知生乎宋五子之前者，其窮理之學未有如五子者也；生乎五子之後者，推其緒而廣之，乃稍有得焉；其背而馳者，皆妄鑿牆垣而殖蓬蒿，乃學之蠹也。』見本集。

三十一年壬申，先生年二十五歲。

作高素侯先生壽序，舉蘇老泉上富鄭公書爲壽，懼公『循致高位而碌碌無所成』。高公揭先生文於壁，觀者皆駭，多相戲曰『碌碌無成』，至爲門生姍笑。先生請撤之，公曰：『吾正欲使諸公一聞天下之正議也。』見壽序〔五〕及書高公手札後。

姜西溟先生名宸英，見先生文乃曰：『此人吾輩當讓之出一頭地者也。』見全紹衣祖望所撰神道碑〔六〕及姜與王崑繩書。

先生與姜西溟、王崑繩論行身祈嚮，先生曰：『學行繼程朱之後，文章在韓歐之間。』見王兆符所撰文集序。

三十二年癸酉，先生年二十六歲。

授經涿州。見書歲寒章四義後〔七〕。

秋，應順天鄉試，不售。見送吳東巖序。

三十三年甲戌，先生年二十七歲。

授經涿州。見與劉言潔書。

三十四年乙亥，先生年二十八歲。

館涿州滕氏，疾屢阽危。見教忠祠祭田條目序。復至京師。見陳馭虚墓志銘〔八〕。

三十五年丙子，先生年二十九歲。

居京師，館於汪氏。王兆符來從學。見查詹事墓表〔九〕及王生墓志。

交同里左未生待。未生乃忠毅公之孫也。見左未生墓志。

作讀周官文。姜西溟見之，評曰：『余近四十始遊諸經之樊，方子未三十而所學造此，讀之眼明心開，已而汗下。』見本集。

秋，試順天，報罷。擬不復應舉。見高素侯大理手札。

冬，南歸。見吴處士妻〔傅氏〕墓表。

三十六年丁丑，先生年三十歲。

授經寶應喬氏。見喬紫淵詩序。

三十七年戊寅，先生年三十一歲。

館寶應。

冬，學使滏陽張公樸園諱榕端，招至使院。見贈魏方甸序。

高公素侯以書督應鄉試。見書高素侯先生手札後[二則]。

三十八年己卯，先生年三十二歲。

舉江南鄉試第一。主考爲韓城張公景峯諱廷樞、太原姜公崑麓諱橚。房考爲宗公。見張公逸事及吏部侍郎姜公墓表。

三十九年庚辰，先生年三十三歲。

春正月，如京師，試禮部，不第。夏四月，南歸。見兄百川墓志。

秋七月，兄百川自安慶歸，疾遂篤。見兄百川墓志。

四十年辛巳，先生年三十四歲。

冬十月二十一日，兄百川卒。百川疾逾年，先生常雞鳴時起，視治藥物以進。見妻蔡氏哀辭。及兄卒，執喪過禮，過期猶不復寢。父曰：『親親有殺，與父在爲母無別矣。』先生自是殫心於所以制禮之義，有得，則以教諸子。見兄子道希喪禮或問跋。

四十一年壬午，先生年三十五歲。

春正月三十日，長子道章生，側室楊氏出。見家譜。

三月，葬兄百川、弟椒塗，各爲墓志銘。其後以陰流入壙，起攢。見兄百川墓志。

四十二年癸未，先生年三十六歲。

春，至京師再試禮部，不第。交蠡縣李剛主塨，聚王崑繩寓，與剛主論格物。見李剛主恕谷後集。

四十三年甲申，先生年三十七歲。

秋七月，移居由正街故宅之將園。先是，副使公遷上元，始居於此。其後定居土街。宅出質，園無主，遂盡毀。先生因太公年老不能出遊，乃謀復是宅，至是入居。修葺浚築，有高樹、清池、蔬圃。太公日召故人，歡飲其間。太公歿後，又構堂室，奉太夫人居之。每飯後，先生扶太夫人循廡觀僕婢蒔花灌畦，或立池上觀月出，而名之曰『將園』，取詩人『將父』『將母』之義也。見將園記。

四十五年丙戌，先生年三十九歲。

春，至京師。遇李剛主於八里莊，再論格物不合。見恕谷後集。

應禮部試，成進士第四名。總裁爲大興李公山公諱録予、溧陽彭公竹如諱會淇。房考爲江都顧公書宣諱圖河。届殿試，朝論翕然，推爲第一人，而先生聞母疾遽歸，李文貞公馳使留之不得。見雷狀、沈傳、家譜。

過揚州，有鹽商吴某求定明歲教其子，以百金爲贄。及抵江南，總督、藩、臬公延先生主講義學，先生乃返吴贄。吴曰：『非先生辭我，勢不能也。贄者，見也。已見，何返？』先生不可，三往返，卒還之。見恕谷後集。

秋七月三日，夫人蔡氏卒，作哀詞。見本集。夫人殁後，薦紳慕先生名，競聯姻。相國熊文端公諱賜履，欲妻以女，先生謝之。又有鄭總兵，家巨富，欲妻之女，願以萬金助妝奩，使可贍九族三黨之餽問者，先生峻辭之。熊尚書一瀟，其子本，爲先生同年進士，密謂先生曰：『鄙人有妹，家君願使侍箕帚。』先生曰：『盛意感甚！惟苞家法，亡妻偕娣姒日夙興，精五飯酒漿，奉卮匜二親左右，令妹能乎？』本咋舌無以應。見恕谷後集。

四十六年丁亥，先生年四十歲。

歸桐城省墓。見己亥四月示道希兄弟。

秋□月，繼室徐氏夫人歸。夫人上元人，内閣中書時敏之女。見家譜。

冬十月四日，父卒。先生以母老疾，酌禮經築室宅之西偏以奉事焉，而不入中門。見劉古塘所撰喪禮或問序。

四十七年戊子,先生年四十一歲。

冬,歸桐城省墓,便入龍眠山。見左仁傳及書公祭先母文後。

四十八年己丑,先生年四十二歲。

歸桐城省墓,便至浮山。見再至浮山記。

五十年辛卯,先生年四十四歲。

是年以後,潛心『三禮』,因以貫徹諸經。見王兆符評語。

冬十一月,以南山集牽連,赴詔獄。是時,左都御史趙公申喬劾編修戴名世所著南山集語多狂悖,先生以集序列名牽連被逮,下江寧縣獄。旋解至京師,下刑部獄。其序文實非先生作也。見本傳及結感録、恕谷後集。

五十一年壬辰,先生年四十五歲。

在獄中,切究陳氏禮記集説,著禮記析疑。其序曰:

自明以來,傳注列於學官者,於禮則陳氏集説,學者弗心饜也。壬辰、癸巳間,余在獄,篋中惟此本,因悉心焉。始視之若皆可通,及切究其義,則多未審者,因就所疑而辨析焉。蓋禮經之散亡久矣，羣儒各記所聞，記者非一時之人，所記非一代之制，必欲會其說於一，其道無由，第於所指之事、所措之言無失焉斯已矣。然其事多略舉一端而始末不具，無可稽尋。其言或本不當義，或簡脫而字遺，解者於千百載後意測而懸衡焉，其焉能以無失乎？

注疏之學，莫善於『三禮』，其參伍倫類，彼此互證，用心與力可謂艱矣。宋元諸儒，因其說而紬繹焉。其於辭義之顯然者，亦既無可疑矣，而隱深者則多未及焉。用此知古書之蘊，非一士之智、一代之學所能盡也。然惟前之人既闢其徑涂而言有端緒，然後繼事者得由其間而入焉。乃或以己所得，瑕疵前人，而忘其用力之艱，過矣！余之爲是學也，義得於記之本文者十五六，因辨陳說而審詳焉者十三四，是固陳氏之有以發余也。

既出獄，校以衛正叔集（解）說，去其同於舊說者，而他書則未瑕徧檢。蓋治經者求其義之明而已，豈必說之自己出哉。後之學者有欲匯衆說而整齊之，則次以時代而録其先出者可矣。

見本集。

方爰書上時，同繫者皆惶懼，先生閱禮經自若。同繫者厭之，投其書於地，曰：『命在須臾矣！』先生曰：『朝聞道，夕死可也。』見沈傳及顧用方所撰周官辨序。

金壇王若霖澍閒日入獄視先生，解衣般礴，諮經諏史，旁若無人。同繫者或諷曰：『君縱忘此地爲圜土，身負死刑，奈旁觀姍笑何？』見送王若霖南歸序。

著喪禮或問，其後劉古塘爲之序，稱其於先王制禮之意有灼知、曲盡而非傳注所能及者，撥人心昏蔽而起其善端莫近於是書。初，先生居喪準禮，里中戚友有感而相倣傚者。古塘刊是書示朋友生徒，而江介服行者又漸多也。見古塘序及兄子道希跋。

五十二年癸巳，先生年四十六歲。

春二月，獄決。先生蒙恩寬宥免治出獄，隸籍漢軍。先是，獄具論死，聖祖矜疑，李文貞公亦力救之，獄詞五上五折本，至是章始下。聖祖素知先生文學，三月二十三日，硃書：『戴名世案内方苞學問天下莫不聞，下武英殿總管和素。』翼日，召入南書房，命撰湖南洞苗歸化碑文。越日，命著黃鍾爲萬事根本論。越日，命作時和年豐慶祝賦。每奏進，聖祖輒嘉賞再三，曰：『此即翰林中老輩兼旬就之，不能過也。』命以白衣入直南書房。見本傳、沈傳、兩朝聖恩恭紀。

遣人迎母至京寓侍養。見留保所撰名臣言行録。

秋八月，移直蒙養齋，編校樂律、曆算諸書。先生與渾渚徐公蝶園諱元夢承修樂律。聖祖命與諸皇子遊。自誠親王以下，皆呼之曰先生。時誠親王爲監修，王性嚴，承事者多獲訶責，先生侃侃不阿，遇事持正爭執。王敬之，乃延爲王子師。先生置王子座東向，己南面坐，始就講。見本傳、雷狀、沈傳、全碑及兵部尚書法公墓表。先生雖不與朝政，而密勿機務，多得聞之。是時李文貞公在閣，徐公蝶園尋以總憲兼院長，皆傾倒於先生。先生時時以所見敷陳某事當行、某事當去，其說多見施行。先生苦口直言，不自知其數，雖不能盡從，而二公能容之。欲薦先生，則辭曰：『某本罪臣，不死已爲非望，公休矣。但有所見，必爲公言之，倘得行，則拜賜多矣。』見全碑。

周官辨成。先生在館中，徐公蝶園及混同顧公用方諱琮時就問周官疑義，先生詳爲辨析。遇館中後生，則爲講喪服，聞而持行者數人。顧公與河間王振聲謂：『筆之書然後可久存。』先生乃出其在獄所作喪禮或問。又爲周官辨，浹月而成。見顧用方所撰周官辨序。其自序曰：

凡人心之所同者，即天理也。然此理之在身心者，反之而皆同。至其藏伏於事物，則有聖人之所知而賢者弗能見者矣。昔者周公思兼三王，以施四代之政，蓋有日夜以思而苦其難合者。以公之聖而得之如此其艱，則宜非中智所及也。故周官晚出，羣儒多疑其僞。至宋程、張二子及朱子繼興，然後知是書非聖人不能作。蓋惟三子之心幾乎與公爲一，故能究知是書之精藴，而得其運用天理之實也。

然三子論其大綱，而未嘗條分縷析以辨其所惑，故學者於聖人運用天理廣大精密之實，卒莫能窺，而幽隱之中，猶若有所疑畏焉。蓋鄭氏以漢法及莽事詁周官，多失其本指，而莽與歆所竄入者，實有數端。學者既無據以别其真僞，而反之於心實有所難安，故其惑至於千數百年而終莫能解。苟非折以理之至是，而合其心之同然，則是經之蠹蝕終不可去。夫武成之書，周人開國之典册也，守在官府，傳布四方，不宜有譌，而孟子斷爲不可盡信，亦折之以理而已。

余懼學者幸生三子之後，而於是經之義，猶信疑交戰於胸中，是公之竭其心思以法後王者，將蔽晦以終古，故不得已而辨正焉。孟子曰：『能言距楊墨者，聖人之徒也。』以余之淺見寡聞，豈足以有明而志承乎三子？則知道者或猶能察其心，而不以爲妄也夫！

五十四年乙未，先生年四十八歲。

春，删定容城孫徵君年譜，書成，序之。尋作徵君傳。

冬十二月九日，母卒。先是，疾篤，聖祖加恩，賜醫診視。見示道希兄弟。

五十五年丙申，先生年四十九歲。

冬，春秋通論成。先生自癸巳後，供事書局，公事之暇，輒致力於春秋、周官，前後幾三十年。見程崟撰儀禮析疑序。先生在書局，徐公蝶園日請先生講春秋疑義，每舉一事，先生必數全經，比類以析其義。顧公用方與二三君子謂：『非筆之於書，則口所傳能幾？且所傳者遂能一一不失其指意乎？』屢敦促，始成此書。其自序曰：

記曰：『屬辭比事，春秋教也。』凡先儒之説，就其一節，非不持之有故，言之成理也，而比以異事而同形者，則不可通者十八九矣。惟程子心知其意，故曰：『春秋不可每事必求其異義，但一字異，則義必異焉。』然經之異文，有裁自聖心而特立者，如魯夫人入各異書之類是也。有沿舊史而不能革者，稱人、稱爵、稱字、稱名、或氏、或不氏之類是也。其間毫芒之辨，乍言之，若無可稽尋，及通前後而考其義類，則表裏具見，固無可疑者。

抑嘗考詩、書之文，作者非一，而篇自爲首尾，雖有不通，無害乎其可通者。若春秋則孔子所自作，而義貫於全經，譬諸人身，引其毛髮，則心必覺焉。苟其説有一節之未安，則知全經之義俱未貫也。又凡諸經之義，可依文以求，而春秋之義，則隱寓於文之所不載，或筆或削，或詳或略，或同或異，參互相抵，而義出於其間。所以考世變之流極，測聖心之裁制，具在於此，非通全經而論之，末由得其間也。

余竊不自忖，謹師戴記與程子之意，別其類爲三十有六，而通論其大體凡九十章，又通例七章，使學者知所從入。至盡其義類與聖心同揆而無一節之不安，則願後之君子繼事焉耳。

徐公每語人曰：『自程朱而後，未見此等經訓，他日必列於學官。』見顧用方撰本書序。

五十六年丁酉，先生年五十歲。

秋，作四君子傳。其序略曰：

余弱冠，從先兄百川求友，得邑子同寓金陵者曰劉古塘，於高淳得張彝歎。歸試於皖，得古塘之兄北固，於宿松得朱字緑。辛未遊京師，得宛平王崑繩、無錫劉言潔、青陽徐詒孫。其志趨之近者，則古塘、彝歎、言潔、詒孫也；術業之近者，則崑繩、字緑、北固也。余平生昵好、志趨、術業之近，與諸子比者有矣。然其年或先後生於余，而自有其儕；或年相若，而交期則後；惟諸君子同時並出，而爲交皆久且深，故世莫不聞。

癸巳春，余出刑部獄，信宿金壇王若霖寓齋〔一〇〕。金壇王若霖曰：『吾與諸公每私議，南士之相引爲曹而發名於世者，其朋有三焉。行修而學殖者，莫如子之徒；其遇之窮而無一得其所者，亦莫如子之徒也。』因屈指死者七人，皆齎志也。存者三人，則余罹於罰，古塘中歲遘無妄之災,病且聾,彝歎老而無子。相與痛惜者久之。

先兄之殁,余既爲志銘,詒孫、北固有哀辭,字緑有墓表,故弗更著。今作王、張、二劉四君子傳。

春秋直解成,其序曰:

自程朱二子不敢以春秋自任,而是經爲絶學矣。夫他書猶孔子所删述,而是經則手定也。今以常人自爲一書,其指意端緒必有可尋,況聖人之不得已而有言者乎?蓋屈摺經義以附傳事者,諸儒之蔽也。執舊史之文爲春秋之法者,傳者之蔽也。聖人作經,豈預知後之必有傳哉?使去傳而經之義遂不可求,則作經之志荒矣。舊史所載事之煩細及立文不當者,孔子削而正之可也。其月日、爵次、名氏,或略或詳,或同或異,策書既定,雖欲更之,其道無由,而乃用此爲褒貶乎?於是脱去傳者諸儒之説,必義具於經文始用焉而可通者,十四五矣。然後以義理爲權衡,辨其孰爲舊史之文、孰爲孔子所筆削而可通者,十六七矣。

余之始爲是學也,求之傳注而樊然殽亂,按之經文而參互相抵,蓋心殫力屈幾廢者屢焉。及其久也,然後知經文參互及衆説殽亂而不安者,筆削之,精義每出於其間。所得積多,因取傳注之當者並己所見合爲一書,以俟後之君子。其功與罪,則非蒙者所能自定也。

五十七年戊戌,先生年五十一歲。

春二月,命兄子道希、道永權葬父逸巢公、母吴夫人於上元南都石鼈之臺拱岡。見臺拱岡墓碣。

命長子道章就學於李剛主。見李伯子哀辭。

五十八年己亥，先生年五十二歲。

夏四月，遇疾自危，作書示兄子道希字師范兄弟，定祭禮，擬置祭田，定教家之法。見教忠祠祭田條目序。

五十九年庚子，先生年五十三歲。

冬十一月，周官集注成，其序曰：

朱子既稱：『周官徧布周密，乃周公運用天理熟爛之書。』又謂：『頗有不見其端緒者。』學者疑焉，是殆非一時之言也。蓋公之『兼三王以施四事』者，具在是書。其於人事之始終、百物之聚散，思之至精，而不疑於所行。然後以禮、樂、兵、刑、食貨之政散佈六官，而聯爲一體。其筆之於書也，或一事而諸職各載其一節以互相備，或舉下以該上，或因彼以見此。其設官分職之精意，半寓於空曲交會之中，而爲文字所不載。迫而求之，誠有茫然不見其端緒者，及久而相說以解，然後知其首尾皆備而脈絡自相灌輸，故歎其徧布而周密也。

余嘗析其疑義以示生徒，猶苦舊說難自别擇，乃並纂録合爲一編。大指在發其端緒，使學者易求。故凡名物之纖，悉推説之；衍蔓者概無取焉。

蓋是經之作，非若後世雜記制度之書也。其經緯萬端，以盡人物之性，乃周公夜以繼日窮思而後得之者。學者必探其根原，知制可更而道不可異。有或異此，必蔽虧於天理，而人事將有所窮。然後能神而明之,隨在可濟於實用。其然,則是編所爲發其端緒者,特治經者所假道,而又豈病其過略也哉?

十二月二日,幼子道興生,側室楊氏出。見家譜。

六十年辛丑,先生年五十四歲。

周官析疑成,其序曰:

周官一書,豈獨運量萬物,本末兼貫,非聖人不能作哉?即按其文辭,舍易、春秋、文、武、周、召以前之詩、書,無與之並者矣。蓋道不足者,其言必有枝葉,而是書指事命物,未嘗有一辭之溢焉。常以一字二字盡事物之理而達其所難顯,非學士文人所能措注也。

凡義理必載於文字,惟春秋、周官則文字所不載而義理寓焉。蓋二書乃聖人一心所營度,故其條理精密如此也。嘗考諸職所列,有彼此互見而偏載其一端者,有一事而每職必詳者,有略舉而不更及者,有舉其大以該細者,有即其細以見大者,有事同辭同而倒其文者,始視之若樊然淆亂,而空曲交會之中義理寓焉。聖人豈有意爲如此之文哉?是猶化工生物,其巧曲至而不知其所以然,皆元氣之所旁暢也。觀其言之無微不盡而曲得所謂如此,況夫運量萬物而一以貫之者乎!

余初爲是學,所見皆可疑者,及其久也,義理之得,恒出於所疑。因録示生徒,使知世之以周官爲僞者,豈獨於道無聞哉?即言亦未之能辨焉耳。

冬十一月，聞李剛主長子習仁夭，乃作書與之，其略曰：

此子天民之秀，非獨李氏所恃賴也。僕不能自解，豈能爲吾兄解？然有區區而欲言者，言之則非其時，而重傷吾兄之意；不言則於交友之道爲不忠，是以敢終布之。易曰：『洊雷震，君子以恐懼修省。』僕平生所遭骨肉閔兇，殆人理所無，悲憂危蹙中，每自念性質迫隘，語言輕肆，與不祥之氣實有相感召之理。以吾兄之德行醇懿，而衰暮罹此，語天之道有不當然者。竊疑吾兄承習齋顔氏之學，著書多訾謷朱子。習齋之自異於朱子者，不過諸經義疏與設教之條目耳，性命倫常之大原，豈有二哉？此如張、夏論交，曾言議禮，各持所見，而不害其並爲孔子之徒也，安用相詆訾哉？記曰：『人者，天地之心。』孔孟以後，心與天地相似而足稱斯言者，舍程朱而誰與？若毁其道，是謂戕天地之心，其爲天之所不祐決矣。故自陽明以來，凡極詆朱子者，多絶世不祀。僕所見聞，具可指數。若習齋、西河，又吾兄所目擊也。

君子省身不厭其詳，論古不嫌其恕。倘鑒愚誠，取平生所述訾謷朱子之語，一切薙芟，而直抒己見以共明孔子之道，則僕之言雖不當，而在吾兄爲德盛而禮恭，所補豈淺小哉？見本集。

初，先生與王崑繩論學，崑繩不信程朱，盡發其失，且曰：『使百世以下，聰明傑魁之士沈溺於無用之學而不返，是即程朱之罪也。』先生曰：『子毋視程朱爲氣息奄奄人。觀朱子上孝宗書，雖晚明楊、左之直節無以過也。其備荒浙東，安撫荆湖，西漢趙、張之吏治無以過也，而世不以此稱者，以道德崇閎，稱此轉渺乎其小耳。』崑繩聞先生言，終其身口未嘗非程朱。其後先生出刑部獄，剛主來唁，先生以語崑繩者語之，剛主立起自責，取不滿程朱語載經説中已鐫板者，削之過半。先生因舉顔習齋存治、存學二編未愜心者告之，剛主隨即爲更定。至是，先生復作此書與之。見李剛主墓志。

六十一年壬寅，先生年五十五歲。

夏四月，扈蹕熱河。六月，奉命回京，充武英殿修書總裁。見兩朝聖恩恭紀及本傳。

雍正元年癸卯，先生年五十六歲。

以世宗嗣位，覃恩赦歸原籍。見本傳。先是滇遊紀聞案，先生近支族人皆隸漢軍，至是肆赦，上曰：『朕以方苞故，赦其合族，苞功德不細。』先生聞命，驚怖感泣，涕泗交頤。見本傳、雷狀、沈傳。

秋八月，宛平門人王兆符爲敘次文集。見集序。高安朱文端公諱軾來定交，志同道合，無與比者。見敘交。

二年甲辰，先生年五十七歲。

春二月，請假歸葬親，蒙恩給假一年。五月十三日，抵上元。越翼日，展墓。初歸以卜兆未定，不即私室，寓居北山僧舍中，葬畢乃返。見臺拱岡墓碣、清涼寺記、沈傳。

六月丁酉，視臺拱岡父母墓穴，負土定封。見臺拱岡墓碣。

七月，作臺拱岡墓碣。

八月，歸桐城，奉大父柩至上元，且省在桐各先墓，便過浮山。時左未生已故，弔其子秀起。見再至浮山記。

作書示道希兄弟，訓教家法。作大父馬溪府君墓志。

三年乙巳，先生年五十八歲。

春三月二十四日，還京。召見，上憐弱足，命二内侍扶翼至養心殿，顧視訓慰者久之，有『先帝持法』『朕原情』『汝老學，當知此義』之諭，並賜茶芽二器，見聖訓恭紀及本傳。命仍充武英殿總裁。尋欲用爲司業，先生以老病力辭。見全碑。

六年戊申，先生年六十一歲。

冬，仁和沈廷芳來受業。先生曰：『師所以傳道授業解惑，生欲登吾門，當以治經爲務。』廷芳謹受教。先生以所著喪禮或問授之，曰：『喪、祭二禮，事親根本，世罕習者，生其研於斯。』見沈廷芳所撰先生傳書後。

七年己酉，先生年六十二歲。

夏四月，作書示兄子道希〔一二〕：『葬兄百川，必遵遺命與弟椒塗同丘。』道希得札，從命葬於蔣甸。大父司諭公居中，百川、椒塗同封居右，嫂張氏及夫人蔡氏同封居左。見示道希書並跋。其後復以陰流入壙，俱遷葬。見熊偕呂遺文序（一二）、余東木時文序。司諭公遷葬江寧縣石潭菖蒲山。見家譜。

八年庚戌，先生年六十三歲。

是年，議開博學鴻辭科，尋詔三品以上諸臣各舉學與行兼者。諸公問先生以所舉，先生以執友南昌龔孝水纓、歙縣佘西麓華瑞、遊好之久者嘉善柯南陔煜、淳安方文輈楘如四人應之。見送佘西麓序。

安溪官獻瑶來受業。見官獻瑶所撰讀經史文序。

寧化雷鋐見先生於漳浦蔡文勤公諱世遠之齋。文勤即命受業於先生，先生固辭，而答以儕輩之稱者。三四年後，始受而不辭。見送雷惕廬歸閩序。

秋，疾作，命諸子曰：『如我殁，斂時須袒右臂。昔余弟椒塗疾革時，余因異疾，醫者令出避野寺，弟卒，弗獲視含斂，心常悔之，以此自罰也。』見七思注及沈傳。

九年辛亥，先生年六十四歲。

授詹事府左春坊左中允。見本傳。

與常熟蔣文肅諱廷錫、桐城張文和諱廷玉兩相國論征澤望事宜書。

十年壬子，先生年六十五歲。

與西林鄂文端諱爾泰、桐城張文和兩相國書，論制準噶爾澤望事宜，凡十二條。西師征討多年，至是復猖獗，先生之意欲爲嚴軍屯守，撫士蓄力以待可勝之虜，勿爲輕舉深入以邀難必之功。厥後，鄂公奉命馳往軍前傳諭大將軍，旋於十二月奏請邊地屯田事宜五條，其間多採先生之論，奉詔從之。見文集及東華録、惜抱軒集。

夏五月，遷翰林院侍講。見本傳。

秋七月，遷翰林院侍講學士。見本傳。

九月，長子道章舉順天鄉試。見家譜及桐城志。

冬十二月，興縣孫文定公諱嘉淦以刑部侍郎爲順天府尹兼祭酒，勁挺，不爲親王所喜。有自朱邸來，屬先生急奏劾之，當即以代孫公，先生拒不可。其人以禍怵之，先生以死力辭。不日，竟有劾孫公婪贓，孫公下獄。先生謂鄂文端公曰：『孫侍郎以非罪死，公復何顔坐中書？』於是鄂公以百口保之，孫公遂得免。見全碑及雷鋐鄂公逸事〔一三〕。

十一年癸丑，先生年六十六歲。

春三月，奉果親王教約選兩漢及唐宋八家古文刊授成均諸生，其後於乾隆初詔頒各學官。見本書並學政全書。

夏四月，擢内閣學士兼禮部侍郎，先生以足疾辭，命仍專司書局，不必辦理内閣事務，有大議，即家上之。先生不能隨班趨直，俱荷矜容，先生感激流涕，以爲不世之恩，當思所以不世之報。然自是益不諧於衆矣。見本傳、全碑及謝授禮部侍郎札子。

六月，教習庶吉士。見本傳。

秋八月,充一統志館總裁。見本傳。奉命校訂春秋日講。見顧用方春秋通論序。

十三年乙卯,先生年六十八歲。

春正月,充皇清文穎館副總裁。見本傳。

秋九月,高宗嗣位,有意大用先生。時高宗方欲追踐古禮,議行三年之喪,特下詔命羣臣詳稽典禮,王大臣令禮部尚書景州魏公廷珍偕先生擬議。魏公與先生爲金石交,以諮先生。先生因欲復古人以次變除之制,隨時降殺,定爲程式,乃作喪禮議。其略曰:

臣等謹按夏商之禮,自孔子已歎其無徵。周衰典廢,後王不降德,司徒不懸象,籍藏故府,黎獻無聞,是以諸侯喪禮,孟子亦未之學。漢興,河間獻王得邦國禮五十六篇上之,而武帝便安秦儀,莫能承用。自東漢、魏晉六朝以逮唐初,羣儒議禮之文尚有引用者,而其書遂亡。自是以後,皇王喪紀類皆隨俗傅會,隱情失義,與禮經不應,用此顯學之儒,深惜庸臣淺識,雖有賢君,不能將順其美,坐使天經地義曠絶不行。猶幸先聖遺文散見周官、儀禮、戴記及七十子所傳述者,猶未盡泯,臣等謹詳考經傳,參互相證,擇其無戾今制而可存古義者,具列九條以聞。

竊惟我皇上徇齊典學,凡聖經賢傳及儒先所論辨,聖心洞然,具見表裏。伏望立中制節,定爲本朝國恤之經,俾四海臣民,惟皇之極,觀感率由,自飭厥性,永永年代,守爲典法。臣等無任悚息待命之至。

魏公上其議，大臣有不便者，遂格不行。見全碑、江寧志。

先生時領武英殿修書事，請於親王，就直廬持服，未再期，先生不出焉。見尹元孚墓志。

先生所教習庶吉士，二十七日内齋宿館舍，無敢飲酒食肉者，他部院未嘗有也。見汪師韓跋教忠祠禁及家譜。

冬十一月，上請定徵收地丁銀兩之期疏〔一四〕，其略曰：

逦年徵收地丁銀兩，四月完半，十月全完，此於國課無分毫之益，而農民苦累不堪。蓋自三月至六月，正農民耕田、車水、刈麥、插秧之時，舉家男婦老幼雜作〔一五〕，兼雇閒民助力，尚恐後時。乃令〔一六〕奔走鄉城，經營借貸，伺候官府，延接吏胥，以奪其時力，爲累大矣。計一州一縣，富紳大賈，綽有餘資者，不過十數家或數十家。其次中家有田二三百畝以上者，尚可挪〔一七〕移措辦。其餘下户有田數畝數十畝者，皆家無數日之糧，兼樵採負販，僅能餬口。正當青黄不接之時，而開徵比較，典當無物，借貸無門，富豪扼之，指苗爲質，履畝計租，數月之間，利與本齊。是以雖遇豐年，場功甫畢，而家無儋石不厭糟糠者，十室而七也。

在有司，初爲此議，不過慮歲有豐兇，四月已徵其半，則後此徵收爲易耳。不知秋成果有四分五分，小民本不作拖欠國課之想，而守土之吏亦不容其拖欠。若在三分二分以下，則我皇上視民如傷，方且憂其流殍，蠲租賜賑，豈忍預斂其財而不顧其後哉！臣伏念自大行皇帝時，寬陝西、四川徵收之期，六月完半，十一月全完。數年以來，未聞其有逋賦，則少寬徵收之期，於國課分毫無損可知矣。

又上請定常平倉穀糶糴之法疏，其略曰：

常平倉穀定例：存七糶三。有司奉行失宜，必穀價既貴，各州縣始得申詳府、道、藩、臬，請督撫定官價，並示開糶之期。一處文未批發，不敢開糶。不知平糶本以利民，而穀貴早晚無常。若商販衆至，則旬月之間價復大減，是以胥吏得借此要索。苟或上官失察，批發後時，穀貴之期既過，不獨窮民不得邀平糶之恩，而官定之價且不能充。

伏乞我皇上特頒諭旨，嚴飭南方各省督撫，驗察州縣存倉之穀，不用盤倉，三年全然不變，然後可歲存其半。兩年不變，則糶七存三。但逾一年，底面即有霉爛，則春盡糶而秋糴之。其或年歲大歉，本州縣及鄰境穀皆騰貴，春糶之價不足以糴充原數，則詳明上司，銀交郡庫，俟次年有收或鄰境豐穰，如數補糴。至河北五省，倘遇歲歉，春夏穀貴，亦聽各州縣詳明上司，不拘糶三之例。督撫、司道、郡守，止於歲終實覈入倉之數，一至開春，一任各州縣照所定存糶分數，隨時發糶，永杜詳請定價示期之弊竇，則胥吏絶無要索之因，窮民實邀平糶之澤，見在有司可無變爛賠補之累。新舊交代，永絶彼此相持忿争告訐之風。此臣積年博訪周諮，灼見情弊，而後敢入告者。伏乞聖鑒施行。

又上請復河南漕運舊制疏〔一八〕，其略曰：

河以南祥符等五十州縣共徵米十三萬六千七百餘石，康熙二十二年改令全漕折銀，自雍正六年督臣田文鏡疏請改徵至今，槩徵本色於運次交兑。河以南各府州縣俱遠水次，又中隔黄河，厥土墳壤，一經雨雪，牛車淖陷，日行不能十里，而漕期刻不容遲，雇夫盤駁，價且十倍，中家破産，貧民鬻子，恒由於此。請悉照從前折徵定例，解交糧道在衛輝水次官爲採買。

三疏俱下部議行。見本傳及奏議。

乾隆元年丙辰，先生年六十九歲。

春，命再入南書房。見本傳、雷狀、沈傳。

三月，上請備荒政兼修地治疏〔一九〕，其略曰：

竊思救荒宜豫，故周公設保章氏之官，以星土之法、五雲之物，先期而知『水旱降豐荒之祲象』，以修救政。雖其法無傳，然每至夏末秋初，則水旱豐歉之情形十可八九得矣。舊例：報荒必待八九月後，衆口嗷嗷，情狀顯見，然後入告。被災之民朝不及夕，而奏請得旨，動經旬月，流殍者已不知其幾矣。故備荒早，則民無流殍，而國費亦不致過多；救荒遲，則勞費十倍，而功猶不能一二。

伏乞皇上勅下督撫嚴飭州縣，凡有水旱，五六月即據實奏報，七月中旬即覈定災傷分數並乏食人數，造册上聞。蓋一州一縣之中，田有高下，傷水旱被災亦有淺深。但得實報無欺，則災小之地，不過量免被災之户本年正供錢糧十分中幾分。發常平倉穀，招商通糴，勸諭富民，挑塘築堰，賑恤孤寡無告者，而災可弭矣。其災大者，則許動庫金，修城浚隍，整理倉廒官署，以招集附郭貧民。於四鄉相度支河、橋梁、大塘、大堰，招集各鄉土人，官給廩穀，使任浚築。

惟老弱孤寡力不能任土功者，乃計口給粟，則爲數無多，易周而可久。自古救荒之政，莫善於興工築，而其事宜早，若待民已饑疲，則雖壯者亦力不能勝工築矣。見本傳及奏議。

夏六月，上憐先生老病，命太醫時往診視。見本傳。

上以先生工於時文，命選有明及本朝諸大家『四書』制義數百篇，頒布天下，以爲舉業準的。見本傳。充『三禮義疏』館副總裁，見本傳。乃上擬定纂修［三禮］條例疏〔二〇〕，曰：

臣竊惟明初五經大全皆各主一人之説，且成於倉卒，不過取宋元儒者一二家纂輯之書，稍摭衆説以附之。數百年來，皆以爲未盡經義，不稱『大全』之名，是以聖祖仁皇帝特命重修四經，頒布學官，昭示羣士。然惟周易多裁自聖心，所取至約，而前儒未發之藴開闡實多，故特名『折中』；餘三經則曰『彙纂』。我皇上躬履至道，重念先聖遺經未盡闡揚，詔修『三禮』，乃漢唐以來未有之盛事，而『三禮』之修，視四經尤難。蓋易、詩、書有周、張、二程以開其先，而朱子實手訂之；典、謨以下，亦抽引端緒，親授其徒；胡氏春秋傳雖不免穿鑿，而趙啖、二陸、劉、孫、胡、程之精言，採録實多，諸經大義，已昭然顯著。故折中、彙纂但依時代編次先儒之言，而不慮其無所歸宿也。陳澔禮記集〔二一〕説，自始出即不饜衆心，詆議紛起。周官、儀禮，則周、程、張、朱數子，皆有志而未逮，乃未經墾闢之經，欲從大全之例，則無一人之説以爲之宗。欲如折中、彙纂但依時代編次羣言，則漫無統紀，學者終茫然莫知其指要。必特起凡例，俾大義分明，而後兼綜衆説，始可以信今而傳後。

臣等審思詳議，擬分爲六類，各注本節、本句之下：一曰正義，乃直詁經義，確然無疑者。

二曰辨正，乃後儒駁正舊説，至當不易者。三曰通論，或以本節本句參證他篇，比類以測義，或引他經與此經互相發明。四曰餘論，雖非正解，而依附經義，於事物之理有所發明，如程子易傳、胡氏春秋傳之類。五曰存疑，各持一説，義皆可通，不宜偏廢。六曰存異，如易之取象，詩之比興，後儒務爲新奇而可欺惑愚衆者，存而駁之，使學者不迷於所從，庶幾經之大義開卷了然，而又可旁推交通以曲盡其義類。

伏乞聖誨，鑒定施行，以便排纂。

又奏請出秘府永樂大典，録取宋元人經説。俱從之。見奏議及程崟儀禮析疑序。

秋七月，删定管子、荀子成。是二書，先生少時嘗删録，茲復審定而序之。見本序。

冬，上請定經制疏〔二三〕，其略曰：

伏惟我皇上御極以來，發政施仁，敦典明教，無一不本於至誠惻怛之心。用此期歲之中，四海喁喁，嚮風懷德，人心之感動，未有過於斯時者也。但土不加廣，而生齒日繁，遊民甚衆，侈俗相沿，生計艱難，積成匱乏。欲其衣食滋殖，家給人足，非洞悉其根源，矯革敝俗，建設長利，而摩以歲月之深，未易致此。

臣嘗通計食貨豐耗之源，詳思古今政俗之異，竊見民生所以日就匱乏之由實有數端，矯而正之，即漸致阜豐之本。但人情狃於所習，立法之始必多爲異説以相阻撓，愚民無知亦未必皆以爲便，而斷而行之，三年以後饑寒之民可漸少，十年以後中家資聚漸饒，二十年以後則家給人足，而仁讓可興矣：一請禁燒酒，一請禁種烟草，一請飭佐貳官督民樹畜，一請禁粟米出洋外，一請令紳士相度浚築水道。臣所陳五條，皆民間日用細微之事。然通計物材、民用、生長撙節之分數，則植基甚廣而取數多。驟視之，若迂遠而無近功，然漸而行之以久，皆有一二可徵之實效。蓋天地之生財有數，不在官則在民；民生之用物有經，少所損即多所益。惟廣開生物之源而節其流，俾菽粟日多，畜産豐饒，百物皆賤，致銀錢雖難而足衣食則易，然後可積久而致富安也。

臣非不知致治之要：在官恥貪欺，士敦志行，民安禮教，吏稟法程。然是數者，不可以法驅而威禁，必萬邦臣庶，無貴賤貧富，各守其分，而仰事俯育，寬然無憂，然後牖之而易明，導之而易赴。伏惟我皇上審察詳議而斷行之。見奏議。

二年丁巳，先生年七十歲。

夏六月，擢禮部右侍郎。先生仍以足疾辭，詔免隨班趨走，許數日一赴部平決大事。先生雖不甚入部，而時奉獨對。大除授並大政往往諮先生，先生多密陳，於是盈廷側目矣。見本傳、全碑。上請矯除積習興起人材疏〔二三〕，其略曰：

臣伏讀三年中前後諭旨，於臣所陳之積弊，亦既洞晰於聖心而思有以矯革之矣。然所以矯革之者，則有本統焉。文武之政，非其人猶莫舉，而『知人則哲』，帝堯猶難之。治道之興，必內而六部、都察院各得忠誠無私、深識治體者兩三人，然後可以檢制僚屬而防胥吏之姦欺；外而督撫、兩司每省必得公正無欲、通達事理者四三人，然後可董率道府，辨察州縣，以切究生民之利病。能如此者，乃有才、有識、有守，而幾於有德者也。雖數人、十數人不易得，況一旦而得數十人哉？然不如是，終不可以興道而致治也。自古聖君賢主未嘗借才於異代，亦惟我皇上勤心以察之，依類以求之，按實積久以磨礱之，信賞必罰以勸懲之而已。

所謂勤心以察之者，一則明辨部議、會議是非之實也。凡一事之興廢，其利害常伏於數轉之後。故雖周公之聖，猶有仰而思之，夜以繼日，而未得者。況庸常之人，雜以私意而揣摩瞻徇乎？而姦邪文法之吏，每能巧飾偏辭，變亂是非，言之鑿鑿，使觀者難辨。孔子所以惡佞之『亂義』，惡利口之覆邦家也。今內閣擬票，雖有兩簽，從未有摘發部議之非而奏請改議者。古者御史之外別設給事中，專駁宰相成議上及詔旨，而南宋以後，舊典寢廢，以故朱子屢歎之。以臣所聞見，聖祖仁皇帝、世宗憲皇帝暨我皇上，時有盡屏廷議而獨斷其行止者，命下必大服衆心。故臣愚以爲，凡部議、會議有關於國體民生者，勿遽批發，必再三尋覽，以究其事理之虛實、意見之公私。微有所疑，必召素信其忠誠無私、通達事理者，盡屏左右，每人而獨問之，參伍衆說，然後內斷於聖心，此即虞舜『好問』『好察』以輔其『惟精惟一』之學，而孔子所歎爲大智也。抑又聞用人之道，惟知之爲難。凡人之智識，必叩之而後知其材勇，必試之而後見其忠邪誠僞，必久與之習而後得其真。太公望，文王之師也，武王用之，猶反覆窮究，相與問答者凡數萬言。管夷吾，齊國之望，鮑叔牙所深知也，桓公用之，猶每事諮度，相與問答者凡數萬言。方今四海九州，萬事百度，皆總歸於六部，而決於卿貳五六人。每日文書到部最少亦一二百件，苟一事之失其理，則姦心必滋於蠹吏，實害必被於兵民。此即五六人皆至公至明，虛己和衷，日夜講求，尚慮其有失誤，而我皇上於六部卿貳中，灼知其才識，深信其忠誠者，凡幾人乎？古聖王『用人惟己』，必先勞於求賢。臣伏願皇上，惟盛暑嚴寒，宜安養聖躬，不可過勞。外此少有餘閒，即延見廷臣。凡六部、都察院奏事，披覽之下，微有所疑，即召見問訊，使各陳所見。聽其語言，則明昧可知矣。觀其氣象，察其心神，則公正私曲大略可見矣。即有利口而飾爲伉直、邪媚而貌類恪恭者，以我皇上之至誠至明，久與之習，必有呈露於幾微而不能自揜者矣。其餘京堂科道條陳，屢合事理，翰林敷奏，深當聖心者，亦宜慎選其人，俾論班侍直。事有疑難，隨時召問，以習察其志行而劑度其材能。至於大僚中已爲我皇上所深信者，尤宜朝夕燕見，與議論天下之事，以窮究其底藴。果能忠誠無私而又通達事理，則於同官百吏皆能助皇上以檢察而得其實矣。

所謂依類以求之者，天下惟君子與小人，性情心術如水炭之不相入。小人所悦必諛佞側媚者，雖有才智而爲國患更深。樸直清慎者，雖無才智尚可奉公守法，竭力自効。是以周公立政之篇所三致意者，惟勿用憸人而求吉士，以勱相國家而已。所謂憸人，諛佞側媚而有才智者也。所謂勱相，樸直清正之士，雖才智不足而率作策勵，尚可以有輔於庶政也。自古有君子而誤信小人者，斷無小人而能進君子者，故求賢之道必以其類爲招。保舉舊例：臨時按品秩資格，俾各舉一二人。法本無愆，而人多難信。我皇上於在内之九卿，在外之督撫，深信其忠誠無欲者，必各有數人。伏願特下密旨，命盡舉所知，而別其材之所宜，然後考覈試驗而次第用之。比之按資格以汎舉者，必爲得實，而聽請託、利身家之結習，不禁而自除矣。

所謂切實積久以磨礱者，自漢唐以後，雖仍六官之名，而職事多非周官之舊矣。而就今功令所宜秉承者，則吏部之職，非獨按籍呼名循例黜陟也，其實在使請囑者望風而自止、巧法者百變而難欺；户部之職，非獨謹守管鑰會計出納也，其實在明於萬貨滋殖之源、生民實耗之本；禮部，雖奉行舊典而事有特舉，必當酌古準今可爲後法，且寅清端直，無玷其官；兵部之實，在戢將校之驕氣以綏靖兵民，消禍變於無形以折衝萬里；刑部之實，在時情罪之寬嚴以砥維風教，辨四方之僞獄以震懾職司；工部之實，在識海内山川之形勢以知疏鑿之宜，覈水土人功之等差以定工程之度；至於都察院之設，本以肅朝廷之綱紀，儆百吏之官常，劾中外文武大臣之不法。伏願我皇上於部院卿貳，必慎簡忠誠，而以明達者佐之，辨其材之所宜，而各責之以實，使日夜訓勵其僚屬，而隨時以進退之，則中材以上，咸自矜奮，數年以後，公正之風可作，而練達事理者亦漸多矣。

所謂信賞必罰以懲勸者，凡中人之志行，多以奬進激勵而成。平時主部議者不過正卿中一二人，主會議者不過九卿中數人，順從緘默者長得自安，據理直言者必遭忌嫉。積習爲常，所以靡靡日趨於瞻徇，而非果竟無人也。儻我皇上時時延見，一一考驗，忠誠者篤信之，明達者褒嘉之，懷私者廢斥之，庸昧者退罷之，則旬歲之間，勃然而興起矣。世宗憲皇帝於大計保舉之員贓罪敗露，督撫降調，司道革職，條例甚嚴，而奉行不實。惟奉特旨獨舉一人者，降調甚多，而督撫、司道之計典無聞焉。蓋以所舉衆多不能盡詰，而姑從寬貸耳。用此賂請陰行，舉劾顛倒，無所顧忌。若一依雍正六年定例，執法不移，則孰敢徇私任意以自累乎？自耗羨歸公以後，州縣之繁劇者養廉至千數百金，猶不足以延幕客、辦公事。在内諸司，雖蒙加俸一倍，猶不足以僦屋、賃僕、秣馬、供車。伏願通計天下之耗羨及經賦所餘，詳加籌畫，必使州縣得備其公事，諸司得贍其身家。然後一犯贓私，嚴法不貸。其聲績顯著者，則時賜金帛、進爵秩，而使久於其任。如此，則凡爲吏者，皆得俯仰寬然，潔己以奉公，孰肯苟且行私以自取終身之墜陷乎？信能行此四者，則忠良有恃以不恐，姦邪有術而難施，中外大臣日夜孜孜以進賢退不肖爲己任，庶司百吏皆知奉公守法、潔己愛民之爲安。數年之後，衆正盈廷，官守經法，民無倖心，雖大艱猝投，無難共濟，而況舉先王足民之大經、布前代屢驗之良法，尚何慮其阻撓廢格縱私生事以擾民乎？至於民食既足，則當漸爲禮俗之防；官常既修，則當實講教士之法。内治既定，則興屯衛於邊關，設軍田於内地，使精神可以折衝；立制防於海嶠，謹治教於苗疆，使患害消於未兆，皆宜次第修舉，而臣不敢以爲言，誠以積習不除，人材不足，官常不立，則爲之而必不可成，成之而必不可久也。

凡所陳奏，皆臣五十年來所耳聞目見，確知其狀，不得不入告［聖明］者。臣老矣，生世無幾時。如以臣言爲可用，伏望留臣此摺，以驗羣情，以考治法，時復賜覽。如用臣言而無利於民，無益於國，雖臣死之後，尚可奪臣之爵命，播臣之過言，以示懲責也。昧死上陳，不勝悚息瞻企之至。見奏議。

秋七月，教習庶吉士。見本傳。先生嘗慮辭章聲律未足以陶鑄人材，轉踊其志氣，使日趨於卑小，欲倣朱子學校貢舉［私］議，分詩、書、易、春秋、『三禮』爲三科，而以通鑑、通考、大學衍義附之。詩、書、易附以大學衍義，春秋附以通鑑綱目，『三禮』附以文獻通考。以疑義課試，當路者多謂迂遠，惟高安朱文端公、江陰楊文定公諱名時所見相同。亦以違衆難行，止之。先生猶欲發其端，乃上請定庶吉士館課及散館則例疏〔二四〕，其略曰：

翰林一職，專司文學，河北五路及邊徼遠省與選者甚稀。臣自有知識，竊見内閣九卿出於翰林者十常七八。蓋因職親地近，材識志行之美，易達於天聽。若散在州縣，則或掛於事故，或抑於上官，雖有介節長才，或趦趄以終老。故天下士尤以翰林爲清華而恨不得與。本科進士朝考取備庶常之選者，三十有六人。江南、浙江、江西、湖廣四省數已三十，其餘僅六人耳。豈吴越、三楚而外，材識志行可以登清華列侍從者，竟無其人與？徒以聲律辭章，素所不習者多耳。臣請嗣後江南、浙江、江西、湖廣、福建仍課以詩賦，其餘各省則專治本經義疏，及資治通鑑綱目所載政事之體要，散館之日，試以所專課各二篇，其兼通者亦得自著所長而不相强。如此，則東南之士益留心於經濟之實用，而河北五路以及邊方之士，亦不至困於聲律之未諳，可以陶冶羣材，使爭自淬礪。蓋政事、文學皆人臣所以自效，而政事之所關尤重，使海内昭然知皇上取人不專以文辭，而必求其實濟，則有志之士當益思自奮於聖明之世矣。

疏下諸臣議，格不行。見贈石仲子序及奏議。先生館課不尚詩賦工麗，務覘人學識根柢。經刮目者，多克以名節自立，祁陽陳可齋相國名大受，字占咸。其一也。見雷氏聞見録。

九月，疏陳九卿會議二事：一、九卿中有異議者，宜並列上聞，以俟聖裁；一、詹事科道宜仍與九卿會議，所議不符，亦隨九卿議並奏。疏下總理事務王大臣等議，駁不行。見本傳。

上請定孔氏家廟補祀先聖前母施氏祀典疏,又上請以湯公斌從祀孔廟熊公賜履郭公琇入賢良祠疏,皆格於廷議。見本傳及雷狀、全碑。

十二月,復以老病請解侍郎任,詔許之,仍帶原銜食俸教習庶吉士。見本傳。先是,河督某夙與先生善,既而違衆議,開毛城舖,臺、省二臣爭之,言其不便,坐下獄。先生言於徐公蝶園,爲上言:『不當以言罪諫官。』上即日釋之。先生獨具疏,陳河督之愎。河督大恨,亦思傾先生。禮部薦一貲郎入曹,親王莅部已許之,先生以故事禮部必用甲科,不肯平署。會新拜泰安爲輔臣,起河間魏尚書爲總憲,忌者爭相告曰:『是皆方侍郎所爲,若不共排之,將吾輩無地可置身矣。』自是凡先生所奏疏,下六部九卿議,皆合口梗之。河督亦劾先生,禮部中又有挺身與先生爲難者。先生自知孤立,乃密陳其狀,且以病爲請焉。見全碑。

三年戊午,先生年七十一歲。

冬,過遵化州,訪鷹青山人李鍇,未遇。鷹青以詩投之。見李山人詩集序〔二五〕及鷹青集。

四年己未,先生年七十二歲。

春二月,詔重刊十三經、廿二史。先生充經史館總裁,乃疏請勅内府、内閣藏書處徧檢舊本,諭王大臣及在京各官家藏舊本,並勅江南、浙江、江西、湖廣、福建五省督撫,購送舊本,詳校改正。又前侍講學士何焯曾博訪宋版,正前後漢書、三國志遺訛。請勅就其家索原書,照式改注別本,其原本給還。從之。

見本傳。

夏四月，四書制義選成，奉表以進，命頒行天下。見本書。

五月，庶吉士散館，先生補請後到者考試。忌者劾之，謂有所私，遂落職。命仍在『三禮』館修書。見本傳、雷狀、沈傳、全碑。先生罷職，謂沈廷芳曰：『老生以迂戇獲戾，宜也。吾兒道章數以此諫，然吾受恩重，敢自安容悦哉？』見沈廷芳記先生傳後。

先是丁巳秋，朱文端公疾革，謂先生曰：『子性剛而言直，吾前於衆中規子，謂「子幸衰疾支離，於世無求，假而年減一紀，尚有國武子之禍」，欲諸公諒子之無他，而不以世情相擬耳。賓實楊文定字。既歿，吾病不支，子其懼哉！』及今忌者媒孽，文端已先見之矣。見敘交。

上意終思先生，屢顧左右大臣言：『方苞惟天性執拗，自是而非人，其設心固無他也。』見雷狀。一日吏部推用祭酒，上沈吟曰：『是官應使方苞爲之，方稱其任。』而旁無應者。見全碑。

六年辛酉，先生年七十四歲。

春正月十八日，兄子道希卒，作墓志。見道希墓志。

夏四月，作七思，感傷兄百川、弟椒塗、伯姊、仲姊、三姊、妻蔡氏、兄子道希也。見本集。

冬，周官義疏纂成，進之。上留覽兼旬，命發刻，一無所更。見雷狀、沈傳。

七年壬戌，先生年七十五歲。

春，先生以年近八旬，時患疾痛，乞解書局回籍調理。上許之，賜翰林院侍講銜。四月，出都歸里，杜門著書，不接賓客。江南總督尹文端公諱繼善踵門求見者三，皆以疾辭。見本傳、沈傳、全碑。重爲司諭公及百川、椒塗卜兆。先是再卜葬，再以陰流入壙起攢。先生歸後，急求兆域，不以高年自寬，野處誠求，連歲而後成事。見熊偕呂「遺文序」、余東木時文序及方扶南詩集。

同武進楊農先椿考訂輯補湯文正公年譜，十月成，序之。

始營建教忠祠於清涼山麓，並將己所置田盡捐爲祭田。祀遷桐五世祖斷事公，以公殉節，故祠名『教忠』。其側又建太僕公小宗祠，歲時率族人致祭。其祭田經費贏餘，則以周子孫窶艱嫁娶、喪葬不能自舉者。定祭禮，作祠規、祠禁及祭田條目以示後人。其祠規序曰：

宗法祭禮之廢久矣。唐宋諸賢所討論，當其身不能盡行而欲世爲天下法，得乎？禮，雖先王未嘗有可以義起者以協諸人心而衆以爲安也。古者建國始得立五廟，北宋以前猶有四廟三廟二廟之制，自程子謂人本乎祖，服制以高、曾相屬，則時祀宜及高、曾，冬至宜祀始祖、遠祖。自是以後，學士大夫及庶民皆遵用，而功令亦不復爲之程，以人情所安不可强抑耳，而朱子於始祖、遠祖則不敢祭，非獨疑於僭也，蓋内反於身，覺哀敬思慕之誠，達於高、曾，已覺分之難滿，又進而推之遠祖、始祖，恐薄於德而於禮爲虚。孔子曰：『誦詩三百，不足以一獻。一獻之禮，不足以大饗。大饗之禮，不足以大旅。大旅具矣，不足以饗帝。毋輕議禮。』此物此志也，蓋程子以己之心量人，覺高、曾、始祖之祭，闕一而情不能安。朱子則以禮之實自繩，覺始祖、遠祖之祭備舉而誠不能貫。義各有當，並行而不悖也。

苞性頑薄，少壯遠遊，祭多不與。難後涉公事，朝夕促促，有祭而無齋。撫躬自思，惟父母、兄弟忌日必爲愴然耳。春秋秩祀，布几筵，奉薦而進，雖吾父吾母，亦未嘗如見乎位，如聞乎容聲，況王父母以上未逮事者乎？用此將祭之先，既祭之後，以臨尸不怍及愛其所親之義内訟，乃知無怍於祖無怍於高、曾之難，爲之怵然，而因此見朱子之心焉。又思若竟廢高、曾之祭，則愧怍亦無由而生，是又程子使中人以上各致其情自勉於禮之意也。

茲酌定祭禮，兼立祠規，皆以愚心所安，依古禮經而準以衆人所能行。吾子孫能恪守之，則於古者立宗收族之義猶有什一之存焉，其或愈於蕩然不爲之制也與？

其祠禁序曰：

周官以鄉三物教萬民，以鄉八刑糾之。閭胥掌觵、撻罰之事。惟學校射飲，罰用觵，撻則施於庶民爲多。古者大宗、小宗皆有收族之責，而仕者祿皆足以仁其族，故教可行。荆楚、吴越聚族而居，皆有宗祠，而自吴郡范氏而外，宗法無一行者。饑寒之不恤而責以過愆，故其心不服而勢亦不能行。凡茲祠田，皆余孤行遠遊，疾病屯邅，敝精神於蹇淺之文術以致之者，盡以歸祠。以歲入十之三供祠墓，遵先君遺命也。憶先兄疾革，命『二支子姓下逮曾、玄，始得異居同財』，及吾之身，而不能禁其分析。每默以自傷，故用祭田經費所餘以合之。凡婚嫁喪疾不能自給者，使得取分焉，而立祠禁，違者撻之，以不資其乏困爲罰。且禁不得入祠，以斷事公不樂有此後人，亦非先兄與余之族類也。戒之！慎之！見本集及家譜。

先生嘗曰：『祭田乃余爲諸生、爲鄉貢士時陸續購置，服官後未增一畝也。』見與陳占咸尺牘。

八年癸亥，先生年七十六歲。

秋八月，尋醫浙東，因作天姥、雁蕩之遊，爲文記之。從行者爲鮑甥孔巡。見記文。

九年甲子，先生年七十七歲。

秋九月，長孫超舉江南鄉試。見家譜及桐城志。超係道章長子。

十年乙丑，先生年七十八歲。

夏六月，洛陽李餘三學裕來謁。時爲安徽布政使，未受印，屏騶從，造北山，麥户而入，執弟子禮，曰：『固知先生避客之深也。自獲見於先生，始知所以爲人之道。備官中外幾二十年，自省尚無負於君國、無慙於吏民，皆先生之教也。所懼民隱壅蔽，有過不自知。今適在先生之鄉，故甫入城，未受印篆，而願聞緒論，望先生知無不言。』見李公墓志〔二六〕。

十一年丙寅，先生年七十九歲。

冬十一月，歙縣門人程崟始爲編刻文集。見集序。

十二年丁卯，先生年八十歲。

秋八月，博野尹元孚會一來受業。時元孚視學江南，莅江寧。待諸生入闈，乃徒步操几席，杖屨造清涼山下潭亭，執弟子禮北面再拜曰：『曩在京師，母命依門牆，先生固執不宜，使衆駭遽。今里居無嫌，且身未及門，心爲弟子久矣。蒙授喪禮或問，吾母之終，寢處食飲，言語得無大悖，成身之德，豈有既乎？』先生辭不獲。越日，元孚又獨來，先生畏人疑詫，乃掃墓繁昌，入九華山避之。見尹元孚墓志。

十三年戊辰，先生年八十一歲。

十月十六日，長子道章卒。見家譜及全碑。

十四年己巳，先生年八十二歲。

秋七月，儀禮析疑成。先生以此經少苦難讀，未經倍誦恐不能比類以盡其義。及世所傳，惟注疏及敖繼公集說二書。其永樂大典中宋元人解說十餘種，皆膚淺無足觀。國朝惟張稷若、李耜卿各有刪定，注疏間附己意，發明甚少。先生大懼是經精蘊未盡開闡，而閉晦以終古，故七十以後，晨興必端坐誦經文，設爲身履其地，即其事而求昔聖人所以制爲此禮，設爲此儀之意。雖臥病猶仰而思焉，有心得，乃稍稍筆記。十餘年來已九治，猶自謂積疑未祛，乃十治，早夜勤劬，迄今始成。見程崟序及劉大櫆祭文(二七)、雷狀、沈傳。

八月十八日甲午，先生卒於上元里第。疾革，數舉右手以示子孫。蓋以弟椒塗亡時抱歉，嘗戒子以斂時必袒右臂。子孫遂遵遺命以斂焉。見雷狀、沈傳。

先生貌怯瘦，身長，面微有痘斑，目光視人如電，膽弱者當之輒心悸不能語。見熊寶泰謁先生祠堂記。爲人敦厚，生平言動必準禮法。事父至孝，父嘗曰：『吾體未痛，二子已覺之；吾心未動，二子已知之。』其先意承志如此。見潛虛集百川傳。事母尤孝，年四十餘，宛轉膝下如嬰兒。辛卯，以南山集案逮赴詔獄時，母老疾多悸，先生偕縣令蘇君壎入見母，言：『安溪李公薦入内廷校勘，不得頃刻留。』拜辭出，即下獄。及癸巳事定，迎養北上，先生已召直南書房，居賜第，故太夫人至京竟不知其事。見祭田條目及結感録、道希墓志、家譜。與兄百川、弟椒塗相友愛，不忍違離。百川約曰：『吾兄弟三人，異日當共葬一丘，不得以妻祔。』見示道希〔二八〕。其後葬先生於江寧縣建業三啚沙場村龍塘，辰戌兼巽乾向，與兄百川、弟椒塗同丘。見家譜。先生每遭期功喪，皆率子姓準古禮宿外寢。見祠禁。先生痛兄高才不壽，後得任子恩，請授兄子道永。見沈傳。居家有客至，必令子弟奉茶，侍立左右；或宴會則行酒獻肴，俾知長幼之節。見魏舒叔評沈廷芳所撰傳。每遇己生辰，必避居郊原野寺，不受子孫觴酌。祭田羨餘，以贍合族生徒。餽遺，輒予姻族之窶者。見沈傳。

生平於貨財不苟受。金陵有王生執金爲贄求教，介某姻來，先生以金即贈某姻。已而王生卒，先生曰：『教未及，安受其贄？』因自出金如其數，使人奠，而不使某姻知也。又有某富人，家資百萬，遭喪，延先生點主，以百金爲壽，先生曰：『吾豈可屈膝於守財者墓耶？』嚴卻不應。見恕谷後集。

先生自視常若下於恒人。見隸園臧獲，愛親敬長，一事一言之善，輒反躬自責，愧不能行。有以過規，則誠心以爲德。見張文和澄懷園集。長洲何屺瞻言古文推錢牧齋，與先生論不合。屺瞻好訕人短，朋游多苦之。先生獨喜聞其言，用以檢身。時置所著文於朱字緑所，使背面發其瑕疵。先生嘗嘆曰：『如斯人未可多得也。』見讀管子文自記。先生與朋友責善亦甚嚴。當其盡言無隱，多人所難受，故雖與昵好者，亦竊病其迂。見澄懷園集。先生自爲諸生，名輒動京師，雖在難時，王公皆嚴憚之。

性剛直，好面折人過。交遊中宦既遂，必以吏疵民瘼、政教得失相責難，由是諸公頗厭苦之。見雷狀。惟朱文端公篤信先生言。先生所知見，壹爲公盡言之。見敘交。與諸大臣言，常以天下之公義、古賢之大節相砥淬，而未嘗一及於私。見澄懷園集。李文貞公以直撫入相，先生叩之曰：『自入國朝，以科目躋茲位者凡幾？』公屈指，得五十餘人。先生曰：『甫六十年而已得五十餘人，則其不足重也明矣。望公更求其可重者。』時景州魏公君璧在側，退而曰：『斯人吾未前見，無怪乎見者皆不樂聞其言也。』見與陳占咸尺牘。

先生幼聰穎，好讀書，而尤篤嗜經學。其爲學不喜觀雜書，以爲徒費目力，玩物喪志而無所得。見留撰言行録及沈傳書後。論學一以宋儒爲宗，説經之書大抵推衍宋儒之學而多心得。名物訓詁皆所略云。見江寧府志。耄期猶嗜學，日有課程。治儀禮，十易其稿。年八十，日坐城北湄園矻矻不置。見雷狀、全碑。先生於六經皆有撰述，所尤用力者，春秋、『三禮』也。『三禮』中於喪禮尤研究精微，所著喪禮或問，學者以爲粹然同於七十子之文。見家譜。

先生引誘後進，與之講論，娓娓不倦。見留撰言行録及家譜。先生少與兄百川以時文名天下，世稱『二方』。其古文，嚴義法，言必有物、必有序。論文不喜班孟堅、柳子厚。見韓文懿序及本集、全碑。嘗語人曰：『文所以載道也。古人有道之言，無不傳之不朽。文所以佳者，以無膚語支字，故六經尚矣，古文猶近之。至於四六、時文、詩賦，則俱有牆壁窠臼，按其格式填詞而已，以言乎文固甚遠也。』見留撰言行録。又訓門人沈廷芳曰：『南宋、元、明以來，古文義法不講久矣。吴越間遺老尤放恣，或雜小説，或沿翰林舊體，無一雅潔者。古文中不可入語録中語、魏晉六朝人藻麗俳語、漢賦中板重字法、詩歌中雋語、南北史佻巧語。老生所閲春秋三傳、管、荀、莊、騷、國語、國策、史記、漢書、三國志、五代史、八家文，賢細觀當得其槩矣。』見沈傳書後。先生生平慎於文,不輕爲人作表志,尤必於其人而難以情假也。

先生所著書,仍有删定通志堂宋元經解、春秋比事目録、左傳義法舉要、史記注補正、離騷正義、聞見録等書,皆不知其撰著年月,兹附及之。見本集。

夫人蔡氏生二子,早殤。生二女,長適廬江舉人宋嗣茭,次適上元生員鮑孔學。先生年三十三四,尚無子,乃納側室楊氏,生二子:道章、道興。生一女,適金壇王金範,官蒲臺縣丞。繼室徐氏夫人無出。蔡夫人葬江寧縣石潭菖蒲山,與嫂張氏同丘。道章,字用闇,號定思。揀選知縣。生七子:超、惟一、惟醇、惟稼、惟寅、惟和、惟俊。超爲英山教諭。道興,字行之,號信芳。安慶府學廩膳生。生四子:惟清、惟恂、惟慤、惟憲。見家譜。孫、曾多爲諸生,或舉於鄉,至今不替,兹未備考焉。

〔一〕傳:全名作『方望溪先生傳』。
〔二〕刻兄百川遺文書後:全名作『刻百川先生遺文書後』。
〔三〕行狀:全名作『方望溪先生行狀』。
〔四〕筆記:全名作『援鶉堂筆記』。
〔五〕壽序:全名作『高素侯先生四十壽序』。
〔六〕神道碑:全名作『前侍郎桐城方公神道碑銘』。
〔七〕書歲寒章四義後:全名作『書時文稿歲寒章四義後』。
〔八〕志銘:底本作『表』,據方望溪全集等校改。
〔九〕查詹事墓表:全名作『詹事府少詹事兼翰林院侍講學士查公墓表』。

〔一〇〕余出刑部獄，信宿金壇王若霖寓齋：底本無，今據方望溪全集校補。

〔一一〕示兄子道希：全名作『己酉四月又示道希』。

〔一二〕遺文序：底本無，今據方望溪全集校補。

〔一三〕鄂公逸事：全名作『西林鄂文端公逸事』。

〔一四〕疏：方苞集作『札子』。

〔一五〕作：底本作『行』，今據方苞集集外文卷一請定徵收地丁銀兩之期札子校改。

〔一六〕令：底本作『今』，今據方苞集集外文卷一請定徵收地丁銀兩之期札子校改。

〔一七〕挪：底本作『那』，誤。今據方苞集集外文卷一請定徵收地丁銀兩之期札子校改。

〔一八〕疏：方苞集作『札子』。

〔一九〕疏：方苞集作『札子』。

〔二〇〕疏：方苞集作『札子』。

〔二一〕集：底本無，今據陳澔禮記集説校補。

〔二二〕疏：方苞集作『札子』。

〔二三〕疏：方苞集作『札子』。

〔二四〕疏：方苞集作『札子』。

〔二五〕李山人詩集序：方苞集作『鷹青山人詩序』。

〔二六〕李公墓志：全名作『安徽布政使李公墓志銘』。

〔二七〕祭文：全名作『祭望溪先生文』。

〔二八〕示道希：全名作『己亥四月示道希兄弟』。

方望溪先生年譜附録

文目編年

康熙辛未年二十四：讀孟子　書潘允慎家傳後

壬申：高素侯先生四十壽序　送母舅吴平一之鉅鹿後序　康烈女傳

癸酉：與王崑繩書

甲戌：與劉言潔書　寧晉公詩序

乙亥：與徐詒孫書　二貞婦傳

丙子：聖主親征漠北頌　北征頌二首代　讀周官　與謝雲墅書　與萬季野先生書　祭徐幼安文

丁丑：陳馭虚墓志

年二十至三十：書太史公自序後二首　書韓退之學生代齋郎議後二首　書祭裴太常文後　記時文稿行不由徑三句義後　與韓慕廬學士書　送馮文子序　高節婦傳　七夕賦

戊寅年三十一：文昌孝經序代　築子嬰隄記　與閻百詩書

己卯：書時文稿歲寒章四義後　贈魏方甸序　明兵部郎中劉公墓志　徐詒孫哀詞

庚辰：高素侯先生墓志

辛巳：與韓慕廬先生書

壬午：與喬紫淵書　喬紫淵詩序　兄百川墓志　弟椒塗墓志

癸未：劉篤甫墓志　全椒縣教諭寧君墓志　祭張母吴夫人文

甲申：吴宥函文稿序

丙戌：與熊藝成書　書高素侯先生手札後　杜茶村先生墓碣　亡妻蔡氏哀詞

丁亥：與吴東巖書　傳信録序　教授胡君墓志

年三十至四十：書淮陰侯列傳後　跋石齋黄公手札　記百川先生遺言　記吴紹先求弟事　刻百川先生遺文書後　附刻弟椒塗遺文書後　答劉拙修書　與龔孝水書　與賀生嵂禾書　與劉函三書　與章泰占書　周公論　方正學論　朱字緑文稿序　張彝歎稿序　劉巽五文稿序　溧陽會業初編序　佘西麓文稿序　送劉函三序　張母吴孺人七十壽序

戊子年四十一：左仁傳　劉北固哀詞

庚寅：灌嬰論　鮑氏女球壙銘

辛卯：與劉大山書　何景桓遺文序　朱字緑墓表

壬辰：獄中雜記　大理卿高公墓碣

癸巳：湖南洞苗歸化碑文失　黄鍾爲萬事根本論失　時和年豐慶祝賦失　結感録　與白玟玉書　禮記析疑序　周官辨序　絃歌臺記　泉井鄉　祭田記　王大來墓志　許昌禎妻吴氏墓志　宣左人哀詞　阮以南哀詞

甲午：記夢　長寧縣令劉君墓志　封内閣中書張君墓志

乙未：書羅音代妻佟氏守貞事　與孫以寧書　與安溪李相國書　與陳滄洲書　孫徵君年譜序　送吴東巖序　孫徵君傳　顧飲和墓志　兵部尚書范公墓表　婢音哀詞　先母行略

丙申：春秋通論序　將園記　内閣學士張公夫人成氏墓表　僕王興哀詞

丁酉：春秋直解序　春秋直解後序　蔣詹事牡丹詩序　胡母潘夫人七十壽序　四君子傳　劉紫函墓志　龔君墓志　佘君墓志　葛君墓志　内閣中書劉君墓表　完顔保及妻官爾佳氏墓表　武季子哀詞　王瑶峯哀詞

年四十至五十：左忠毅公逸事　記長洲韓宗伯逸事　轅馬説　記太守滄洲陳公罷官事　與徐蝶園書　與劉古塘書　與翁止園書　與劉紫函書　伍芝軒文稿序　儲禮執時文序　徐司空詩集序　蔣母七十壽序　修復雙峯書院記　彭訒菴墓志　廣東副都統陳公墓志　同知紹興府事吴公墓表　杜蒼略先生墓志銘　武商平墓表　禮部尚書韓公墓表　祭白侯文　祭顧書宜先生文　祭張文端公文　余石民哀詞

年三十至五十：讀古文尚書　讀儀禮　書删定荀子後　讀管子　讀史記八書　書禮書序後　書樂書序後　詁律書一則　書封禪書後　書史記十表後　書史記六國世表序後　書孟子荀卿傳後　讀伍子胥傳　書儒林傳後　書刺客傳後　書陳氏集説補正後　書柳文後　書邵子觀物篇後　書朱注楚詞後　書歸震川文集後　原人二首　原過　先天後天圖説　釋言　高陽孫文正逸事　石齋黄公逸事　書曹太學傳後　書王氏三烈女傳後　書萬烈婦某氏事　吕九

儀妻夏氏　與安徽李方伯書　再與劉拙修書　答喬介夫書　與程若韓書　與某書　漢高帝
論　漢文帝論　蜀漢後主論　宋武帝論　于忠肅論　明御史黄公文集序　考槃集序　楊千
木文稿序　巖鎮曹氏女婦貞烈傳序　王彦孝妻金氏墓碣　祭某公文　祭彭夫人文
戊戌年五十一：記姜西溟遺言　逆旅小子　送徐亮直册封琉球序　送王篛林南歸序　遊豐臺記
遊潭柘記　謝母王孺人墓志　萬季野墓表　劉烈婦唐氏墓表　張彝歎哀詞
己亥：安溪李相國逸事　記張彝歎夢忠武事　書先君子家傳後　書公祭先母文後　四月示道希
兄弟　送左未生南歸序　汪孺人六十壽序　李友楷墓志　潘函三墓志　巡撫福建黄公墓志
沈氏姑生壙銘　吏部侍郎姜公墓表　駙馬孫公哀詞
庚子：周官集注序　左未生墓志　季瑞臣墓表　祭左未生文
辛丑：萬年寶歷頌　明禹州兵備道李公城守死事狀　與李剛主書　周官析疑序　送黄玉圃巡按
臺灣序　白玟玉墓志　王孺人墓志　李伯子哀詞
壬寅：翰林院掌院學士兼禮部侍郎湯公墓志　羅烈婦李氏墓表
雍正癸卯：聖主躬耕耤田頌　聖主親詣太學頌　兩朝聖恩恭紀　王生墓志　贈通奉大夫刑部侍
郎黄公墓表　祭滄洲陳公文　兄孫仁壙銘
甲辰：示道希兄弟　再至浮山記　蒼溪鎮重修三玄觀記　封氏園觀古松記　刑部郎中張君墓志
朱履安墓表　大父馬溪府君墓志　臺拱岡墓碣
乙巳：聖訓恭記　表微　別建曾子祠堂記　贈淑人尤氏墓表　鮑氏姊哀詞

丙午：左華露遺文序　劉古塘墓志　顧友訓墓志　陳依宣墓志　沈孝子墓志　韓城張公繼室王夫人墓志　王處士墓表　舒子展哀詞

丁未：陸以言墓志　張樸村墓志　廣文陳君墓志　族子根穎壙銘　李世得墓表　劉中翰孺人周氏墓表　曾孺人楊氏墓表

年五十至六十：江南閩廣積貯議　書老子傳後　通蔽　書孝婦魏氏詩後　湯司空逸事　記所聞司寇韓城張公事　與吕宗華書　與徐司空蝶園書二首　答某公書　與李覺庵書　學案序　重訂禮記纂言序　送佘西麓序　贈潘幼石序　贈淳安方文輈序　贈李立侯序　李母馬孺人八十壽序　李剛主墓志　鄭友白墓志　胡右鄰墓志　梅徵君墓表　黃際飛墓表　祭王崑繩文

戊申年六十一：金陵會館記　釋蘭谷傳　工科給事中暢公墓表　趙處士墓表　中憲鄂公夫人撒克達氏墓表　鮑氏妹哀詞　嫂張氏墓志

己酉：記王巽功周公居東説　四月又示道希　送李雨蒼序　光禄卿吕公宜人王氏墓志

庚戌：喜雨説　青要集序　隱拙齋詩集序　送鍾勵暇寧親宿遷序　沈編修墓志

辛亥：與常熟蔣相國論征澤望事宜書　廣州府張君墓志　兄子道希婦岳氏志

壬子：爲秦門高貞女糾舉本引　與鄂張兩相國論制馭西邊書　七月示道希書　贈宋西玒序　李抑亭墓志　工部尚書熊公繼室李淑人墓志　汪武曹墓表　宋山言墓表　雷氏先墓表

癸丑：與一統志館諸翰林書　古文約選序並凡例代　翰林院檢討竇君墓表

甲寅：禮部侍郎蔡公墓志

乙卯：喪禮議　請定徵收地丁銀兩之期札子　請定常平倉穀出糶糴之法札子　請復河南漕運舊制札子　東昌鄧嶧亭墓表

乾隆丙辰：請備荒政兼修地治札子　擬定纂修三禮條例札子　請定經制札子　刪定荀子管子序　再送佘西麓序　高烈婦傳　禮部尚書楊公墓志　翰林院編修查君墓志　高登善妻方氏墓志　刁贈君墓表　秦仲高墓表　謝孺人葉氏墓表

丁巳：謝授禮部侍郎札子　請矯除積習興起人材札子　請定庶吉館課及散館則例札子　論九卿會議事宜札子　請定孔氏家廟祀典札子　請以湯斌從祀孔廟及熊賜履郭琇入賢良祠札子　辭禮部侍郎札子　敘交　寄言　送韓祖昭南歸序　良鄉縣岡窪村新建通濟橋碑記　楊千木墓志　少司農吕公繼室王夫人墓志　田間先生墓表

年六十至七十：請禁燒酒事宜札子　請除官給米商印照札子　請禁燒酒種烟第三札子　論山西災荒札子　論考試翰林札子　修祖陵廟寢議　塞外屯田議　渾河改歸故道議　臺灣建城議　貴州苗疆議　黄淮議　記徐司空逸事　與孫司寇書　王巽功詩説序　李穆堂文集序　送張又渠守揚州序　送官庶常覲省序　沛天上人傳　光禄卿吕公墓志　弟屋源墓志　刑部左侍郎王公墓表　吴處士妻傅氏墓表

年五十至七十：謚法　湯潛庵先生逸事　書熊氏家傳後　記李默齋實行　書直隸新安張烈婦荆氏行實後　答申謙居書　答程起生書　與陳密旃書　與某公書　畿輔名宦志序　仁和湯氏

義田記　孫積生傳　謝季方傳　理藩員外郎贈資政大夫席公神道碑　高仲芝墓表　余處士墓表

戊午年七十一：聖主躬耕耤田頌　聖主臨雍禮成頌　禮部侍郎魏公墓志

己未：論重刻十三經廿一史事宜札子　進四書文選表并凡例　鷹青山人詩序　送雷惕廬歸閩序

庚申：知寧國府事黄君墓志

辛酉：書楊維斗先生傳後　書亨密單生追述考妣遺事後　潮州知府張君墓表　吴宥函墓表　兄子道希墓志　七思

壬戌：論明史無任丘李少師傳　湯文正公年譜序　贈孺人鄒氏墓志　大理卿熊公墓志　陳西臺墓表　方日崑妻李氏墓表

癸亥：余東木時文序　題天姥寺壁　遊雁蕩記　記尋大龍湫瀑布　趙孺人翟氏墓志　陳太夫人王氏墓表　林母鄭孺人墓表

甲子：題黄玉圃夢歸圖　書烈婦東鄂氏事略後　答尹元孚書　熊偕吕遺文序　贈石仲子序　尹太夫人李氏墓志　兵部主事龔君墓碣

乙丑：安徽布政使李公墓志　兵部尚書法公墓表　都察院副都御史巡撫貴州劉公墓表

丙寅：重修清涼寺記　莊復齋墓志　程贈君墓志　少詹事查公墓表

丁卯：重建陽明祠堂記　重建潤州鶴林寺記　江南布政使陳公墓志

戊辰年八十一：楊黄在時文序　赫氏祭田記　君元孚墓志　與黄玉圃同祭尹少宰文

年七十一至八十二：　書孫文正傳後　書盧象晉傳後　答問　與顧用方論治渾河事宜書　與鄂少保論修三禮書　與鄂少保論喪服注疏之誤書　與鄂西林少保論治河書　與西林相國論薦賢書　與來學圃書　答程夔州書　答禮館諸君子書　答禮館纂修書　與顧震滄書　教忠祠規並序　教忠祠祭田條目并序　教忠祠禁并序　柏村吴氏重建宗祠記　白雲先生傳　二山人傳　金陵近支二節婦傳　廬江宋氏二貞婦傳　光節婦傳　少京兆余公墓志　禮部尚書陳公神道碑　贈右副都御史趙公神道碑　武强縣令官君墓表　和風翔哀詞

年歲未詳文目多在五十以後：　多福硯銘　讀大誥　讀尚書記二首　讀君牙冏命吕刑文侯之命費誓秦誓　讀二南　讀行露　讀邶鄘至曹檜十一國風　讀邶鄘魏檜四國風　讀王風　讀齊風　書周頌清廟詩後二首　周官辨僞二首　書考定儀禮喪服後　辨明堂位　書考定文王世子後三則　文王十三生伯邑考辨　成王立在繈褓之中辨　讀經解　書周官大司馬四時田法後　書辨正周官戴記尚書後　書蕭相國世家後　書貨殖傳二首　書漢書禮樂志後　書漢書霍光傳後　書王莽傳後　書五代史安重誨傳後　書韓退之平淮西碑後　書柳子厚辨亢桑子後　書李習之平賦書後　書李習之盧坦傳後　異姓爲後　書涇陽王僉事家傳後　記開海口始末　自訟　西鄰愍烈女　跋先君子遺詩　題舒文節探梅圖説　檄濟寧諸生會課代　移山東州縣徵羣士課藝文代　禮闈示貢士代　擬除泰安州香税制代　答楊星亭書　與吴見山書　贈介庵上人序　鹿忠節公祠堂記　三山林湛傳　胡蘅洲像贊　浮屠髻珠小像贊　象尺銘　硯銘二首　澄泥硯銘

諸家評論

韓文懿公諱菼，字元少，號慕廬，長洲人，官禮部尚書。曰：『以一心貫穿數千年古書，六通四辟，使程朱並世得斯人往復議論，則諸經之覆，所發必增倍矣。』評讀尚書記。

又曰：『義理則取鎔六籍，氣格則方駕韓歐。』評時文。

蔡文勤公諱世遠，字聞之，號梁村，漳浦人，官禮部侍郎。曰：『其説皆前古所未有，而按以經義，揆之事理，無一不合於人心之同然，此之謂言立。』評周官辨僞。

陳恪勤公諱鵬年，字北溟，號滄洲，長沙人，官河道總督。曰：『望溪可負天下之重，觀其讀周官、儀禮、孟子、管子可知，所見閎廓深遠。此等文可徵其平易詳慎，不能平易詳慎，則閎廓深遠非真，而用之必窒矣。』評書李習之平賦書後。

朱文端公諱軾，字若瞻，號可亭，高安人，官大學士。曰：『方子行身方嚴，出語樸直，衆多見謂迂闊，余獨知爲鄭公孫僑、趙樂毅一流人。每與之言，心終不忘。觀此等文，有志者宜深求其底藴。』評讀管子。

又曰：『老謀雄略，一歸經術，未審韓、范規模，視此何似？』評與鄂張兩相國書。

陳文恭公諱宏謀，字汝咨，號榕門，桂林人，官大學士。曰：『望溪經説，不惟經義開明，可以蕩滌人心之邪穢，維持禮俗。』評讀國風。

張彝歎進士名自超，高淳人。曰：『探孔孟、程朱之心，擷左馬、韓歐之韻，天生神物，非一代之珍玩也。』評時文。

王或菴孝廉名源，字崑繩，宛平人。曰：『宋以後無此清深峻潔文心，唐以前無此淳實精淵理路。』評讀儀禮。

李恕谷學正名塨，字剛主，蠡縣人。曰：『門下篤内行而又高望遠志，講求經世濟民之猷，沈酣宋明儒説，文筆衣被海内，而於經史多心得，且不假此嫙嫛侯門爲名譽，此豈近今所能得者。私心頌禱，謂樹赤幟以張聖道，必是人也。』與先生書。

顧用方河帥名琮，滿洲人。曰：『方子之文，乃探索於經書與宅心之實與人之忠，隨所觸而流焉者也，故平生無不關於道教之文。』文集序。

胡襲參司業名宗緒，號嘉遯，桐城人。曰：『望溪説經文，宋五子之意皆在其中，而文更拔出六家之上。余嘗謂方子乃七百年一見之人，知言者當不以爲過其實也。』評讀儀禮。

全謝山庶常名祖望，字紹衣，鄞縣人。曰：『古今宿儒，有經術者或未必兼文章，有文章者或未必本經術，所以申、毛、服、鄭之於遷、固，各有溝澮。唯是經術文章之兼固難，而其用之足爲斯世斯民之重，則難之尤難者。前侍郎桐城方公，庶幾不愧於此。然世稱公之文章，萬口無異辭，而於經術已不過皮相之。若其惓惓爲斯世斯民之故而不得一遂其志者，則非惟不足以知之，且從而掊擊之，其亦悕矣。』神道碑。

雷翠庭副憲名鋐，字貫一，寧化人。曰：『先生之文，非闡道翼教有關人倫風化不苟作。』卜書。

沈椒園廉訪名廷芳，字畹叔，一字萩林，仁和人。曰：『先生其今之古人與？廷芳昔受經邸第，見先生著緇布小冠，衣緼袍，憑白木几，箋經不稍休。與門弟子講論，肫肫以六經之言質諸行。弟子若侍伏生、申公側，穆然起忠敬也。及立朝蹇諤，多與時牴牾，然天子獨鑒其心無欺，非先生之碩學忠誠，惡能得此哉！』傳贊。

又曰：『方先生品高而行卓。其爲文非先王之法弗道，非昔聖之旨弗宣。其義峻遠，其法謹嚴，其氣肅穆，而味淡以醇，湛於經而合乎道，洵足以繼韓歐諸公矣。先生之文海内或知宗之，特平生以道自重不苟隨流俗，故或病其迂，或患其簡，且多謗之者。雖然，能擠於生前，而其人其學卒不能掩於殁世也。』文集後序。

程夔震兵部名崟，歙縣人。曰：『先生之文，循韓歐之軌迹，而運以左、史義法，所發揮推闡，皆從檢身之切，觀物之深而得之。不惟解經之文，凡筆墨所涉莫不有六籍之精華寓焉，而無一不有補於道教也。』文集序。

姚薑塢編修諱範，字南青，桐城人。曰：『望溪文，於親懿故舊之間，隱親惻至，亦見其篤於倫理，而立身近於禮經，有不可掩者已。』評文集。

韓理堂大令名夢周，字公復，濰縣人，官來安知縣。曰：『論文於程朱未出之前，與論文於程朱既出之後，其説不同。程朱以前聖道否晦，雖有一二豪傑之士窺見大體，未能使此理燦然較著於世。立言者苟持之有故，即高下淺深醇駁不一，君子皆將取之，使學者擇焉。自程朱出而聖賢之道復明，學者舍是無以爲學，立言者舍是何以言哉？將背而去之乎？則適以自陷於淫詖。將以文爲小技而戲出之乎？則又可以不作矣。是故生程朱之後，而謬援古人駁雜以自解，皆無當於斯文者也。望溪先生之文，體正而法嚴。其於道也，一以程朱爲歸，皆卓然有補於道教，可傳世而不朽。其於所易忽者亦不苟，蓋可以識先生之所學矣。』書逸集後。

彭允初進士名紹升，號尺木，長洲人。曰：『少讀望溪方先生文，服其篤於倫理，有中心惨怛之誠，以爲非他文士所能及。』逸稿敘。

姚惜抱先生諱鼐，字姬傳，桐城人，官刑部郎中。曰：『望溪先生之古文，爲我朝百餘年文章之冠，天下論文者無異説也。鼐爲先生邑弟子，誦其文，蓋尤慕之。』集外文序。

又曰：『望溪宗伯與鄂張兩相國書論制準夷事，憂國忠友之情，則皆可謂至矣。於公平生風義，所關頗重。』跋與鄂張兩相國書稿。

方望溪先生行狀[一]

(清)雷鋐撰

先生姓方氏,諱苞,字靈皋,號望溪。先世桐城人。曾大父諱幟,避寇遷金陵。父諱仲舒,號逸巢。母吴氏太夫人,逸巢公繼室。

康熙戊申四月望日,先生生年四歲,逸巢公嘗以雞鳴時起如厠,適大霧,以『雞聲隔霧』命屬對,即應曰『龍氣成雲』。十歲,師兄百川先生,徧誦經書古文。家貧,冬無復襦,屨穿行雪中,兩指恒見迹,益厲學相勉爲孝弟。弱冠遊京師,安溪李文貞公見其文,曰:『當與韓歐爭等列,北宋後無此人也。』當是時,巨公貴人方以收召後學爲務,天下士負聲望者聚京師,旬講月會,率數十百人,獨先生不與,公卿非禮先焉終不枉見。

己卯,舉鄉試第一。丙戌,成進士,榜未發,聞太夫人疾,遽馳歸。丁亥,逸巢公卒。辛卯,以南山集事牽連,逮赴詔獄。獄辭上,同繫者皆惶懼,先生閲儀禮注疏終不輟。癸巳二月,聖祖仁皇帝命以戴名世案牽連者並免罪,隸漢軍。旋召入南書房,試湖南平苗碑文;越三日,試時和年豐慶祝賦;越五日,試黄鐘爲萬事根本論。每奏一篇,上未嘗不嘉歎。冬,聖祖仁皇帝修樂律、曆算書,命誠親王監臨,先生由南書房移蒙養齋。誠親王嚴察,承事者多獲譴訶,先生柴立其中,遇事數爭執,不得當不止,王心折,命爲王子師。先生南面坐,置王子座於亭西,東面,乃就講。王子色不豫,先生抗顔無少屈。壬寅夏,命充武英殿總裁。先生自爲諸生，名動京師，雖在難，自王公皆嚴憚之。然性剛，好面折人過；交游宦既遂，必以吏疵民瘼、政教得失相責難，由是諸公頗厭苦，雖舊識亦患其迂遠於事情。

康熙六十一年，世宗憲皇帝嗣位，特恩赦先生竝合族歸鄉土。莊親王、果親王傳旨曰：『朕以方苞故，赦其全宗，方苞功德不細。』先生聞命，驚怖感泣，涕交頤。先是乙未冬，太夫人卒於都，姻戚馭柩以歸，不克葬。雍正二年，乞歸葬，蒙恩給假一年。既事，以三年三月抵京師，具札恭謝聖恩。召見，先生弱足不能行，特命内侍二人翼而趨至殿陛；氣喘急，不能任其聲，上嗟歎者久之。命仍充武英殿總裁。雍正九年，特授詹事府左春坊左中允，三遷至内閣學士兼禮部侍郎教習庶吉士，督修一統志。乾隆元年，召入南書房，晉禮部右侍郎教習庶吉士兼文穎館、經史館、三禮館總裁。自聖祖仁皇帝擢先生居侍從，先帝拔自廢疾，列九卿，皆以文學受知，未嘗與國事。既佐禮部，與廷議，乃言田文鏡所定地丁錢糧『四月完半』之害，請復舊制；河以南祥符五十州縣應徵糧十三萬六千七百有奇，中隔黄河，厥土墳壤，牛車淖陷，逢陰雨僱夫盤運，費且十倍，宜永定遠水州縣折銀交部；請禁燒酒、種烟，以裕民食。又言賑荒，當命有地治者視民衆寡，得擅發倉粟，勿拘存七糶三常制；請因荒歲聚民修城、濬溝池、謹封樹，以制盜賊之遁逋。又言國家大事宜博稽於衆，集思廣益，請詹事科道皆與九卿議，各抒所見。得專達凡數，與廷議多齟齬，隨以足疾辭部務，供館職。乾隆四年，落職，獨纂修『三禮』。辛酉，進周官義疏，上留閲兼旬，命發刻，一無所更。壬戌春，先生衰病乞休，恩賜翰林院侍講，遂以四月出都。始先生既落職，上屢顧左右大臣言曰：『方苞惟天性執拗，自是而非人，其設心固無他也。』嗚呼！先生歷事三朝，皆受特達之知，臻耄耋猶得以餘年從容巖壑，論次經史，非其忠誠直諒爲聖主所優禮，而能如是乎？伏讀聖諭,而先生生平亦可見其梗概矣。其家居建宗祠,名曰『教忠』,置祭田;以歲時合族生徒饋遺罄於族戚之貧者。耄期猶嗜學不倦,治儀禮十易稿,讀書日有課程。己巳秋仲,寢疾。既望,疾革,子孫在側,數舉左[二]手以示之。初,先生弟椒塗先生將卒,得異疾不能視含斂,終身以爲憾,常戒子弟曰:『我死,斂必袒左臂十八日。』甲午卒,子孫奉遺命以斂,時年八十有二。先生既卒之三日,鋐以省親過金陵,哭於殯宫。先生質行介節,生徒各紀所聞,散在四方,卒難收拾,乃粗舉其立身本末爲行狀云。所著周官集注、禮記析疑、春秋通論、文集行於世,删訂崑山經解、儀禮注,俱有成書,未刻,藏於家。

乾隆十四年己巳仲秋月,門人雷鋐謹狀。

[一]本文據嘉慶十六年寧化伊氏秋水園藏板經笥堂文鈔本點校整理。

[二]左:望溪先生年譜、方望溪先生傳作『右』。

前侍郎桐城方公神道碑銘〔一〕

（清）全祖望撰

古今宿儒，有經術者或未必兼文章，有文章［者］或未必本經術，所以申、毛、服、鄭之於遷、固，各有溝澮。唯是經術文章之兼固難，而其用之足爲斯世斯民之重則難之尤難者。前侍郎桐城方公，庶幾不媿於此。然世稱公之文章萬口無異辭，而於經術已不過皮相之；若其惓惓爲斯世斯民之故而不得一遂其志者，則非惟不足以知之且從而掊擊之，其亦悕矣。

公成進士七年，以奉母未釋褐，已有盛名，會遭奇禍論死，安溪方傾倒於公，力救之。幸荷聖祖如天之仁，宥死，隸旗下，以白衣直禁廷，共豫校讎，令與諸皇子遊，自和碩誠親王下皆呼之曰『先生』。事出破格，固無復用世之望矣。然公雖朝不坐，燕不與，而密勿機務多得聞之。當是時，安溪在閣，徐文靖公元夢以總憲兼院長，公時時以所見敷陳，某事當行，某事害於民當去，其説多見施行，雖或未能盡得之諸老而能容之，故公之苦口不一而足，不自知其數也。或欲薦公，則曰：『僕本罪臣，不死已爲非望，公休矣。但有所見，必爲公言之，倘得行，拜賜多矣。』

世宗即位，首免公旗籍，尋欲用公爲司業，以老病力辭。九年，竟以爲中允，許扶杖上殿以優之。再遷爲侍讀學士。孫公嘉淦以刑部侍郎尹京兆兼祭酒，勁挺，不爲和碩果親王所喜。有客自朱邸來，傳王意授公急奏令劾之，當即以公代之。公拒不可，其人以禍怵之，公以死力辭。不數日，竟有應募上劾者，孫公下獄。公謂大學士鄂公曰：『孫侍郎以非罪死，公亦何顔坐中書矣。』於是孫公卒得免，人多爲公危之，而王亦不以是有加於公也。尋遷内閣學士，公以不任行走爲辭。詔許免上直，有大議得即家上之。公感激流涕，以爲不世之恩，當思所以爲不世之報，然日益不諧於衆矣。

今上即位，有意大用公。時方議行三年之喪，禮部尚書魏公廷珍，公石交也，以諮公。公平日最講喪禮，以此乃人倫之本，喪禮不行，世道人心所以日趨苟簡，諄諄爲學者言之，而是時皇上大孝，方欲追踐古禮，公因欲復古人以次變除之制，隨時降殺，定爲程度，内外臣工亦各分等差，以爲除服之期。此説本之桴亭陸氏最爲有見。魏公上之，聞者大駴，共格其議，魏公亦以此不安其位。尋遷禮部侍郎，公又辭，詔許數日一赴部平決大事。公雖不甚入部，而時奉獨對，一切大除授并大政往往諮公，多所密陳，盈庭側目於公。

初，公嘗董蒙養齋，河督高君方在齋中，公頗言其必貴，故河督最向往公。及其違衆議開毛城鋪，舉朝爭之不能得，外而督撫爭之亦不能得，而臺省二臣以是下獄。公言於徐公元夢，令爲上言，不應以言罪諫官，上即日出之。於是公獨具疏，力陳河督之愎，上頗心動。河督自請入面對，上以其平日素向往公也，以疏示之，河督大恨，亦思傾公。禮部共議薦一貲郎入曹，和碩履親王莅部已許之矣，公以故事禮部必用甲科，不肯平署，王亦怒。會新拜泰安爲輔臣，而召河間魏尚書爲總憲，朝廷爭相告曰：『是皆方侍郎所爲，若不共排之，將吾輩無地可置身矣。』是後，凡公有疏下部，九列皆合口梗之，雖以睢州湯文正公天下之人皆以爲當從祀者，以其議出於公，必阻之。公嘗陳酒誥之戒，欲禁酒而復古人『大酺』之制，以爲民節用。又言淡巴菰出外番，近日中原遍種之，耗沃土以資無益之産，宜禁之。其言頗近於迂濶，益爲九列中口實。於是河督言公有門生在河上，嘗以書託之，上稍不直公，而禮部中遂有挺身爲公難者。公自知孤立，密陳其狀，且以病爲請。許以原官致仕，仍莅書局。衆以上意未置公也，適庶常散館，又以公有所私發之，遂被削奪，仍在書局行走；而荆谿人吴紱者，公所卵翼以入書局，至是遂與公爲抗，盡竄改公之所述，力加排詆，聞者駭之。然上終思公，一日，吏部推用祭酒，上沉吟曰：『是官應使方苞爲之方稱其任。』旁無應者。嗚呼！温公退居留臺，神宗方改官制，以爲御史大夫非光不可，其亦古今所同慨也夫。於是，公自以精力倍衰，求解書局，許之，特賜侍講銜。歸里，杜門不接賓客，江督尹公踵門求見，三至，以病辭。乾隆十有四年八月十有八日卒，春秋八十有二。

公諱苞，字靈皋，學者稱爲『望谿先生』，江南安慶之桐城人。桐城方氏爲右族，自明初先斷事公以遜志高弟與於革除之難，三百年中，世濟其美。明季，密之先生尤以博學稱。近始多居江寧者，公亦家焉。三世皆以公貴，贈閣學。公之成進士也，宗人方孝標者，故翰林，失職遊滇中，陷賊而歸，怨望，語多不遜，里人戴名世日記多採其言，姓而不名，事發，吏遂以爲公也。及訊，得知爲孝標。吏議以其已死，取其五服宗人將行房誅之刑，長繫公以待命，賴安溪而免難。故公自謂宦情素絶，非有心於仕進，每得一推擢必固辭，而三朝之遭遇，實爲殊絶，不得不求報稱，豈知勢有所不能也。伯兄舟以高才而不壽，公傷之，推恩其子道永，得官順天府通判，而道永之罷官，頗遭羅織，亦以公故。公又於故相爲同籍，公子道章亦得罪於故相之子，故累上計車，卒不得一售。

公少而讀書，能見其大。及遊京師，吾鄉萬徵君季野最奇之，因告之曰：『勿讀無益之書，勿爲無益之文。』公終身誦以爲名言。自是一意窮經，其於通志堂徐氏所雕『九經』，凡三度芟薙之，取其粹言而會通之。不喜觀雜書,以爲徒費目力,玩物喪志而無所得。其文尤峻潔,未第時,吾鄉姜編修湛園見之,曰:『此人吾輩當讓之出一頭地者也。』然公論文,最不喜『班史』『柳集』,嘗條舉其所短而力詆之,世之人或以爲過,而公守其説彌篤。諸經之中尤精者爲『三禮』,晚年七治儀禮,已登八秩,而日坐城北湄園中,屹屹不置。次之爲春秋,皆有成書。間讀諸子,於荀、管二家别有删定本,皆行於世。其在京師,後進之士挾温卷以求見者,户外之屨,昕夕恒滿。然公必扣以所治何經、所得何説、所學者誰氏之文,蓋有虚名甚盛,而荅問之下舌橋口噤、汗流盈頰不能對一詞者,公輒愀然不樂,戒其徒事於馳騖。故不特同列惡公,即館閣年少以及場屋之徒,多不得志於公,百口謗之,是則古道所以不行於今日也。

公享名最早,立朝最晚,生平心知之契,自徐文靖公後,曰江陰楊文定公、曰漳浦蔡文勤公、曰西林鄂文端公、曰河間魏公、曰今相國海寧陳公、曰前直督臨川李公、曰今總憲宣城梅公、曰今河督顧公。其與臨川,每以議論不合有所爭,然退而未嘗不交相許也。雅稱太原孫尚書曰:『殆今世第一流也。』及太原進冢臣,而公稍疑之,嘗歎曰:『知人之難,諒哉!』履邸雖惡公,而知公未嘗不深。一日,鄂文端公侍坐,論近世人物,文端歎曰:『以陳尚書之賢也,而自閩撫入京,聞其進羨餘金六萬,人固未易知也。』王曰:『其方侍郎乎?其强聒令人厭,然其堯舜君民之志殊可原也。』而前此力扼睢州從祀之尚書,垂死悔恨,自以爲疚心。嗚呼!大江以南,近日老成日謝,經術文章之望,公與臨川實尸之,雖高卧江鄉,猶爲天下之望。去年公卒,今年臨川繼之,蓋無復憖遺矣,豈不悲夫!

予之受知於公,猶公之受知於萬、姜二先生也。其後,又與道章爲同年,且重之以婚姻。予之罷官也,公豫見其兆,諷予以早去。及予歸,而公又以爲惜,欲留予,而不知公亦從此被撼矣。公之密章祕牘，世所未見，唯道章知之，而道章先公卒，故予亦不能舉其十一也。西州之痛，言不敢私，亦不敢諱，安得以銘爲辭。其銘曰：

經説在箭，文編在笥。雖登九列，依然賫志。强聒而言，何補於事。適招多口，成兹顛躓。懸知耿耿，百年長視。老成凋喪，嗣子又逝。孰知公者，青蠅僅至。墓門片石，秦淮之涘。

〔一〕本文據四部叢刊鮚埼亭集本點校整理。

方望溪先生傳[一]

（清）沈廷芳撰

方先生諱苞，字靈臯，其先桐城人也。曾祖某，官副使，以避寇遷上元。祖幟，官教授。父仲舒，用遺逸名江南北。

先生生四歲，父嘗雞鳴起，值大霧，以『雞聲隔霧』命對，即應曰『龍氣成雲』。稍長，從兄舟學，博究六經百氏之書，更相勗以孝弟。弱冠遊太學，安溪李文貞公見其文，嘆曰：『韓歐復出，北宋後無此作也。』時天下士集京師，投謁無虛日，公卿爭相汲引，先生非先焉不往，益見重諸公間。

中康熙丙戌會試，未殿試，母疾，遽歸。適丁外艱，緣序南山集，下詔獄。獄具，聖祖命以戴名世案牽連者免罪，編旗籍。方爰書上時，同繫皆惶懼，先生閱儀禮自若，人咸服其定力。俄召入南書房，試文者三，每奏御輒嘉歎。會修樂律、曆算書，移蒙養齋，監修爲誠親王。王性嚴，承事者多獲呵責，先生侃侃不阿，遇事持正。王敬之，延爲王子師，乃置王子座東向，己南面坐，始就講。旋充武英殿總裁。

世宗即位，放先生暨族人還里，詔曰：『朕以方苞故，宥其全宗，苞功德不細矣。』先生聞詔感泣，以母卒未葬，請假歸。既事還朝，召見，因弱足不任行，世宗命二内侍翼至殿陛，顧視嗟嘆者久之。雍正九年，特授中允。期月間，三遷至内閣學士、教習庶吉士，督修一統志。

乾隆元年，入直南書房，擢禮部右侍郎。二年，復教習庶吉士，兼文穎館、經史館、三禮館總裁。先生自惟受三朝厚恩，起罪疾餘，洊列卿貳，皆僅以文學報，既在部得與廷議，乃言田文鏡所定地丁錢糧「四月完半」之害，請復舊制；河以南祥符等五十州縣應徵糧十三萬六千七百有奇，中隔黄河，厥土墳壤，牛車淖陷，逢陰雨僱夫盤運，費且十倍，宜永定遠水州縣折銀交部；請禁燒酒、種烟，以裕民食。又言賑荒，當令地治者視民衆寡，得擅發倉粟，勿拘存七糶三常制。請因荒歲聚民修城，濬溝池，謹封樹，以制盗賊之遁藏。又言國家大事，宜博稽於衆，集思廣益，請令詹事科道皆與九卿議，各抒己見，得專達。又請以湯斌從祀孔庭，熊賜履祀賢良祠，章數十上，俱蒙批報；而同列多厭苦之，遂以足疾辭部務。供館職四年，以譴落職，仍修『三禮』。越三年，進周禮義疏，上留覽兼旬，命發刻，一無所更。即以衰病乞休，賜侍講銜歸。歸八年卒，年八十有二。疾革，數舉右手以示子若孫，蓋先生弟林早亡，時得異疾，弗獲視含斂，嘗戒子弟：『我死，斂必袒右臂。』洎是子姓奉遺令以斂。

初告歸，以先世未遷葬，不遑家居，寄僧舍中，葬乃返。痛兄舟之不遇，得任子恩請授兄子。嘗建宗祠，顏以『教忠』；置祭田。以歲時合族生徒饋遺，悉予婣族之窶者。耄期嗜學，猶日有課程，治儀禮，十易稿云。所著周官集注、儀禮注、禮記析疑、喪禮或問、春秋通論、文集等書。晚號望溪，學者稱『望溪先生』。

沈廷芳曰：『先生其今之古人歟！』廷芳昔受經邸第，見先生著緇布小冠，衣緼袍，憑白木几，箋經不稍休；與門弟子講論，肫肫以六經之言質諸行，弟子若侍伏生、申公側，穆然起忠敬也。及立朝，蹇諤多與時牴牾，然天子獨鑒其心無欺，非先生之碩學忠誠，惡能得此哉！惡能得此哉！

雍正戊申冬，余因劉畊南徵士大樾謁先生，請爲弟子，先生曰：『師所以傳道授業解惑也，欲登吾門，當以治經爲務。』某對曰：『某雖不敏，謹受教。』先生手所著喪禮或問，曰：『喪、祭二禮，事親根本，世罕習者，生其研於斯。』某拜受。翼日雪，先生乘車曳杖，顧某坐良久，曰：『昨生退，或言生查詹事外孫文昌君子也，是皆吾故友，故來荅某感謝。』出門，扶先生升車，送出隘巷，先生曰：『願生勤厥業。』

越四年，先生授中允。又逾年，遷卿貳，恒直殿閣，無須臾閒，某遂希展謁。癸丑，奉先君之諱，先生來唁。將奔喪，往謝先生，賜以賻，慰曰：『生毋過哀滅性，居苦次，正讀禮時也。』乙卯，復遊太學。先生方爲一統志館總裁，某先爲館中官。寫書求補缺，先生曰：『館中易荒業，生宜窮經著書，勿沾沾於是。』乾隆丙辰，余登詞科，除庶吉士，族兄冠雲徵士彤訪先生於直廬，先生曰：『君同宗，某已官翰林，君其勉以學。』某聞之，亟往謁，勵以忠孝。

丁巳夏，某授職，有持武英殿牒趨某赴書局，則先生札也。某即赴，先生曰：『殿中需校輯才，生有學行，況詹事文昌舊直地，故以相屬，且可以砥礪問學。』自是在直廬，日奉几杖。嘗徵某詩文，因以就正，先生曰：『生詩雖師夏重，其格過之。』即爲作序，更評文後云：『賢文筆極清，體法具合，將來定以此發聲。但南宋元間以來，古文義法久不講，吴越間遺老尤放恣，或雜小説家，或沿翰林舊體，無一雅潔者。古文中不可入語録中語、魏晉六朝人藻麗俳語、漢賦中板重字法、詩歌中雋語、南北史佻巧語，老生所閱春秋三傳、管、荀、莊、騷、國語、國策、史記、漢書、三國志、五代史、八家文，賢細觀，當得其槩。』因論『今文士惟畊南、冠雲足語此。畊南才高而筆峻，惜學未篤。冠雲特精潔，肯究心於經，得吾賢而三矣』。會以館課藝，屬閲，襆被往，先生方設菜羹乾肉飯，命某同飯。居恒，惟説經與程朱諸書，或溯往事，間示近文，曰：『生視吾文於古文何似？』某曰：『先生文追韓軼王，中當以原人、原過、「楊文定、查編修二志」、和風翔哀辭爲不媿古作者。』先生然之，即以授某。

己未，先生罷職，見某，嘆曰：『老生以迂戇獲戾宜也，吾兒道章字用闇數以此諫，然吾受恩重，敢自安容悅哉。』及某改御史，謂曰：『諫職難居，今處不諱之朝，當言則言，慎無緘默以竊禄。』辛酉，先生歸老，某曰：『先生此歸甚善。』旁有門人某作依戀語，先生怫然曰：『生何效時世態！沈生言是也。』追送出國門，猶拳拳勗以學行。癸亥，某以不職被黜，先生寄書曰：『賢居臺中，所由已得正路，當久而益堅。然讀書人心血不足，易至羸弱，退之云「先理其心」，「小小者自當不至」〔一〕。愚雖一生在憂患疾痛中，惟時時默誦諸經，亦養心衞生之術也。』又寄書曰：『老生初謂賢温温文士耳，及服官風采可畏愛，私心甚快，望益振拔。雖家貧禄薄，而有道者稱願曰：「有子如此，則所以慰賢尊於九原而揚太夫人之清譽者遠且大矣。」惟良食，善保有用之身。』

乙丑，某視漕山左，走僕求表查宫詹墓。初，先生爲查編修志，實由某請。吾母責某曰：『汝能爲母之從祖言，曷不爲母之父言？』因述母命以請先生。報曰：『宫詹，吾故交，賢以身後文相託，從前未許作者，以多事無暇。且愚爲文亦有數存其間，如夏重之志，多年廢置，頃刻而成是也。但愚即爲文，亦不能多述狀中語。惟宫詹居禁近，無忌嫉心，殁後公論在人，即是表之足矣。二狀爲賢討論附去。』閱月而文至。

丁卯，某復使山左，適先生子若孫，赴公車過邸，以望溪集畀。某悉先生尚健飯，日箋儀禮，因寓書並緘藥物。今年冬，同門陸大田編修嘉穎，郵致先生手帖，告用闇之喪，方擬遣弔，而忽聞哀赴，胡天不慭遺一老以爲邦國典型爲後進師承耶?傷哉!

某羈宦北海,行日以惰,學日以荒,念母老將歸省,道金陵,敬問先生起居而請益焉,而今無及矣。爰述多年受教顛末附傳後,以當哭諸寢。至先生之質行介節,門人自能紀所聞見,故不具述。

乾隆十四年十一月十五日謹記。

〔一〕本傳據清代詩文集彙編隱拙齋集本點校整理。

〔二〕先理其心,小小者自當不至:見朱文公校昌黎先生文集卷十七,原文作『先理其心,心閑無事,然後外患不入,風氣所宜,可以審備,小小者亦當自不至矣』。

甲午如京記事〔一〕

(清)李塨撰

壬辰，聞方靈皋以戴田有事被逮；癸巳，事解。抵今甲午十月，乃過存。七日，抵京師，知靈皋供應暢春苑纂修樂律，以母病告假在都。八日，候之，假滿已返。十一日，復詣，奉太夫人藕粉，將登堂拜，而靈皋適前一日來，聞予聲趨出，愴然互拜曰：『苞乾坤罪人，老母病癱，不能頃刻離苞，而苞必不能常侍，奈何？』問曩事，靈皋曰：『田有文不謹，予責之，后遂背予梓南山集，予序亦渠作，不知也。難前夢先君至，苞抱之，乃血袋，中空。無何，難遂作，皆苞無實盜虛所致。』

憶癸未埸后，先生曰：『名，禍階也。』今先生安居奉母，而予若茲，宜矣。已而論禮，予謀卜夜，靈皋曰：『敝寓無容膝地，比隣劉君可借榻，但先生攜襆被來耳。』黄昏往，靈皋問過，曰：『苞居先兄喪，逾九月，至西湖，驀遇美姝動念，先君逝，歠粥幾殆，母命食牛肉數片。期後慾心時發，及被逮，則此心頓息矣。何予之親父兄，不如遭患難也。禽獸哉！』予曰：『自訟甚善。特是三年之喪，天動地岋，雖屬大變，乃人所共有。哀一殺，身一惰，則雜念起。故魯論曰：「喪事不敢不勉。」儀禮曰：「夙興夜處，小心畏忌，不惰其身，不寧。」今舉族北首，老母流離，身陪西市，幾致覆宗。其與居喪常變又殊，故情亦殊也。』又問曰：『心動矣，性忍矣，遇事不能咄嗟立辨，能何由增？』『王崑繩嘗誨我曰：「不能辨事，幼習程朱之過也。」豈迂腐非變故所能移與？』又曰：『老母日迫，罪戾滋加，憂之奈何？』予曰：『先生請以敬，勿以憂。舜遭人倫極變，而夔夔齊慄，惟將以敬，敬則心有主，敬則氣不耗。不能可益，患難可平，禍外加憂，何解於禍？此聖賢常人之分也。』靈皋起謝。

楊舉人三炯，紹興人，倜儻有才，入座，則靈皋爲母通州購杉板，患中梗，而楊倜然任之也，左右靈皋難如兩手。靈皋曰：『楊君視予難，予感之；先生不視予難，予尤感之。昔左浮丘下廠獄，史道鄰與獄吏五十金入省。浮丘左膝以下筋骨盡脱，仰負南壁，面目焦爛，道鄰入抱嗚咽。浮丘以指擠目，曰：「乃爾耶，此何地，汝至也！」摩磚將擊之，道鄰趨出。及後以鳳廬道危，厲治兵江上，禦流寇，曰：「吾一不敢負君，一不敢負浮丘先生也。」先生爲聖道傳人，予近考禮，若成，先生其傳諸？』語楊曰：『予讀顔習齋先生年譜，入李恕谷厠，見矢堆糠粃。崑繩嘗曰：「顔李食麤衣垢，繭手塗足，吾不能學也。」予曰：「此謀道之根柢也，宜共學。」』因言妻遭親喪，夫不入内，降服降其文，不降其實諸禮。時起視母，僬僬瞿瞿，孝友溢於須（麋）麋。延醫至，問方奉匕，懇如也。

劉君，淮安劉公文起之子，選廣東令，未行，出拜，問『心性儒與釋老何分』，予曰：『居敬，儒也；主静，釋老也。肅九容以戒不覩不聞，儒也；嗒然若喪，釋老也。』次早，靈皋謂：『昨與總裁徐公元夢曰：「李恕谷諳律吕，不問，而謀及愚謭乎？」有同事魏王二辭林曰：「李某以老病，春官且不能赴，而能堪此乎？」可謂善處先生矣！』

乃别去，抵里，思天下師友之助，落落如晨星。今晤靈皋，接其孝友，砭我浮薄；挹其切偲，劑我冷峭，立品嗜學，顱頷不變。以予之衰憊廢棄，視之不面赤而汗出哉！爰識之，以當弦韋。

〔一〕本文據畿輔叢書恕谷後集本點校整理。

書方靈皋一節〔一〕

（清）李塨撰

庚子冬，予問醫如金陵。曾克任爲予言方靈皋内子蔡氏殁，薦紳慕其名，競聯姻。大學士熊賜履謀妻之女，謝之。時有鄭總兵，巨富，倩伍解元涵芬緩頰，願以萬金爲糚奩，使可贍九族三黨之餽問者，靈皋辭不獲。一日，暮食罷，語克任曰：『請姊丈後。』因告之故。克任曰：『非孟子之言「所識窮乏者得我」乎？』靈皋立嘆曰：『然！』晨興峻辭。熊尚書一瀟，其子本，靈皋同年進士，秘謂曰：『鄙人有妹，家君願使侍箕帚。』靈皋曰：『感甚。然寒舍家法，亡荆偕娣姒，日夙興，精五飯、酒漿，奉巵匜二親左右。君家媛能乎？』本咋舌無以應。

又言其丙戌成進士歸，過揚州，鹽商吴求設帳教其子，贄百餘金。及抵里，總督、藩、臬公留之義學。乃使返其贄，吴曰：『非先生辭我也，勢不能也。贄者，見也。已見，何返？』靈皋不可，三往返，卒還之。金陵一王生，執金爲贄求教，介甲姻來，即贈甲。已而王生卒，靈皋曰：『教未之及，安用其儀？』自出金如其數，使人奠，並不言之甲姻也。予渡秦淮，靈皋綱紀趙姓者從路，指北首一門曰：『此百萬富也。吾主在家時，渠遭喪，延點主，以百餘金爲壽主，曰：「吾膝可屈守財者墓乎？」卻不應。』

嗟乎！日讀聖賢書，一臨財色輒隕，稷視此何如也？詎無聞風而起者歟？

〔一〕本文據畿輔叢書恕谷後集本點校整理。

方望溪侍郎事略（一）

望溪先生姓方氏，諱苞，字靈皋，江南桐城人，寄籍上元。曾祖象乾，廣西副使，明末居江寧。父仲舒，字逸巢，以遺逸名，與黄岡杜濬、杜岕，同里錢澄之，族祖文相唱和。

公生四歲，父口授諸經。嘗早起，以『雞聲隔霧』命對，即應曰『龍氣成雲』。偶竊效爲詩，父恐耗有用之心力，止之，遂絶意不復作。家貧甚，日嘗不再食。兄舟爲講諸經注疏，相與博究羣書，更相勖以孝弟。弟林早夭，公以弟服未終，過時不娶。父母趣之，時弟喪已七閱月矣，公入室而異寢者旬餘，族姻大駭，乃勉成婚，猶終身病之。

遊太學，李文貞公見公文，歎曰：『韓歐復出，北宋後無此作矣。』時公卿爭相汲引，公非先焉不往，萬徵士斯同語公曰：『子於古文信有得矣，然願子勿溺也。唐宋諸家，惟韓愈氏於道粗有明，其餘資學者以愛玩而已，於世非果有益也。』公輟古文之學壹意窮經，自此始。凡先儒解經之書，公一一詳究，乃知窮理之精未有如宋五子者也，遂深嗜而力探焉。姜西溟宸英、王崐繩源嘗與公論行身祈嚮，公曰：『學行繼程朱之後，文章在韓歐之間，其庶幾乎？』

康熙三十八年己卯，領鄉試解額。辛巳，百川卒，執喪過禮期，猶不復寢，父曰：『親親有殺，與父在爲母無别矣。』丙戌，成進士。未廷試，聞母疾，遽歸，李文貞馳使留之不得。夫人蔡氏卒，熊尚書一瀟欲妻以女，其子本，公同年生也。公語本曰：『某家法，亡妻偕娣姒，日夙興，精五飯、酒漿，奉卮匜二親左右。貴家女能之乎？』本咋舌而止。丁亥，丁父憂。公以母老疾，酌禮經築室宅西偏，奉母三年，不入中門。

辛卯冬，南山集禍作。初，宗人方孝標，故翰林，失職游滇中，陷賊而歸，怨望，著滇游紀聞，語多悖逆，同邑編修戴名世著南山集多採其言，姓而不名，人遂以爲公也。集序復列公名，會都御史趙公申喬疏劾南山集孑遺録有大逆語，部擬名世極刑，公牽連被逮，下刑部獄。及訊，知語出孝標。吏議以孝標已死，乃取其五服宗人將行房誅之刑，長繫公以待命。公在獄著禮記析疑及喪禮或問。金壇王編修澍間入獄視公，至則解衣般礡，諮經諏史，旁若無人。同繫者或諷曰：『君縱忘此地爲圜土，身負死刑，奈旁觀姍笑何？』爰書上，同繫者皆恟懼，公閱禮經自若，或厭之，投其書於地，曰『命在須臾矣！』公曰：『朝聞道，夕死可也。』獄詞五上，聖祖矜疑，李文貞亦力救之。遂蒙恩宥，癸巳出獄，隸漢軍。聖祖硃諭武英殿總管曰：『戴名世案内，方苞學問天下莫不聞，可召入南書房。』遂命撰湖南洞苗歸化碑文；越日，命作黄鐘爲萬事根本論及賦一。每奏御，聖祖輒嘉賞，曰：『此即翰林中老輩兼旬就之，不能過也。』命以白衣入直南書房，尋移蒙養齋，編校樂律、曆算書，公與徐文定公承修樂律。

上命與諸皇子遊，自誠親王以下，皆呼之曰先生。時誠親王爲監修官，性嚴，承事者多被譙呵。公遇事持正，王敬之，延爲王子師。公南面坐，移王子坐東嚮，始就講。當是時李文貞在閣，徐文定爲總憲，皆夙重公，與聞機務，公時以所見盡言相告，多見諸施行。

壬寅，充武英殿總裁。癸卯，世宗以覃恩首免公旗籍，詔曰：『朕以方苞故，宥其全宗，苞功德不細矣。』時朱文端來定交，謂公曰：『子乃鄭公孫僑、趙樂毅之流也。』公示以周官餘論十篇之三，文端持至上書房手録之，歎爲當世異人。又以周官析疑、春秋綱領二書示蔡文勤，曰：『周情孔思，不圖二千年後乃有如親受其傳指者也。』

甲辰，以葬母假歸。乙巳，還朝。召見，弱足不任行，命二内侍扶掖至養心殿，顧視嗟歎久之，『有先帝持法』『朕原情』『汝老學，當知此義』之諭，賜芽茶二器，命仍充武英殿總裁。庚戌，詔大臣各舉學行之士，當事問公，公舉南昌龔纓、歙佘華瑞、嘉善柯煜、淳安方楘如應之。

秋，疾作，命諸子曰：『昔弟林疾革時，余因異疾，醫者令出避野寺，致不獲視含殮，死當袒右臂入棺以自罰。』

辛亥〔二〕，授左中允，遷侍講，晉侍講學士。時孫文定嘉淦方以刑部侍郎尹順天兼祭酒，挺勁，不爲果親王所容。有客自朱邸來，授公急奏令劾之，即以公代，公拒不可，其人怵以禍，公誓死辭。不數日，有劾孫公婪贓者，遂下獄。公謂鄂文端曰：『孫侍郎以非罪死，公復何顔坐中書？』於是孫公卒得免，王亦不以是有加於公也。

癸丑，擢内閣學士，以足疾辭。詔許免趨直，仍專司書局，有大議，即家上之。

尋教習庶吉士，充一統志總裁，命校訂春秋日講。

乙卯九月，高宗嗣位，有意大用公。時天子大孝，方欲追踐古禮，行三年之喪，詔羣臣詳稽典禮，王大臣令禮部魏尚書廷珍偕公議。魏公，公石交也，公因欲復古人以次變除之制，内外臣工各分等差，爲除服之期，魏公上其議。大臣有不便者，遂格不行，魏公亦以此不安其位。公時領武英殿書局，請於親王，就直廬持服，未再期，不敢出。所教習庶吉士，二十七日内齋宿館舍，無敢飲酒食肉者，他部院未嘗有也。

公念受三朝恩厚，起罪廢，洊列卿貳，當以國士報，乃疏陳田文鏡所定地丁『四月完半』之害，請復舊制；又言歲饑當令有司得擅發倉粟，平糶勿拘存『七糶三常』制；又言河以南祥符等五十州縣共徵米十三萬六千七百石有奇，康熙初改令折銀，自田文鏡改徵本色，既遠水次，兼迫漕期，運價且十倍，民困不支，請仍舊折徵於衛輝水次官爲採買。三疏俱下部議行。丙辰，命再入南書房。疏請凡遇水旱災，五六月即以實報，七月中旬即核定災傷分數并乏食人數上聞，災大者許動帑金修城、浚隍，整葺倉廒、官署，相度支河、橋梁、塘堰、圩堤、溝渠、垣堡，使任浚築。惟老弱不能任土功者，乃計口授粟，則爲數無多，易周而可久。尋命選『四書』文頒示天下，充『三禮義疏』副總裁。又疏陳食貨豐耗之原，請禁燒酒、禁種烟草，飭佐貳官督民樹畜，禁粟米出外洋，令紳士相度浚築水道。

丁巳，遷禮部右侍郎。仍以足疾辭，詔免隨班趨走，許數日一赴部平決大事。公雖不常入部，而時奉獨對，一切大除授、大政事往往諮公，多所密陳，在廷頗側目公矣。

公復疏請矯除積習興起人材，求皇上勤心以察之，依類以求之，按實積久以磨礱之，信賞必罰以勸懲之，其語尤關於主德隆替，及君子小人進退消長之所以然。是年秋，命教習庶吉士。公嘗欲仿朱子學校貢舉[私]議，分詩、書、易、春秋、『三禮』爲三科，而以通鑑、通考、大學衍義附之，詩、書、易附以大學衍義，春秋附以通鑑綱目，『三禮』附以文獻通考。各以疑義試士，朱文端及楊文定深然之，卒以違衆難行而止。至是仍欲發其端，乃請定庶吉士館課及散館則例，略言：『本科館選三十有六人，江浙、江西、湖廣數已三十，餘僅六人耳。豈志識才行之不若哉？以聲律詞章多未習也。請日後籍隸江浙、江西、湖廣、福建者仍課以詩賦，餘專治本經義疏及通鑑綱目所載政事之體要，散館時，試以所專課各二篇，其兼通者亦許自著所長而不相強，庶東南之士益留心於經濟之實用，而河北五路及遐方之士，亦不至困於聲律之未諳，使天下知政事、文學皆人臣所以自效，而政事所關尤重。』疏下諸臣議，格不行。

又疏言：『會議時，九卿中有異議者，宜并列上候聖裁，其詹事科道宜與九卿會議各抒己見。』得專達。

又請以湯公斌從祀孔廟，熊公賜履、郭公琇入祀賢良祠；　又請定孔氏家廟祀典，補祀先聖前母施氏。皆格於廷議。

初，公在蒙養齋與河督高君共事，既而高違衆議開毛城埔，舉朝爭之不能得，臺、省二臣竟以是下獄。公言於徐文定，文定上言：『不當以言罪諫官。』上即日釋之。公復具疏力陳河督之愎。河督入對，上以疏示之。大憾，思傾公。禮部薦一貲郎入曹，履親王董部事，已許之矣，公以故事禮部必用甲乙科，不肯平署，王亦怒。會新拜泰安爲輔臣，召魏尚書廷珍爲總憲，忌者爭相告曰：『是皆方侍郎所爲也。』以後有疏下九卿議，輒合口梗之。於是，河督言公有門生在河上嘗以書託之，上稍不直公，而部中又有挺身爲公難者。公自知孤立，以老病請解侍郎任，許之，仍以原銜食俸教習庶吉士。己未，充經史館總裁。衆以上意未置公也，屬庶常散館，公請補後到者試。忌者劾之，謂公有所私，遂落職，命仍在三禮館修書，而編修吴紱者，公所卵翼以入書局也，至是盡竄改公之所述，力加排詆，聞者駭之。然上終思公，屢顧左右大臣言：『方苞惟天性過執，自是而非人，其設心固無他也。』吏部推祭酒，上沈吟曰：『是官應使方苞爲之方稱職。』旁無應者。辛酉，周官義疏成，上留覽兼旬，命發刻，一無所更。

壬戌，年七十有五。以衰病求解書局，賜侍講銜歸里，杜門謝客。江督尹文端三踵門求見，以疾辭。又以先世未遷葬，不遑家居，寄食僧舍中，葬乃返。始建宗祠，定祭禮，作祠規、祠禁，設祭田，以其餘周子姓窶艱及嫁娶喪葬之不能舉者。明年，就醫浙東，作雁蕩、天姥之遊。安徽布政使李公學裕，未受篆，屏騶從造門；學使尹公會一，徒步操几杖造門，皆執弟子禮。公畏人疑詫，乃掃墓繁昌避之。

己巳秋，儀禮析疑成。公以此經苦難讀，註疏多膚淺，七十以後，每晨起必端坐誦經文，積日夜思之，凡十易稿乃就。八月十八日卒，壽八十有二，時乾隆十四年也。疾革，數舉右手示子孫，申袒臂之命從之。

公貌怯瘦身長，面微有豆斑，目光照人如電。平生言動必準禮法，事親至孝。父嘗曰：『吾體未痛，二子已覺之；吾心未動，二子已知之。』赴詔獄，時母老疾多悸，乃詭言奉召入都，不得頃刻留。逾年，事解，迎養京邸，母夫人尚不知也。

所著喪禮或問，足撥人心昏蔽，士友感而服行者多。終身遇父母、兄弟忌日必廢食。得任子恩授兄子道永。誡子姪每遭期功喪必準古禮，宿外寢。居家客至，必令子弟奉茶侍左右；或宴會則行酒獻肴，示長幼之節。母夫人尤嚴正，嘗遘疾，天子賜醫，醫曰：『法當視面按脈乃復命。』母曰：『我雖老婦人也，可使醫者面乎！』公曰：『君命也。』母閉目命搴幃顔變者久之，既而曰：『聖恩良厚，繼自今勿使吾疾更上聞矣。』

公於辭受取與無所苟。金陵王生以金贄介某姻求來學，公即以金贈某姻。亡何，王生卒，因自出金，如其數賻之，不使某姻知也。有富人乞題喪主，餽重金，嚴拒之。

其自視常若下於恒人。視隸圉臧獲，愛親敬長，一事一言之善，輒反躬自責，愧不能行。有以過規，則誠心德之。與朋友責善亦甚嚴，嘗面折人過，多人所難受。自爲諸生，即名動京師，雖在難時，王公皆嚴憚之。遇宦達者必以吏疵民瘼、政教得失相責難，而時引古賢大節相砥，未嘗一及於私。李文貞以直撫入相，公問：『自入國朝，以科目躋茲位者凡幾？』文貞屈指，得五十餘人。公曰：『甫六十年而已得五十餘人，其不足重明矣。願公更求其可重者。』時魏公廷珍在坐，退而曰：『斯人吾未前見，無怪人多不樂聞其言也。』座師高廷尉初度，公方爲諸生，壽以文，引老泉上富鄭公書，以『循致高位，而碌碌無所成』爲懼，觀者大駭。廷尉曰：『吾正欲諸公聞天下之正議也。』後進有請業者，公必問所治何經、所得何説、所學誰氏之文，蓋有負盛名而舌撟汗下不能對一詞者，公輒愀然不樂。

公論學一以宋儒爲宗，其説經皆推衍程朱之學。所尤致力者，春秋、『三禮』也。論文嚴於義法，非闡道翼教有關人倫風化不苟作，凡所涉筆，皆有六籍之精華寓焉。讀其文，知其篤於倫理，有中心慘怛之誠，蓋皆其宅心之實，與人之忠，隨所觸而流焉者也。素不喜班史及柳文，條舉所短而詆之，人或以爲過，而公守其説彌篤，嘗謂：『自南宋以來古文義法不講久矣，吴越間遺老尤放恣，無一雅潔者。古文不可入語録中語、魏晉六朝人藻麗俳語、漢賦中板重字法、詩歌中雋語、南北史佻巧語。』世以爲知言。

所著有周官辨，周官集注，周官析疑，春秋通論，春秋直解，禮記析疑，喪禮或問，儀禮析疑，春秋比事目録，左傳義法舉要，删定管子、荀子，史記注補正，離騷正義，删定通志堂宋元經解及望溪文集行於世。

〔一〕本文據近代中國史料叢刊國朝先正事略本點校整理。

〔二〕亥：底本作『卯』，今據望溪先生年譜、方望溪先生行狀校改。

介山自定年譜

（清）王又樸著　汪長林　查昌國點校

王又樸（一六八一—？），初名日柱，後易今名，字從先，別號介山，直隸天津（今天津市）人。雍正元年（一七二三）進士，授編修。二年，未及散館奉旨改授吏部文選司主事。四年，署河東鹽運使司。乾隆五年（一七四〇），署西安府丞。八年，署兩淮都轉鹽運使司泰州運判事。又樸曾師事方苞，受古文法。方苞謂其文識高筆健，義法直追古人。

其年譜一卷，爲生前自訂，記至乾隆二十五年止。該譜記其宦海榮枯，兼及家事、修身等；又因歷任鹽官，故間涉有關鹽務之事。今據民國十三年（一九二四）天津金氏所刊屏廬叢刻本整理點校。

自敘

凡今世士大夫歿,其子孫必爲之行述以求誄言之贈。夫子孫豈不欲稱其祖、父之善而忍揚其惡哉?乃稱之,而且逾其實,甚至以無爲有,諸美畢備,雖周、孔有所不如者。噫,亦過矣哉!

今余將與世辭,而恐子孫之亦然也,乃自定著其年譜。凡一生之美惡,皆無一隱焉。大易言兇少而言悔多,蓋聖人望人以改過也。余蓋多過者,過而幸能改耳。今年逾八十,已謝絶一切人事,惟候死耳。幸而得其死,是天之所以成余也。於是乎書以付兒孝演,俟余歿併訃於親友諸公。凡欲知吾爲人者,即呈之,不必求誄。第留此本以示子孫,俾能如余改過,庶余無怨恫於地下矣。

時乾隆二十六年歲次辛巳二月初三日書。

余初名日柱，後易今名又樸，字從先，别號介山。世居江南之京口，有宅在江中之洲，擅蘆荻利人，稱爲沙洲王氏者也。明末，以兵火遂散徙他處，余曾大父亦繼外家，冒翟姓，來維揚而家焉。及洲没於江，而沙洲之王無聞，在揚者亦竟不歸。暨余大父，美鬚髯，寡言笑，遇人樸誠，能喫虧忍辱。揚故都會區，人競以黠巧相高，而大父獨恂恂若無一能，由是人皆稱爲長者，有丈夫。子五人：長當鼎革時即走失。次爲余父，雍正元年敕贈徵仕郎、例贈朝議大夫。叔父三，皆無出。余父以家七遭祝融之災，赤貧無以爲二親養，遂棄學業賈，依宗人於天津。余生於揚州府之儀徵縣，六歲來北。父以冒翟姓已歷三世，而王氏斬焉，因令余歸宗。已即隸北籍爲天津人，并揚郡亦不得歸矣。

先君子於康熙甲子、乙丑間，由河陽至津，假宗人資開設解庫，亦居積米、粟、油、麯各貨，歲可分息千百餘金。寄南奉甘旨外，餘盡以假鄉人之貧乏。蓋死無棺，婚不能嫁娶，兇歲饑寒無以自存活，或不盡持券，有告之無弗給。然多不過三五金，度可濟其急即已。有持十金外券來者，輒斥之曰：『吾豈放債營利者乎？』其所假則多係貧不能償之人，而亦不責其償。然有求其恤，則又靳不與。居嘗曰：『善門難開。吾非鉅萬資，敢任施濟名耶？』所假不盡，則益市牛酒，爲親舊歡。有勸其殖産爲子孫計，則曰：『兒孫自有兒孫福，莫與兒孫作馬牛。吾與若亦求永此朝夕耳。且吾以辛苦所獲供兒享，奈何隳其志慮？爲兒果能力學致身，亦何用金？吾清白可師，更可教之封殖乎！』如此十五年，家故無絲毫積，而宗人亦因罷官死，家累衆，所資以逐什一者，抽用殆盡，解庫遂大耗。覈之，得鄉人丐出所資衣物若干數，皆先君子憐其寒而未收其子母者。宗人遂大詬，立索其償，先君慨然自書千金借券，不少悔。由此失業，家苦貧，僮僕皆散去。父自擁篲，糞除庭内，母亦親操井白，然尚勉余學。如此數年，并不過所負，而問亦不告余以姓名，若固貧也者。

至丙戌冬易簀時，母檢其故物，得一篋，扃鑰甚嚴。啟之，得紙數百幅，皆負者手書券，計有三千餘金，呼余曰：『兒可無苦，試追此必有濟，然慎勿索其息也。』余遵命蹤跡之，則皆或死或逃，間有存者，貧皆如乞丐，顧余欷噓曰：『郎君幸再假以活余乎？』余乃延問曩所與父同事者，僉扼腕曰：『向亦沮之，不吾聽，不然汝何至貧如此。然此外無文字者更多矣，尚安追索爲？』余始聞而訝，繼而思，終焉而悟，跪請於太恭人前曰：『此皆父所施，而兒索之，失父心願，焚之可乎？』太恭人喜曰：『向亦大怪汝父不吾告，今汝能如是，是吾心也。吾憐汝，故不言耳。』余乃悉取而爇於火。蓋先君子不言而躬行陰德，類如此。

先君子性故豪邁，而檢身則極修潔。所居室常自灑掃，瓶鑪書册諸物位置皆有常處不少亂，衣履無纖毫泥垢及坐臥摺疊痕。嘗有一葛袍，十餘年如新製。憶余弱冠時，出無衣，特命著之，甫歸而當肩處穿矣。又嘗飲於外，盡數十巨觥，而語言動止無違度。及抵舍，始覺醉，連呼茗，飲之即就寢。蓋端凝謹飭，天性然也。

先母太恭人姓朱氏。外王父，故郡中名宿，以授徒世其業。太恭人幼時熟女誡，能誦詩，皆外王父口授。然不令識字，曰：『第解此足矣，寧用作女學士乎？』年十四，歸余先君子。家數被火，奩中衣物盡以燬，布裙出汲，晏如也。余父以覓食養親嘗出外，母獨與翁姑俱，雖貧，能得其歡心。余大父病篤，母侍湯藥不暫離。大父時患泄痢，以久病不愈，瘠甚不能起，輒遺牀笫間，則自外投竿取所污布，躬自滌而易之，經十數日無倦色。余姑母一爲之，即不支矣。然余生也晚，不及見吾祖。

獨祖母爲父迎養於津，時繞其膝下，得所含餳爲樂。祖母性頗嚴，每飲食小不如意輒怒詈，時見吾母以所親和羹涕泣跽進於前也。

太恭人自歸余父，凡十孕而皆不育，最後得不肖。憐余幼懼子特無手足助，乃爲父置妾，已又無出。又更置劉氏，遂以乙亥年生余弟又新，此雖樛木、螽斯不是過也。太恭人仁孝固出天性，然亦外王父有以教之於早歲使然耳。獨念余族姓既希，而父母黨止吴氏姑所出中表二兄，二姊母惟一妹適劉氏尚居揚，而舅氏三人但傳聞其適粤求食，則杳無一耗矣。俯憐身世伶仃，不禁淒然淚落也。

康熙十九年歲次辛酉，［余一歲］。

十一月庚子二十一日庚午，太恭人夢月墮簾而生余。時有一兄一姊。余大母好佛，有京口僧，高行，能前知，大母奉爲師，出見姊與余，師曰：『好好惜，女數短耳。』撫余曰：『此兒不第永年，且當貴，善視之。』而余姊果週甲四年即夭，兄亦早歿，獨余煢煢，於六歲來津。先父母以余多病，欲邀福佑於三寶座，命爲僧。將薙髮，余哭泣以死誓，遂不薙，僅記名於河北獅子林。有江南醫嚴姓者，善太素脈，知人壽夭貴賤。先君子命胗余脈，賀曰：『賢郎四十歲始發跡，身長大如公，恐或過之也。』比鄰姜丈，亦不以凡兒視余。今嚴與姜皆即世，而所謂京口僧者，亦失其名字并所卓錫地矣。

丁卯，余七歲。

就外傅，師山左文在塘先生。初僅識十二字，次日倍之，又次日再倍之，已增至二百五十字。但一再指授，即可背誦，師與父執皆謂余聰穎可喜。然余實性浮，所誦者轉眼輒不復記憶矣，且幼而嬌癡，好嬉戲無節。父雖督之嚴，而母則以獨子愛甚，多爲隱蔽寬縱之計。一歲余在塾止以日計耳，以故從文師五年，而四子書猶不能周。文師雖歷年辭，父頗篤信喜之，至壬申歲始準辭。從浙紹祝師一載，祝僅課書法、屬對而已。

癸酉，余年十三。

已學作時藝，從顧勉旃先生游。顧以老貢多爲外之，問字者，批閱文，值文期出題後，即出館外往。余輩輒求鄰人代作，顧師亦不之覺也。二年，余僅能爲半藝。

至乙亥，余年十五。

從本地文學靳元公先生，靳師即假館鄰人姜丈舍者，始完篇。靳師雖講讀勤，而余以頑劣不知學，日惟竊讀小説、戲文。至文期，則遍覓成文鈔録塞責而已，甚至鈔及靳師已所爲文，靳師亦不問，且評以佳語。如此相謾，余故業不少進，徒以聞見功與夫稗官野乘、勦説荒談以欺人，人輒奇之。以上係余六十前所録。已而念人生品誼，蓋棺後定，身未即死，設一失足，萬事將瓦裂，書此何爲也？遂停筆。今則將就木，或其不辱吾筆乎？因續之。

丁丑，余十七歲。

娶婦劉氏。當年十四五時，余情竇甫開，慾心甚熾，曾欲盗一婢，爲其母所覺而止。又有所悦一婦，已乘醉鑽穴以就之，忽悔悟。父母知之，急爲娶婦。然歷年賴與同筆硯友吴子存仁相砥礪，吴善攻吾過，余極嚴憚之，故於家室間得寡慾。然吴性頗卞急，嘗浼余代鈔文。余爲鈔一頁，亦自録一頁，積數十餘頁矣。偶於所鈔一頁中落數字，吴怒，輒裂余所自録者碎之置櫝中。余適歸舍未之知，及來塾而吴亦已歸。余時憤甚，亦將裂其書籍并毀棄其筆硯諸物以爲報。既而思如此則必大爭，勢且鳴之師，師扑彼亦將扑我，未足以洩忿也。思所以處之者不得，時則心氣少覺平，忽曰：『不如置之勿校以媿其心，彼如人也，必且自責勝我之責之也。』於是心氣大平矣。復思曰：『彼雖甚無禮，然我亦不合失檢至落字，我則不忠，何尤彼爲？』既而吴來見余，不爲動，乃出櫝問曰：『見乎？』曰：『見矣。』『何爲不怒？』余曰：『子已誤，我奈何效之？不過再費幾日工夫重寫耳。』吴面乃大赤，亦自碎其文，并擊頰數十掌，自呼其名詈曰：『某真小人也！某真小人也！』余時爲之大快甚矣。反己自求，行無不得，聖賢之言不我欺也，余自此識得一『恕』字。

及入庠後，偶宿一友齋，大醉題壁，以鵬自況，而謂世皆蜩鳩也。其地爲余親串胡子瀾所假授徒館，見而惡之，乃和余詩，極其醜詆，傳示友朋間。友有爲余不平者，嗾余必報。余思非醉後狂言，何以致其然？彼言雖加甚，乃我自取辱耳，爲謝之。胡後知亦自慚也。時共服余爲能容，然余家世喫虧忍辱，祖德如此。且經云『忿思難』，又曰『攻其惡，無攻人之惡』，聖有明訓，衆皆習而不察，余第能記得耳。

戊寅，[余十八歲]。

生子不育。

己卯，[余十九歲]。

余以寄籍入學。時使者爲江南武進楊公大鶴，於其録科所取也。

庚辰，余二十歲。

先君子以解庫母銀耗盡，家漸貧。余亦以所從師無益，遂與吴子存仁肄業蕭寺。

是年，歲試余取一等，補廩。

生子，夭。

辛巳，[余二十一歲]。

壬午，[余二十二歲]。

生女。至十五歲，未許字而夭。

是年，余以録遺鄉試。友人田子行助，偕余訪謝友穀。時謝與孫子嘉俸、俞子天作、劉子生白、于子宗瀚，號五才子，高言危論，目空一世。余見謝，袖文數首示之。謝略一披覽，瞠目視余，曰：『始以君爲才，乃今庸妄人耳，文污吾目矣。』余自負所學亦富，且試輒高等，謝、孫輩考次多後，何至是？因自言：『所爲文實由古文來，君勿易視也。』謝曰：『君且不知讀書，何論文爲？不必言其他，第取金聖歎所批水滸野史讀數十過，能知其解，再來與余談可也。』時田子傍倪，以其言過傲，甚爲余不堪。余則恬然面受其斥，不爲怒。歸而思彼等雖狂，然皆閉户讀書，余但涉獵耳，或所言有故乎？因如其言讀之，繼之以莊子、史記及先正時文。及歲試，録文示孫，孫大愕然曰：『君何陡變至此？余昔於謝子處見君文大不然，相謂非十數年功力不能回，今何其急也？』余曰：『古云「士不見三日當刮目相待」，君何輕人如是？』孫曰：『然子今試，將不能前列矣。』余曰：『誰可首者？』孫曰：『劍水仍當如故，于蓋先屆歲科兩試冠榜者也。』問故，孫曰：『于文甚假，世皆葉公之好龍耳。』余問：『兄今何如？』曰：『余向考皆劣，今當高，然不能過于也。』余曰：『兄文亦假耶？』曰：『余何假之有！但向皆筋骨，今羽毛生矣。君文純骨，是以知不能前列也。』既而榜發，于果一等第一，孫第五，余居三等之首。謝則通州學，不同棚也。自此深服其學識之高，凡詩文皆就正之，是孫、謝非但友而實余師也。

然余因讀莊，見其近禪，遂學坐禪一年，後遂覺心空如水，處一切事無不天高海闊，不似向者之拘泥牽滯。當其坐時，此中浩浩落落，自謂孔、顔樂處不過如是。然從此於夫婦牀第，絶如冰冷，甚且忘至友朋，漸及兄弟並至父母。止覺一點虚明爲我之寶，一身形骸皆非我有。不有其身，何有於生我身者？幾欲作汗漫游，脱然於塵世之外矣。

癸未,[余二十三歲]。

余悟學佛之非,不復事禪,然大道茫茫,亦不知何處措手也。

甲申,[余二十四歲]。

生女。後適同邑受業門人孝廉劉振家。

余原配劉恭人以病卒。先是,東村郝輔公以農丈人識余,招致同其婿朱子瓈肄業。余爲郝丈器重特深,遂以其甥字余,即余繼配馮恭人也。時年尚幼,余以不能主蘋蘩不可强之。蓋郝丈必欲與聯姻以爲快,當原配甫歿之次日,即來通殷勤,求勿婿他姓。然丈家自適朱外别無他女也,朱曰:『將選之族戚必得人以配君耳。』余曰:『世有無女而先求婿者哉?』亦異矣。既而余父母允之,第以其幼,婚娶之期故遲遲。

乙酉,[余二十五歲]。

仍以録遺鄉試。其資斧實出之郝丈,仍館其家。

丙戌,[余二十六歲]。

仍館東村如故。

冬，先君子卒。余始辭郝丈，求授徒以養母。

丁亥，［余二十七歲］。

館樊氏。余友吴子存仁以疾歿。吴子與田子行助皆余執友。田過信余，吴輒爭之曰：『王子泄氣亦香耶？』往往余有纖芥失，吴即面責之，甚且欲分席絶交數數矣。夫士有諍友，終身不失令名。如吴君者，後豈可得耶！

戊子，［余二十八歲］。

仍館樊氏。

至冬杪服闋，馮恭人歸，嫁娶之資皆出之郝丈。丈既爲余兩姓聯姻，復任此，時諺曰：『做媒可怕，管娶管嫁。』遠近傳之，以爲佳話焉。

己丑，［余二十九歲］。

館於玄帝廟。

庚寅，［余］三十歲。

生子，夭。

辛卯,[余三十一歲]。

仍以録遺鄉試。

是年秋九月,余偶同里人李丈兄弟赴鄉買菉,爲友人留飲,皆醉。過一豪商園,求入,閽人拒之閧,爲其所毆。鄉人憤,集衆訟於監司劉公棨。劉怒,大加呵斥。衆益憤。時直督趙公有恩於余鄉,鄉人恃之;又素憎嫉此商之横,以劉之怒置不問也,欲甘心焉。致罷市,聚不逞徒幾千人,擊碎豪商門,洶洶不可止。余母聞之,憂悸至一日不食。至夜,余歸舍知之,詭告曰:『事已矣。』母始進食。是夜,余憂甚,然事屬騎虎不可下,再四籌計,乃擬爲危言激劉公,竟稱其得賂袒商,不察恤民隱,或庶幾一得。急起覓火,草牒就,適天曙,不告母知。闖至道轅,值捕官正在收發公牘,余詭言所具條陳公事,得收進。余歸,則外間閧甚,爭求余詢狀。既知其説,衆亦無可奈何,聽之而已。乃劉公竟心動,數日後檄下學師,訊余商賄若干數,何人過付?余曰:『實不知。但人言藉藉,余一子弟,豈有聞而不一入告者耶?』乃自録供以進。劉公性極暴,衆皆爲余危之,余曰:『事由余等起釁,奈何動衆致失業爭此不測禍?余寧一人任之而已。』既數日,劉公出示,飭商具呈閉店,徹私役,與民和。時人皆大驚,稱余爲有膽奇士,爭交識余。

至有持金幣聘余爲理其訟事者。余以貧故,手其金以告母,母曰:『汝不憶汝父語耶?慎勿代人爲訟牒,作損德事,此豈可受者?』余曰:『兒比年授徒所得館穀,不足具甘旨,致母饑,此尚較豐腆,且事已仍有金謝,宜若可爲也。』母怒曰:『吾寧甘清貧。必欲爲此,吾先縊死矣。』余悟,急出謝之。又余原配殁時,友人朱、吴輩欲唤妓以慰余,母聞而怒斥止之。余又以嬉戲買琵琶一具,母見,大詈余,立碎而付於火。母雖甚愛余，然所爲必督之以義方，如此不一事。微母教，余幾非人矣。

壬辰，［余三十二歲］。

里鄰姜丈延余爲記室。

生第三女。後適京邑庠生朱念源，即余執友朱君之季子也。

癸巳，［余三十三歲］。

恭遇覃恩加科，余鄉試中副車。

館執友朱君舍七年。

甲午，［余三十四歲］。

生女，夭。

乙未，［余三十五歲］。

太恭人卒。

丙申，［余三十六歲］。

丁酉，［余三十七歲］。

戊戌，［余三十八歲］。

生子，夭。

己亥，［余三十九歲］。

余信道不篤，偶爲人誘得非分財百金，以致喪志棄館，走山左求富，幸不得，欲回，羞見鄉父老，不能寢食者數日，幾欲捐生矣。已忽悟，急歸，時則歲除矣。内而室人之謫，外而債主之嘵嘵，余爲若不聞見者，譬如鳥獸音之過耳爾，如是者數月乃已。念太恭人如在，或執友吴子不死，當不致此。甚矣！余之失足也。

庚子，［余］四十歲。

余但見親友里人，即愧謝曰：『余向大誤，今將另换一王從先見君耳。』於是埋頭課讀，至秋試獲雋。憶赴山左時在都卜之關帝，示兆曰：『汝是人中最吉人，誤爲誤作損精神。堅牢一念酬香願，富貴榮華萃汝身。』復卜，則又曰：『與君萬語及千言，總欲提撕雪爾冤。訟則終兇君記取，試於清夜把心捫。』嗟乎！神不棄予，如面告語。余亦從此洗心滌慮，得成進士。今雖官未大顯，家亦非豐，然曾列清要；罷官林下，布衣糲食，黽勉粗足，天之所以成余者，不亦厚乎！

是年春夏，余艱窘特甚，至數日不舉火，已拚與首陽二老同歸矣。心念幼時有兆，皆謂是歲當發，今如此，曷望焉？忽於秋七月之杪，里鄰解庫王君復宇者，遣人來要余見。余以平素落落，執不可。其人則跪請，不得已往見之，則急詢余何以不赴省試故。余以病爲詞，王君曰：『何病？』『貧病耳。』『所需若干？幸語我，當爲君治裝。』余私計已矢餓死，尚乞人憐耶？爲力辭。王君作色曰：『余非禦人於貨者，特一市估耳，原不敢與士人伍。如不以余金爲非義，則持之去，不然亦不敢浼君也。』余無奈，愧謝受之，則大喜，爲留飯。余既醉飽，懷金歸。入門，則粒米狼戾於地；砌又貯錢數千，詫曰：『此物奚宜至哉？』婦告曰：『王公遣使畀至，君不知耶？』蓋又慮爲内顧憂也。詰旦，門未啟，聞叩户聲，急出，則王君自來促行矣。至中秋，又饋瓜果錢物，余一家得不死，此豈意計所及哉！然此行亦竟中式，與昔神人所預示者無所爽，則信乎人生有命。且余非急返正，則墮入下流，何以至此！經云『自求多福』，良非誣也。自此，余道心日生，而『克、伐、怨、欲』皆漸以銷滅矣。

辛丑，[余四十一歲]。

余以向星士言無進士命，不欲赴公車。同人强之行，果試不第。歸仍授徒於執友朱君舍。自分舌耕終身，不復妄意希冀入仕途也。

是年，生子，夭。

壬寅，［余四十二歲］。

余大病數月，至秋始愈。從此漸衰矣。

［雍正］癸卯，［余四十三歲］。

是年，雍正改元，覃恩加科，秋當會試。余決計不行，友人龐子叔兑適自都中來，爲言：『上任賢圖治，擢高安朱公軾爲總憲。朱公亦正開閣求士，士蒸蒸皆彙徵。君奈何自棄耶？』余告以星士所定，『懼徒往無益也。且朱公以大賢居要路，所言能動主，有一事何不言，顧亦循循默默，曷賢爲？』龐曰：『君何不見朱公言之。朱公門無閽人拒，止一童子，但有求見者，見之惟恐後，雖吐哺不異也。』余與語，忽心動，私計何不藉此行爲言，儻得請於公，亦屬一快人生，何必自爲計哉？次日即邀張子壘同行。乃抵京，而朱公已奉命謁陵矣，爲待之。及回，又入闈主試。余無聊賴，只得入場，草草出，乃不自意即由是種因，畢生事皆基此哉。榜發，余中第二十五名，而所謂朱公者，爲余座主師矣。余急入都謁見，見時余曰：『今上庶政維新，第有一事未見行，然非老師不能言也。』公曰：『云何？』余即舉其事以對，且袖一册呈公，請曰：『師如不言，余即欲於策問中獻之，可乎？』公笑受之，不答。已而廷試，余謁公求示前所請者，公曰：『此事上亦心厭，汝且不必入對，自有其時耳。』及余改銓曹日，部廳中條示：『某月某日奉上諭：停止捐納。欽此。』余時快甚，蓋所謂一事者即此。

先是，公在闈中得余卷，極賞，首藝前二中比謂爲通場無兩，以幅過短不可擬元，故抑之。及見余又妄啟事，遂結契，於公卿間即説項不置。見余同鄉先達，輒曰：『公鄉中有一楊椒山者，寧識之乎？』問之，則曰：『王某也。』當是時，余名大噪都下，一時士大夫爭下交，而同鄉先達且皆以不知余爲媿，要之往見者無虚日，杜詩云『李邕求識面，王翰願卜鄰』，當不過是。然余亦慎之，不敢僕僕也。自是之後，凡入館及改銓部、分鹺皆公左右之。媿余譾劣，無一足酬知己，九原茫茫，淚涔涔曷能自已耶？

余又憶十三歲時，所從顧師索余造命，一星士推之據云：『法應十七歲得婦。十九歲入泮，家計即中落，將二十年至無立錐地，其不饑死者倖矣。二十四歲剋妻，二十六歲剋父，三十五歲剋母。必四十歲始舉一榜，此後止温飽，二十年無官禄。其四十歲前，雖生子，皆不育；過此，添一丁骨肉。親族無一可倚者，常人命也。』余遇星者多矣，無如此歷年皆奇驗者。豈人生果一一皆前定耶？然惟言余止一孝廉，無官禄，余且成進士，歷官數任。又未嘗言余壽數，然言四十後止二十年温飽，則余當年六十而止，今又過二十年矣，所言又不符，何也？或曰陰騭爲之。然余幼壯時，初不修德，至四十歲始返正，然亦數月耳，無一事可稱，是果何如哉？意者焚券一則耶？此假稱貸以濟貧乏，實余父爲之。即焚券，亦以無可著追，且出母意，余何有焉？蓋由祖父之德蔭及之耳。余一寒微，得入清貴之途，後世子孫不可不深思祖德也。余所攜行張子疊，亦余髫年交，前癸巳鄉科同年也，此年又同成進士。然鄉試，張正榜，余副之；今則余正榜，張居續榜，亦一異事。歷來止鄉試有副榜，會試無所爲續榜者，蓋特典云。聞張之祖父三世積德，張亦至孝，爲人直諒樸實。其後爲令，得不測禍，其事甚於余，至擬城旦。蓋亦掊克者誣之殺人，聚斂以爲己計也。然後竟得雪，復其官，今亦壽望八旬，人皆以爲積德之報，其生平多與余相似云。

甲辰，［余四十四歲］。

生子孝演。余已四十四歲矣，果成立，向者星士之言信不誣也。

是年之冬，余未及散館，奉旨改授吏部文選司主事。嗣即隨冢宰朱文端公赴江浙勘視海塘，余得便道過揚，一省祖墓焉。

乙巳，［余四十五歲］。

差回。余見仕途艱險，此中人事多有與書傳所不合者，堅欲謝病歸，期舌耕以終老。已具呈矣，爲少宰本房師沈端恪公近思諭留：『俟冢宰朱公回都再行可也。』時公由海塘之役赴江西本鄉省親，夏五月始來，余於道左接見後數日，并不得再見陳此情。及在部得見，則河東分司之命已下矣，公執不可，勉之行，且曰：『做過翰林、吏部，貴甚，懼爾不能折節以事上官也。』余愕然不知所謂。時蓋滿冢宰隆公以元舅之尊，見者皆跪，余以非禮，不爲屈，隆公銜之，公故云。然此行，公實保全余也。然余自惟福薄，今入腥膻場必不終，懼甚。第無如何，惟祈大病減算以抵折耳。未四載，果被劾罷，且重以無妄之追逋，歷二十余年始脱然。噫！亦危矣哉！

當特授河東分司時，以四品官例得謝恩請訓旨。陛辭日，上諭曰：『清、慎、勤，即是好官。廷臣多有言爾者，朕亦知爾老成妥當，是正經人。此去鹽政運司，如所行不合宜，爾當規正。他如其不聽，即來奏朕。朕豈無官與爾做，令爾委曲在彼耶？欽此。』跪聆之下，感激無地自容。隨蒙賜上所親書睿製喜雨詩、勸農詔，朋黨論墨刻及貂皮、紫金錠，余叩頭謝恩以出。竊念余以新進小臣，驟蒙知遇如此，高天厚地，何以爲報？第鹽官祇職徵輸，餘無所事。然商即民也，若朘削其生以求一時之利，非上心也。惟潔己不擾，多方以養其力，富而教之以禮義，爲國家培千百年之命脈，庶少竭臣衷耳。

抵晉，適運長朱公一鳳來，有同心。二載間，商漸寬然有起色。無何，而掊克者來代，未期年而陡加賦二十萬，以致商大困。聞今皆漸次逋逃，誰爲厲階以至於此？可哀已。

丙午，「余四十六歲」。

署河東鹽運使司，凡四閲月。

是年，生女。後適静海邑庠生元昱。

丁未，「余四十七歲」。

余職任督修池墻渠堰。蓋自漢唐以來，解之鹽池，即係蒲、解二州所屬十一邑。丁民力役之徵，例於歲首分司查有墻之缺者、堰之圮者、渠之淤塞者，檄下各州縣照額提夫，分段疏築，工竣驗其尺丈如式堅固，始放歸農；而吏役因得操縱其權，甚且上下黷索，貓鼠同眠，而池墻不整理者以數百丈計，渠之淤者以數千丈計，堰亦多損無一堅完者，然民力已不支矣。先是，陝督年公羹堯兼管河東鹽政，時已請於額定鹽引外另發餘引十萬道，至乙巳歲頒到，商已請領無餘。此十萬引鹽除正課外，亦照正引例，商别輸爲公費。合已、午兩年計之，當有六萬餘金貯庫，此未有公項動用也。余言於直指，請以此項動支雇募民夫修築，而於十一州縣舊額之丁夫概行免役，民既不擾而工又歸實在，則兩益也。直指可之。入奏準行，而直指即委余領辦。余寢食工次，與徒役共甘苦，事咸集。

是年，生女。後適江南新安國學吳廷訓。

戊申，［余四十八歲］。

余以工竣報銷，直指委朱運長勘驗，朱畏葸甚，乃爲兩端之詞以詳。既而朱調兩淮去，余又署其篆以俟新運長至。至則楊公夢琰也。甫履任，輒大言：『此時做官非殺人與！國家加增數十萬金錢，官安得起？』余應之曰：『是有命在。』楊曰：『君真阿獃也。』余曰：『謂余獃固然。然使公言即信殺人聚斂以求官，余亦不忍爲也。且視吾君爲何如主？』楊哂之。已而楊勘驗余所修工竣，余出迎勞之。楊顧余曰：『君好大膽，以十萬金之工，乃以三萬五千金了之，是焉得佳？』是時鹽使一差，皆以陝之藩臬兼歲一來查盤庫。今湖督碩公色適以臬司兼其任，值其來，余與楊并謁。時楊欲加增安邑鹽引以增賦，余力折其非，與楊爭。碩公急問楊曰：『分司所修工有無浮冒？』楊應聲曰：『浮冒彼亦不敢。第工大矣，銀數少，自難得好耳；但核減，不得不核減也。』余曰：『既無浮冒，何又核減爲？』楊曰：『若浮冒，即參君矣。君無多節省，能不加二核減耶？』噫！以洗手窮員，家又素貧，安得數千金爲償？幸當日原委衆商分辦，衆義亦無辭。然亦有力不能繳者，則余自典貸以完之耳，竭二年力始清。小人以此爲足國計，豈不可恥耶。

己酉，[余四十九歲]。

余以挪移庫項修鹽法志書事，被劾罷官。時則運使楊，竭力吹索求斂財充帑，以爲己之陞官計。此乃商項，商自領辦，余并未出具印領，止以纂輯之。故混詳爲余挪移，直指亦未之察，遽即入劾。恭蒙聖恩，察其無罪，勅令：『督撫、鹽政查明平日居官如何，出具考語，送部引見。欽此。』

是年，生子，夭。

庚戌，[余]五十歲。

核減工程賠項始完。赴京引見，奉旨：『發陝以運同相對品級，或運同以下等官，委署試用。欽此。』到陝時，碩公已陞藩司，仍管河東鹽政，知余被累久，擬余署府，余辭。又擬靖邊丞，又辭。乃自請倅扶風，公曰：『是止養廉六百金，此外無一有。君甚苦，何請此爲？』余曰：『職有疾，扶風地頗煖，暫藉以調理，俟痊後受恩不遲也。』公不得已允之。余蓋以時正不利，務韜斂以自晦也。

是年，生女。後適山東國學馬仲稱。

辛亥，[余五十一歲]。

壬子，[余五十二歲]。

癸丑,[余五十三歲]。

余在扶風三年,郡守任君晟謾易無禮,時或挾氣陵侮余。余但以理遣情,恕不爲校。久之,任亦自慚,復修好,偕余勸捐修考院,即委余督工。事竣,余已倦遊,以病力求歸。冬,始得報。

甲寅,[余五十四歲]。

自陝歸津。

乙卯,[余五十五歲]。

豫學使者張公考聘余入幕。

[乾隆]丙辰,[余五十六歲]。

丁巳,[余五十七歲]。

戊午,[余五十八歲]。

自豫回津。

己未，［余五十九歲］。

時乾隆改元之四年，恭見新政寬大，乃以病愈起，復引見，奉旨：『仍發陝以通判用。欽此。』

庚申，［余］六十歲。

到陝署西安府丞，奉委督修省城。余懲先任鹽池之役受創鉅，力辭，不可。復命理事丞常君德、同州府大荔縣令沈君曰俞副之。

辛酉，［余六十一歲］。

城工竣。督撫題補漢中府倅，留委協理關中書院事。

壬戌，［余六十二歲］。

奉旨召見。是年歲除登程。

癸亥，［余六十三歲］。

引見，奉旨：『仍回原任。欽此。』蒙江督尹公繼善奏準帶往江南酌量題補。秋，署兩淮都轉鹽運使司泰州運判事，當即會題補授，部議以與通判品級不符，駮不準。

是年,兒孝演娶婦李氏。

甲子,[余六十四歲]。

仍在署任,奉委督修串場河。

乙丑,[余六十五歲]。

督撫會題補授江南廬州府江防同知,部議仍以品級不符見駁,奉旨:『著照督撫所請行。欽此。』嗣蒙鹽使者吉公慶摺奏,請以同知銜借補泰州運判,奉旨:『鹽政從無題留屬官之例,以非甚要缺也,不準行。欽此。』

是年冬,得代抵廬丞署别駐所屬無爲州江岸,不在郡城也。

丙寅,[余六十六歲]。

奉委督開無爲州臨江運河,以舊河爲建禦江第六壩之地。自春徂夏,工竣。奉委署池郡守一月。又委署徽郡守,以營度第六壩情形未就,次年春始往。

丁卯,[余六十七歲]。

在徽郡署任十月有餘。閉門不見一客,上官以余爲矯。然余以婿家休寧,兒之連襟亦居歙,而徽俗極重堪輿，凡鹽、典、木三商，皆聚族斯地，宗祠墳墓在焉，凡有侵尺地、斬艾寸木者即興訟；俗又極喜賄官求勝，且多信訛言，一有訟事勝，必曰：『某某所囑。』余恐爲兩家累耳。

戊辰，[余六十八歲]。

自徽回署建鎮，奠江患土星祠，余有文記之。又奉委署本部合肥縣事，辭不就。

己巳，[余六十九歲]。

余以衰老請告致仕。即先遣眷屬回津，卜居楊村。

先是，署運司任内，有商人公用項内運使楊混詳著追銀六百一兩，奉部檄行江南任所追繳，此案未完，余不能歸。又以江患甚烈，求所以經久計者不可得，雖以私意創祠希神助，事屬渺茫而人事必須盡，計土木工既難施，則惟用石耳。查對江即繁昌縣，有山石可採，而州人有圩夫一項可用。集衆商之，乃買舟載石。以土旺用事之日沈之江，共九閲月，成大小支水二：在祠上者僅得十有四丈，祠下則更減。蓋金錢無多，盡其數而止。然居民已競言江已停溜，漸壅沙矣。州人倪光復爲文記之祠中焉。州人又藉余力，勸捐修學及城東開濬新河與築文成壩。諸工役事，咸略就緒，時已二載有余矣。

庚午，[余]七十歲。

在無爲州。

辛未，「余七十一歲」。

秋，回至揚郡，謀所以清完追項者。余年丈洪翁徵治，素篤義任俠，力爲左右其間，竟荷淮上諸君子代完，而安徽方伯高公晉亦札致河東運長，事始竟。聞余赴河東時，鄉友有關切余者，私以余造問一星士。其人有秘傳，多神驗，所言與余幼時顧師所問者同，且言此行不測，縲絏所不免也。然余亦止罷官，後亦但鐫級耳，而官項無辜之累至二十餘年始免，其去縲絏亦無幾也。世人喜言官貴，視余何如哉？

是年，長孫嵩齡生。

余執友張子壘作令，爲豫督田所劾，楊即其僚屬也。以田爲師，其殺人以聚斂與禦人於貨何異？而楊尤熱中。在晉日，自謂清忠，而官不遷。又其二孫一妾與家奴同時而死者八人，憤甚，爲文以檄城隍，爲神罪，其狂誕如此。然田終未大拜，死於豫，其後斬然。楊亦止於一監司，子孫亦式微；而張卒復官，余亦今尚存。雖皆老而貧，而不與彼偕亡，則未嘗無天道也。

壬申，「余七十二歲」。

往來金陵吳越，尋幽攬勝，視在官日，真如鳥之出樊籠，魚之適江湖也。後返揚郡，余於署泰倅任時，曾憫秦潼、淤溪湖波之險，通詳督、撫、河、鹽四院，求諭商捐築縴堤，以便輓運，以利徒行。雖皆準行，而爲勘者憚其艱，力阻其事。余乃於去任時，自捐己資築二十丈樣堤以試，至此已七載，餘堤址猶存，出水者數寸。余知鹽使者普公福秋後當巡歷各鹽場，計之東臺場商金君文昇捐資募夫，少爲增飾，并覓一僧居停其地爲募緣修建者。普公過之果問，并招余詢其工費，余以二萬金對。公曰：『何以人言非十萬不可耶？』余對曰：『是在人耳。』公先自捐二千金以試，已得其概，乃諭商捐如數。即留余爲之，余亦以舊日未了事，不辭也。

癸酉，［余七十三歲］。

泰堤自春興工，至秋七月報竣，核所費在二萬數内，尚節省千餘金。普公臨視大悦，立具奏留余在淮鹽補用，以便辦理歲修事，奉旨：『知道了。欽此。』余既蒙公諄留，亦以堤新築欲親加幫一次，度可久，然後辭歸，補官則非所願也。

是年，次孫霍齡生。

甲戌，［余七十四歲］。

普公調蘆鹽去。任前使者吉公慶復來，雖知余，然於此堤爲普公先著鞭，以功不自己出爲憾，殊無意歲修事，余遂辭歸。

乙亥，［余七十五歲］。

三孫恒齡生。

丙子，［余七十六歲］。

馮恭人卒。

是年,淮鹽吉公丁憂回旗。普公復自長蘆調淮,心念泰堤未堅久,留札諭余覓便來揚酌辦。余遂於秋月買舟,攜兒赴約。

丁丑,[余七十七歲]。

時翠華南幸,普公無暇及他,至夏秋間始入。洪丈言前後兩委工員偕余估修,而委員亦憚其艱如昔日,逡巡未敢即興工。普公已又調,淮關收税直指高公恒來。余晉謁,時與言合。又讀余史記讀法,大加贊賞,竟欲執弟子禮。公以貴戚世胄,乃能樂善忘勢如此,何其賢也,求之近世不可得已。

戊寅,[余七十八歲]。

春正月,高公檄飭工員剋日興修,仍命余督之。工員勿敢違,遂於月内興工,至秋竣。公既委運司勘視,復自親臨,命商厚賮余歸。竊念高安朱文端公軾、仁和沈端恪公近思、合河孫文定公嘉淦、兩江制憲尹公繼善、江蘇中丞陳公弘謀數君子外,公亦生平一知己也。

己卯,[余七十九歲]。

庚辰,[余]八十歲。

静念余生平所未了者,止河東三取書院未及延師訓課,以作興故鄉人文耳。於是年秋,呈請蘆鹽運長王公諭商捐資與城内問津書院一事。蒙報允，尚未竟行。懼余不及待，則有望於後之鄉君子也。

又余自幼從學，止涉獵皮膚，并無專精之詣，雖亦虚心就正有道，而終無所自得。年至四十始鍵户謝客，一意尋討，取向之所爲，盡棄之。其或偶有見聞，隨手雜録，特以工力淺，不敢即問世。至七十歲，爲濡人力請刊行，余亦以所遇有道甚寡，欲遠求之通儒而苦無書。寫手不如刻本可以及遠，或世有訾余者，余因得聞過而改，亦一策也。遂節次刻有易翼述信、中庸總説、［中庸］讀法、史記七篇讀法、孟子讀法、董子春秋繁露、祈求晴雨一則，暨余自著古今文雜纂、詩集等書。其大學原本、明辨録雖已刻，復燬，以時有同學謂與論語廣義，二書余説多誖者，尚在修改，未敢即出以示人也。儻天假之年，得竟卒業，余雖歿，世有能指駮其非，子孫必從而正之，九原有知，則慰藉曷窮已。至於尊所聞，行所知，余亦惟守此一『恕』字死而後已者哉，死而後已者哉。

尹健餘先生年譜

(清)吕熾編著　(清)方苞閲定　汪長林　查昌國點校

尹會一(一六九一—一七四八),字元孚,號健餘,直隸博野(今河北博野縣)人。雍正二年(一七二四)進士,授吏部主事,遷員外郎。乾隆二年(一七三七),署河南巡撫;十一年(一七四六)召授工部侍郎、督江蘇學政;十三年(一七四八),補授吏部右侍郎。先生少聞顔元、孫奇逢諸先生之教,早悟浮華放浪之非。學宗程朱,且深究伊洛之源流。五十七歲時復謁方苞而請業,以文學相砥礪。

其年譜三卷,爲門人吕熾編纂、方苞閲定。按此譜或題尹嘉銓編,或題吕熾編,據吕氏序有『公子嘉銓以公年譜草稿屬熾編校』看,應爲尹嘉銓初編,吕熾訂正,并經方苞閲定而成。該譜以記其與師友論道質學爲主,兼及仕歷。今據光緒五年(一八七九)謙德堂刻畿輔叢書初編本整理點校。

尹健餘先生年譜序

吾師少宰博陵公既卒之明年，公子嘉銓以公年譜草稿屬熾編校。熾讀之，喟然而歎，恍然如見公之生平。

夫自古名臣碩儒，立德立功，炳耀史册者多矣，然稱循吏者學問不必醇，列儒林者勳業不必著，惟公既兼有衆美而其孝思尤至。蓋太夫人天下賢母也，公受兩朝特達之知，服官二十餘年，由曹司屢典大郡，歷巡撫，入爲九卿，所居民樂，所去民思，治行爲天下第一，凡所以宣上德意，勤求民隱者，無不推本於慈訓。荆、襄、揚、豫，並建賢母祠。天子聞而嘉之，公請終養後，特以御詩宸翰就賜其家。大哉！聖人以孝治天下，而公能立身行道以顯其親，使凡爲臣與子者，皆有所勸，是誠有補於人倫世教者也。

公生長北方，少聞習齋、夏峯諸先生之教澤，中年志益篤，養益粹，儒先義藴，無所不貫，而一以朱子爲宗。年近六十，奉太夫人遺命，謁望溪先生之廬而請業焉，此尤近古士大夫中所僅見者。記所云『將爲善，思貽父母令名，必果』者，其公之謂乎！他若義田、義倉、義學之嘉惠於鄉閭，不一而足，從親志也。至今過其地，多爲之隕涕。

熾辱公教最久，自媿學殖短淺，不足窺見奥美。編校既畢，謹書數言以志追慕。

乾隆十四年孟夏月，受業門人吕熾謹序。

尹健餘先生年譜卷上

公諱會一，字元孚，直隸保定府博野縣人。

康熙三十年辛未，［公一歲］。

春三月初五日辛卯，生於東章村。

東章村在縣治西北十五里。先世自山西洪洞縣遷居於此。九傳至曾祖諱先知，邑庠生，隱德聞於鄉。祖諱澤升，邑庠生。父諱公弼，字宏陛，業儒；母李太夫人，誕公有異徵。

康熙三十二年癸酉，公三歲。

夏六月癸酉朔，丁父憂。

宏陛府君卒年二十有七，將祔葬祖塋，族人隘之。宅東有田，太夫人以孤嫠便祭掃，遂營葬，是爲東章新阡。

康熙三十四年乙亥，公五歲。

太夫人口授論語。

公讀書儼若成人，不與羣兒嬉戲。

康熙三十八年己卯，公九歲。

入小學。

太夫人授『四書』卒業，次及詩經。時外祖李太翁就養於東章，遂受學。

康熙四十年辛巳，公十有一歲。

始學文。

王錫純糾村隣同延清苑貢生王藜曙先生爲師，學徒甚衆，分班講授。太夫人命請業，初以年少附蒙童聽講，穎悟絶倫，未幾使與成人之列。

康熙四十二年癸未，公十有三歲。

應童子試。

邑令杜侯拔前茅，優禮之。

康熙四十五年丙戌，公十有六歲。

入府庠。

督學梅月川先生取入保定府學第五名。是年，縣、府俱考前列，太守侯官林惕若先生決爲國士。

康熙四十六年丁亥，公十有七歲。

始婚。

夫人蘇氏，東山處士諱昂之子也。公初應童子試，舉止端凝，處士見之，歎爲非常人，許字，是歲婚禮成。佐公食貧忠養，公得專意進取，無内顧憂，洎顯達不改布素。雍正十三年，封夫人。

康熙四十七年戊子，公十有八歲。

始作詩。

公聞人詠唐詩輒成誦，且能辨其真贋。作詩日多，後删存三卷。

康熙四十八年己丑，公十有九歲。

夏四月，業師王藜曙先生卒。

自初疾侍湯藥以及殯葬，俱親爲經紀。

康熙四十九年庚寅，公二十歲。

與刁紹武、王雲卿、劉今衡聯社爲文。

紹武，名顯祖，祁州刁文孝先生之孫。雲卿，名奎，清苑王藜曙先生之子。今衡，名克一，同邑人。與公道義相磨厲，不以鄉曲毀譽爲重輕。杜荆山汝礪，故宿學也，亦降齒與公定交，自此入社者日益衆。

康熙五十年辛卯，公二十有一歲。

夏四月癸亥，子嘉銓生。

冬十月，之張氏館。

張篤生,居祁州南鄙,率衆延公授徒。公奉太夫人之館,以禮立教,弟子有長於公者無不悦服。鄉人以疑事質公,片言決之。遇歉歲,見居民遠赴州邑領糧不便,公曰:『今乃知朱子社倉法實爲經世良規。』厥後立義倉於其地,命張奇瑛等董其事。

康熙五十五年丙申,公二十有六歲。

歲試,補廩膳生。

康熙五十六年丁酉,公二十有七歲。

科試第一。督學吴文恪公,延入使院。

文恪重公文品,延入學幕參校,凡四年。每歲暮歸省親,鄉人來謁,不敢干以私。

夏六月,長女生。

後適刁方伯孫國子生世嘻,乾隆五年早世。

康熙五十七年戊戌,公二十有八歲。

講習音韻。

文恪故好爲詩，公從遊，朝夕講論，究其藴。

歲試第一。

康熙五十八年己亥，公二十有九歲。

科試第一。

秋九月戊子，仲子永銓生。三歲而殤。

康熙五十九年庚子，公三十歲。

中順天鄉試。

主考爲孝感屠艾山先生、海寧陳蓮宇先生。房考爲伏羌鞏子文先生、東武勵皓然先生。是年，吴文恪公題旌太夫人節孝。賜金建坊，太夫人命俟他日，乾隆二年開府河南，乃度地建於博野縣學之左。

康熙六十年辛丑，公三十有一歲。

春正月，顔習齋先生入鄉賢祠，與祭。

公作祝文云：『敦德從先，立言垂後。誠敬宅心，笑嚬不苟。有體有用，可大可久。明德薦馨，是爲不朽。』李恕谷先生以爲知言。

康熙六十一年壬寅，公三十有二歲。

督學海寧陳公，延入使院。

雍正元年癸卯，公三十有三歲。

秋，會試中式。

是年榜發報罷，上命朱高安、張桐城二相國搜落卷，王巳山、張南城諸名輩多入選。公中第十八名。房考爲合河孫静軒先生。公文本薦卷也，既聞捷，廷試已逾期。

冬十有一月己亥，季子啟銓生。

後十三年，補三品廕生。

雍正二年甲辰，公三十有四歲。

春二月，李恕谷先生過訪。

公酬以詩云：『陋巷經過少，忽停長者車。雅懷兼贈問，和氣動吹噓。大道原無隱，求師今有餘。明朝當祭海，知是望洋初。』時届上辛，將祭習齋先生於鄉也。

冬十月，殿試二甲第二十九名成進士，内用吏部考功司額外主事。

公對策剴切，恭紀詩有『直言因主聖，恕過見臣良』之語。

雍正三年乙巳，公三十有五歲。

春二月，考取試差。

三月，奉太夫人入都就養。

秋八月，實授吏部考功司主事。

雍正四年丙午，公三十有六歲。

典試廣西。

取中蔣俣、龐嶼、曹鑾、吕熾等五十人，多粤西知名士。

雍正五年丁未，公三十有七歲。

春三月，補授吏部考功司員外郎。

會試，分校易二房。

本科鄉試主考,例不開列。公以典試粵西荷特達之知,命充同考官,得人最盛,楊錫紱、陳高翔、錢本誠、隋人鵬、劉元錫、謝廷琪,皆公所拔士也。

夏四月,補授襄陽府知府。

上以襄陽衝要,簡公出守。蒙賜御書墨刻、香珠、藏墨、貂皮、紫金錠。五月,出都奉太夫人之任。七月,至襄陽。撫民以寬,接士以禮,七屬翕然向風。

冬十有一月,兼攝荆州府事。

撫藩聞公治襄有聲,委署荆州。時歲荒,石首尤甚,饑民萬餘,聲言將劫倉穀,縣令惶恐出避。公減從行縣,饑民擁輿前,公曰:『毋譁,吾以救汝也。』以便宜發倉粟賑之。强悍爭先者,公命給之穀而縶於石以懲衆,事遂定。後中丞知公倉卒濟變,亦不以擅動倉穀爲嫌。

雍正六年戊申,公三十有八歲。

春三月,再攝荆州府事。

荆州守受代,旋以事去。公未及歸,復檄攝篆。秋七月,乃回襄陽。

雍正七年己酉，公三十有九歲。

春，修老龍堤。

襄陽臨漢水，護城有老龍堤。起萬山迄長門，延袤十里，皆壘石爲之。戊申五月，江漲石傾。公出帑金修治，基深丈餘，闊逾八尺，按工給直，訖工而民不擾。

夏如武昌。

安陸民有大蘭者，以年凶從其父母至光化爲寧第勳傭工，緣事潛匿。其父母訟於縣，第勳畏罪，乃以他童託爲大蘭以塞責。縣令信之，治以誣告罪，遂越訴於制府。［制府］委漢陽太守與公同審。公廉得其情而未獲左驗，懸賞五十金得大蘭，事乃白。

秋九月，登峴山。

偕諸生詣鹿門，遂登峴山。慨然太息曰：『羊、杜可作，豈異人任？君子之行，不與日月爭光，則與草木同朽，歧路之間，必無豪傑，有志者慎勿惑於俗論而没世也。』

雍正八年庚戌，公四十歲。

春二月，署襄鄖道事。

建隆中草廬。

諸葛武侯草廬舊址,相傳明季爲藩王所壞。公既詣祠瞻拜,登山相地,見有聳而深藏者,曰:『此必當年高臥處也。』遂建草廬於其上,爲記志之。

公謂年至四十始信開卷有益,以從前讀書只作文字看去故也。

秋七月,季女生。

後適静海勵少司寇公子翰林院庶吉士守謙。

雍正九年辛亥,公四十有一歲。

建推訓堂,置經史。

襄陽故有書院。公於政暇,親課諸生。購『十三經』『二十一史』、文獻通考諸書,以文學劉滋生司其事,名曰『推訓堂』。推訓者,推太夫人之訓以及人也。

建魁樓。

襄陽號名郡二十餘年,七屬無鄉薦者,諸生咸謂南城舊有魁樓,自改祀於文昌閣下,氣象幽暗,人文因以不振。公偕諸生尋故址,鳩工春暮,閱秋告成,其明年鄉試遂有登賢書者。公守襄數載,不興無益之工。先是,建蜡廟於南關之陽,蝗不入境,襄民賴之。

夏，運陝兵米。

諸郡糧俱存貯襄陽。荆州米到襄，值陰雨未納。太守周某遽以留難揭報，公不與校。是時總督臨襄目睹其事，知周言之躁也。未幾，周被參，以公署篆。周甚恐，公曲護之，乃大愧服。

秋七月，辦軍需。

荆州都統將兵西征，過漢江，飭備浮橋，與地方爲難。公厚遺之，告以波浪猛壯，浮橋難立成，乃改命登舟。至河南，竟以黷賄獲譴。邁制府曰：『吾固知都統之不免也，安得人如襄守之從厚乎？』

九月，三攝荆州府事。

荆州爲三楚重鎮，七省通衢。滿洲駐防軍糧餉取給於府庫，太守部署或未當則貽大憲憂，故數易任必倚公爲重。公遇事，悉處以惇大，所至協和。

冬十有一月，辦軍需。

湖廣揀緑旗兵赴陝，邁制府親臨襄陽調度，見公部署井然，曰：『人言襄陽守無肆應才，吾不信也。』謂公曰：『楚俗健訟，吾累至襄，但聞頌聲，守何施而得此？』是時鄂相國如都，亦云於途所見，惟襄陽實有太平景象。

雍正十年壬子，公四十有二歲。

春三月，調補揚州府知府。

先是九年十月，奉旨命湖廣總督邁柱於所屬知府中揀能吏調補揚州，邁制府舉公，既得請，以辦軍需留襄三月。新守至，乃起程。襄中紳士兵民，焚香祖道，垂淚獻觥，相屬紀公善政，繪圖、爲詩歌。公守襄五載，勸農桑，賑窮黎，敦本務實。民有赴愬者，隨事開導，藹然如家人父子，多感泣而去；教士如師弟子請業者，不時進見；聞節孝即表其門，每念太夫人苦節，深知孤寒難於上達也；同城三營，按時接濟，卒伍胥戴德焉。

夏閏五月，至揚州。

揚俗浮華，公接以忠信，不設城府。有謂待人過誠恐售欺者，公曰：『某惟知以誠一居心。筮仕後，治大事小事，待君子小人，皆不敢有貳。』蓋歷世情久，見人略涉權術無不敗露者，益信誠之不可須臾舍也。

是月壬子，長孫泖淳生。嘉銓出。

後十六年，補博野縣庠生。

觀風課士。

觀風向成故事。公取士多雋才，擇其尤者，附近月課，親爲講授，人皆嘆服。郭朝源、洪棟等請健餘堂稿付梓。

禁爭賽。

俗好賽神，競建祠宇，以華侈相耀。公諭以廟雖各設，神則無二，嚴禁毋以侈靡耗財。

懲遊惰。

維揚五方雜處，商賈懋遷，博塞盛行。江都民陳廷瑞造賭具，甘泉民吴文魁招集無賴，廉訪得實，嚴懲示衆，宵小始斂跡。

秋七月，祈晴。

自月朔至中旬，雨不止。公步禱城隍廟，隨霽。是時，邵伯湖水漲，田禾幾没。甘泉令欲開芒稻河閘口，爲閘官王德洪所阻。公徑開土壩三丈。總河初以違例爲言，後知公愛民誠切，遂盡啟閘板以暢其流，禾乃無損。

監賑除弊。

夏秋之交，水注興化諸邑，公親勘得實，即請賑。泰州地保沈仲動索饑民票錢，公重懲之，他邑聞風守法，全活者四萬餘人。

冬修李墅河橋。

李墅河在城東二十里，南接京江，北連芒稻河，東西闊二十餘丈。舊橋爲秋水所壞，公捐俸修葺，民無病涉。

十有二月，濬保障河。

總督尹大司馬請濬揚州兩城市河通舟楫以爲民利，奏可。既告成，公詢於紳士，知城西保障河實爲引貫之源，襟帶蜀岡，繞法海寺以南，通古渡，田疇資以灌溉，與隍池相表裏。公倡官屬捐資，擴而疏之，迤邐至平山堂下，樹桃、柳於隄以衛疏土，揚民賴焉。

雍正十一年癸丑，公四十有三歲。

春二月，撥給普濟堂、同善堂地畝。

郡爲四達之區，窮民就食者衆。前守陳侍御建普濟堂於瓜洲，條規既立，食用不敷，公捐俸助之。又立同善堂於邵伯鎮，命紳士好義者主其事，以僧亟吉入官房産十之六給普濟堂，十之四給同善堂，經費乃充。

三月，獲欽犯加級。

總督魏景州檄捕欽犯二名。或謂宜多選强幹往緝，公曰：『人多則事洩，且驚衆。』密令主簿韓墉獨身往擒之，立解京師。奉旨交部議敘加一級。

夏五月，陞補兩淮都轉鹽運使。

治郡始届期月擢運使，仍攝府事。前司收課在三堂内，公移於大堂，收發俱責之庫官，即運使俸，亦官爲職掌，明登印册，雖經手胥吏，亦知其出納無私。

秋七月，修禹王廟。

廟在江都縣治之西。

建徐寧門義渡。

徐寧門據鈔關上遊，關開，人競渡，或以船小覆。公置大船，兩岸砌石，官給舟人工食，過者便之，稱爲尹公渡。

冬十月，致祭吴文恪公。

文恪歸櫬過揚，公迎祭於河干，以千金助其喪。

雍正十二年甲寅，公四十有四歲。

春正月，受小學於高東軒先生。

東軒先生名斌，巡視兩淮鹽政，重公行誼，以小學書授之，自是益篤志於正學。

沿海查賑。

公居官以范文正公爲法，每觀遺蹟，輒思見諸行事。查賑至范公堤，有詩道其慕用之誠。

廣置義冢。

揚州故有義冢，日久無隙地。公置義冢十所，給貧民葬埋。

雍正十三年乙卯，公四十有五歲。

建安定書院。

郡治東故有安定書院，爲土著所侵，日就傾頹。公言於院憲，集商士，清故址，正方位，修安定祠以祀先賢，立講堂、學舍百二十間。集士子肄業，敦請巳山太史王罕皆先生爲師，使嘉銓先受業焉。進諸生授以小學，鋟張清恪近思録集解，講明切究。教大行。

是年秋，嘉銓以壬子副榜中順天鄉試第十四名，鋭意舉業，公教之曰：『須識得人生可法可傳全不在此。古人以年少登科爲不幸，恐自是也。戒之！慎之！』

乾隆元年丙辰，公四十有六歲。

春正月，仲孫連淳生。嘉銓出。

三月，署理兩淮鹽政。

東軒先生補授總河，公奉旨署理鹽政印務，仍兼管運使事。

置營伍舉本。

督撫、鎮標俱有生息銀兩，揚州城守及儀徵奇兵營無之。公以二營密邇，使院發二千金永爲舉本，資其乏困。

冬十月，巡視鹽場。

舟次劉莊場，生員徐長用等遮呈求賑。公面宣聖德，勸令化導鄉愚，俱各感悟。與節婦徐氏匾額並漢紵一端以旌之。

奏明收買餘鹽以裨商竈。

公以私販之多，皆由竈户私賣餘鹽，奏請自今鹽有餘則出官錢收買，存貯場内，俟捆運時即照原價給商配引，則竈户得資其急，而餘鹽不致透漏，商力不及者又得接濟，裨益實多。由是私販頓息。

尹健餘先生年譜卷中

乾隆二年丁巳，公四十有七歲。

春二月，奉旨陛見。

二月二十八日自揚州起程，三月二十四日入覲。命署廣東巡撫，公瀝陳母少苦節，今年七十有餘，實難遠行，請留京効力。旋奉上諭：『昨曾降旨著尹會一署理廣東巡撫，今尹會一以伊母年逾七十不能赴任就養爲辭，情甚懇切，著調署河南巡撫。欽此。』

夏四月，過里門。

初八日，至東章省墓。恭奉誥命，焚黄；贈遺里黨有差。

抵河南巡撫任。

二十一日抵任。時河南久旱，公沿途咨訪，籌畫撫恤事宜。

告誡寮屬。

公初莅豫省，不欲遽行參劾，先下教誡，官屬約與更始。道員劉某，自陳前非，請改過，公許之。

五月，太夫人至自維揚。

公如都時，太夫人居揚署，至是抵汴。士民聞賢母德教，無不額手懽忭。見公事親盡禮，相勉爲孝。

六月，與士民約法六條。

端士習以重民望，嚴訟師以遏刁風，懲惡棍以靖地方，禁鬭毆以肅令甲，儆游惰以勤職業，戒輕生以全民命。詳列其弊，觀者悚動。

秋七月，御賜執中成憲、日知薈説、樂善堂全集，得雪詩墨刻。

建營倉。

先是，河南撫標暨河北兩鎮有生息銀萬金，專賜出征兵丁，餘俱不與，歷年積息銀二萬餘兩。公請酌動息銀買穀二萬石，分貯各營，一體接濟，營伍賴之。

議禁燒鍋。

合河孫尚書陳奏燒鍋之禁有害無益，上諭河北五省督撫，悉心籌畫，各抒所見陳奏。公議奏略云：『行法宜因乎地，立禁先清其源。豫省燒酒明流居多，家常自造，與大開燒鍋興販射利者不同，不必嚴禁。惟直隸、山、陝等省酒麯類，皆取資於豫，富商巨賈收麥踮麯，有妨民食。

請嗣後民間零星製麴自用者，免其查禁；其有廣收多踹囤積販賣者，嚴行定例治罪。庶麥有餘，而燒鍋亦可漸減。』疏入，準行。嗣定禁例：開坊踹麴過三百觔，販運過百觔以上，俱滿杖；鄉保徇隱，予笞；經過地方官失察，有罰。豫省肅然守法。

勘衛河。

來尚書保奏稱：『河南衛水，固濟漕運，亦灌民田，請詳察地勢，官民兩便。』上命趙侍郎殿最、安侍衛寧同公查勘。七月二十七日，宿董家隄。中宵如有人呼者，公急起視之。甫出門而梁折牆圮，臥牀砉然碎，聞者無不駭懼。主館吏惶恐請罪，公曰：『屋適壞耳，汝何罪？』神色怡然。至輝縣，登蘇門，見濱河渠內有以水田徵糧而不得水利者，請減科改爲旱田，凡壹千八百畝有奇。

御賜硃批諭旨十五函。

閏九月，回奏秋審事。

秋審時，奉詔：『天氣亢旱，一線可原者，予以末減。』公按律揆情，多平反。科臣田懋，劾公心地平和，未免過於寬縱，請交部議處。上命『明白回奏』，公據實以聞。部議銷級。公終守欽恤之意，未嘗以刻覈從事也。

太夫人存心樂善，公每事必告。或偶不當意，太夫人對案輟食，公長跪請罪，不敢起。身爲封疆大臣，子孫羅列，事親如嬰兒時，親友見之，無不歎服。

回奏盜案。

科臣慧中，參奏河南題報疏防甚多，實皆公莅任以前事，回奏免議。

冬十月，御賜日講春秋解義。

陳農桑四事。

一乘天時。豫省百姓罔知節候，有時宜播種而未舉耜、時宜耘耔而始播種者，令地方官遍户曉諭，按時耕種。其逾時未耕未種者，即詢明緣由；工本不足，借以倉穀，秋後完納。

一盡人力。種地多則糞土不能厚壅而地力薄，工作不能遍及而人事疏。令地方官勸諭田主，多招佃户，每佃所種不得過三十畝。至耘耔之法，去草務盡，培壅務厚。地少力專，田主自享其利。且分多種之田以給無田之人，則游民亦少。

一廣樹藝。豫省地方每多鹹鹻沙地，小民因難墾種，大半荒棄；而村尾溝頭、籬邊屋角，隙地頗多。令地方官責成鄉保廣爲傳諭，就所宜之木隨處種植。有能於一年之内勸民種桑五百株、梨棗雜樹一千株者，據實册報，分别獎賞。

一勸女工。棉花産自豫省，而商賈販於江南，則以豫省曠廢女工故也。蓋豫省雖知織布，而家有機杼者絶少。令地方官用無礙公項支造機杼，令民報名給領，俟一年後還項。並勸婦女各勤紡織，亦推廣蠶桑之道也。

實授河南巡撫。

公署任半載,正身率下,不以苛察爲能,屢被人言,至是奉特旨實授。

十有一月,飭記功過,以勵官方。

督撫於屬員向有記功記過之條。公飭令按月登記,申送查核,即注明功過於詳驗文稟銜下,使各屬寓目警心。

十有二月,御賜福字、湯鹿、野雞、麅肉。

乾隆三年戊午,公四十有八歲。

春正月,立讀書課程。

中州文獻之邦,名儒輩出,家藏遺書,公每披覽,心切嚮往。因倣古人讀書法,立爲課程,日記所得。即不暇開卷,亦登於册以備修省。

行規勸條約。

賓静庵先生文集有『勸善規過教條』〔一〕,以勗泌陽士子。公推而行之,刊布通省,分立社師,俾諸生知鄉先達典型,共敦志行。

是年,公讀大學衍義,深以溺心詞藝爲戒,謂『反身以體仁,主敬爲本,方寸間有一時静機,即有一時生機』。

三月，奏請貤贈曾祖父母。

雍正十三年，已授公階資政大夫，上封二代。至是，欽奉恩詔，有陞職改任及加級改銜者，照其職銜給與封典。公以曾祖開六府君好義砥行，未登仕籍，請以本身暨妻室應得封典貤贈。蒙恩俞允，曾大父、大父、父俱贈河南巡撫，曾大母、大母俱贈夫人，母封太夫人。

題增韓文公、范文正公博士。

題疏略云：唐儒韓愈、宋儒范仲淹，學貫天人，詣兼體用。攘佛斥老，辟異教以尊經；後樂先憂，引天下爲己任。推孟氏以原道統源流，溯列聖之傳；勗張子以授中庸，理學啟關中之盛。均足扶持名教，維繫古今。今懷慶府之孟縣，河南府之洛陽縣，韓愈、范仲淹之墓在焉。昌黎嫡派猶存，參政旁枝蕃衍，應照周、程、張、朱之例，添設博士，以昭曠典。部議準韓駁范。

夏四月，與黄玉圃先生論政。

玉圃先生名叔璥，時爲糧道，與兩司同，見公每執後進之禮。從容言及服官任事：『方則易滯，圓則易流。故乘時赴功，方不如圓之敏幹；居安守正，圓不如方之堅貞。非根柢素深，學識兼裕，中有主而應不窮者，孰能與於方圓之義？』玉圃深然之。

五月，再申規勸之法，增刊條約。

公既依賓静庵行規勸之法，見士民禮教多疏，無任恤之誼。復取藍田吕氏鄉約『禮俗相交』『患難相恤』二則，增刊分布，俾諸生有所持循。

御賜丹錠。

奏請糴麥十萬石，協濟直隸。

直隸旱，民艱食。時有採買之議，公奏言：『直、豫界連，採買本易，但恐漁利之徒聞隣省專員採買，爭先囤積；姦（牙）邪人等故意留難，委員急於購買，不得不增其價直，必致多費帑金。即如上年督臣李衛委員至豫買米，雖經臣嚴禁而市價未減，採辦需時，此明驗也。伏念直、豫民人同爲朝廷赤子，直、豫帑項均屬國家錢糧，與其直省齎銀來豫搆辦維艱，何如豫省分縣買收經理尚易。今接壤之河北三府屬，二麥秀實即可刈獲。臣一面札商督臣李衛，一面動支藩庫銀兩分發各屬，在附近水次照依時價買麥十萬石，以便直省委員領運至各縣。麥石運赴水次脚價，即照運米赴陝之例報銷。如此，則豫民無居奇之弊，直省免採買之煩，市價可平，民食自裕。又請分作兩次運解，則收兑管押辦理從容，而挽輸尤速。』奉硃批：『如此辦理甚好。欽此。』

秋七月，家譜成。

公先世遷自山西，遭明季兵燹，族譜佚失。斷自所知，分别世系，詳具事實，以昭大夫世家之義。

議奏豫省踹麴仍照前例禁止。

合河孫尚書極言禁麴未便，上命直省督撫悉心妥議，公就豫省情形議奏，大略言：酒爲耗穀之物，麴乃造酒之原，禁止踹麴實爲端本澄源之道，並無滋擾不便之處。户口日繁，本地之麥通融於本地之人，尚未家家足食，何至無處售銷、霉變無用？現今豐收之歲，禁麴之時，猶然麥不覺多，若弛麴禁，通省所耗寧止數十萬石而已？以數十萬石之麴，運之他省造酒，所費又奚啻數百萬石。與其以數十萬石之麴，糜各省無限之財，何如留數十萬石之麥爲民間接濟之用？此其得失利害，有判然可決者。豫省禁麴之販運非禁麥之販運，禁麴之囤積非禁麥之囤積，事判兩途，無庸置議。總之，王道固本乎人情，治體尤權其輕重。民食攸關，非同細故。法行以漸，業有明徵。當此禁麴已著成效，農民相習而安之時，正轉移風俗之大機，豈可徇一時之姑息，忘久大之良圖？顯以耗民生日用之需，陰以道天下奢靡放僻之漸而無所底止哉！請仍照例禁止。大學士、九卿議覆：『應如所請。』奉旨依議。

陳明伏牛、大隗兩山防守事宜。

伏牛山，起自南陽府南召縣，跨越陜汝，南通三楚，西接秦中，廣運三百里，山林深密，最爲險要，而魯山縣趙家村爲伏牛適中之地，請設巡檢一員，弓兵三十名，彈壓巡緝。大隗山，居禹州四邑之中，界址交錯，聯絡衆山，路徑不一。議於入山要路酌建墩臺營房，並派撥馬步兵丁，以資防守。俱飭道員武職，年終巡查。九卿議覆允行。

重修博野縣學落成。

縣學久圮。雍正甲寅公已助修大成殿,而明倫堂及兩廡將傾,櫺星門壞,泮池塞,公捐千五百金重修。督學錢通政行部至博野,爲撰文記於碑。

續洛學編。

湯文正奉其師孫徵君之命,輯洛學編及明而止。公讀其書,嚮慕焉。乃奉二先生主祔於大梁書院,續祔五人:耿逸庵、張仲誠、張清恪、竇靜庵、冉蟫庵,俱爲立傳,續輯洛學編後。

輯呂語集粹。

呂語,呂新吾先生呻吟語也。推勘天理人情,痛切警發,亦或過當。公集其粹者爲四卷。

冬十月,請減陳留閿鄉徵糧。

陳留濱黄河,地多坍荒。康熙十五年,查丈地畝,減縮弓口,通邑加地一千四十頃有奇,包糧爲累。閿鄉上則地每畝徵銀一錢二分四厘,沙地及更名地每畝徵銀一錢六厘,糧額最重。公奏請二縣徵糧從輕豁減。部覆不準,且照濫請例飭行。

保舉教官多於他省,銷級。

上以公到任未久,舉薦之員多於他省,交部議處。部議銷去一級。

十有一月,奏補倉穀事宜。

大略言：積儲之道，不厭其多；民食所資，不妨於廣。豫民食用，以麥爲上，而高粱、蕎麥、菽黍等項，均爲饔飧所需，穀價昂貴。飭地方官即將雜糧酌抵穀石糴貯，來春先盡此項接濟民食，以免陳朽；秋後易穀還倉，以廣儲蓄。河北彰、衛、懷三府，夏秋被水，補種多係雜糧，百姓願以完官者，亦準照穀折收。上以『酌量情形辦理甚佳』，允行。

十有二月，覆奏封貯陳麴事。

上聞河南地方封貯陳麴甚多，商民從前所用之工本悉皆委棄，頗有怨言，傳旨詢問，公覆奏，略曰：『足食所以養民，耗穀莫如跴麴，是以肆行跴販民有治罪之條，失於稽察官有處分之例，此誠崇本抑末之道也。伏思立法當籌其利害，治體必權其重輕。害重利輕，固不可徇利而滋害；害輕利重，又不可因害而廢利。方今生齒日繁，地之出產有數，人之食用無窮。燒鍋造酒，非朝饔夕飧所必需，更不可任其糜費而委美利於無用之地。即如今歲，豫省汝、光被災，直隸、江南亦皆歉收，商販民糴，絡繹搬運，接濟直省之麥已有十萬石，江南採買之糧又有三萬餘石，而民情安靜，猶可支持者，實皆禁麴之所留餘，則爲利實鉅。至於從前陳麴，不過西商罔利囤積之物，爲之設法疏銷，給以照票，任其運行，本省並未有封貯麴塊之事。新麴既禁，陳麴之價自昂，則本利自在，亦必無委棄之理。嗜利姦商，貪心無饜，當其跴麴之時，原欲販運各方；及至定例止許售賣本省，遂藉口封貯，交相騰謗，希冀官吏不便查拿，法度因之中阻。古來興浮議以撓大政者，莫不皆然，則其攸關於治體不小。臣雖明知此輩易有怨言，亦必恪守定例，誠恐越販之端一開，勢必以新作陳，暗地私跴，弊竇百出，則是有禁之名無禁之實，顯以耗本省數十萬石之麥，陰以損各省數百萬石之糧。利害得失，輕重懸殊，此臣所以熟思審處，終不敢依違遷就，徇數商自私之小計而忘民生日用之本圖者也。』上發九卿詳議具奏。

奏明栽樹成數。

公嘗謂：『今日講養民之政，制田里難，教樹畜易，非命世才不能潤澤。周禮之大略，出治當以樹畜爲救時急務。』撫豫後，督屬吏舉行，至是以栽活樹木成數一百九十一萬有餘。具奏，奉上諭：『農田爲生民之本，樹畜尤王政所先。周禮太宰「以九職任萬民」，其二曰：「園圃，毓草木。」可以知所當務矣。朕御極以來，軫念民依於勸農教稼之外，更令地方有司，化導民人時，勤樹植以收地利，以益民生。今覽尹會一所奏，是豫省一年之内，已種樹一百餘萬之多。朕思中州接壤畿輔，爲南北往來之衝，並未聞有教民種植滋事煩擾之處，安見豫省之法不可倣行於他省耶？可將此傳諭各督撫，善體朕心，勉力爲之，以副朕望。欽此。』

御賜喜雨詩墨刻，御賜福字、湯鹿、野雞、麅肉。

乾隆四年己未，公四十有九歲。

春正月，與開封紳士講學於明倫堂。

時行分社規勸之法，人心悦服，以封印無事，請公講學於明倫堂，圜而聽者千人。

二月，查河。

過中牟萬勝鄉，與社學諸生講『尋樂』指要。

三月癸酉，三孫紹淳生。嘉銓出。

刻孝經、大學衍義，近思録輯要，文獻通考紀要。

上發武英殿等處書目四十二種，勑督撫酌刊。公以孝經四種爲士子所宜誦習，奏請刊布。從之。

夏四月，刻明職。

明職，吕新吾書也。其書自巡撫至縣佐，俱有職業可循，於弟子員之職尤詳。公謂其體用兼備，刊以徧示諸生。

御賜世宗憲皇帝御製文集。

五月，請增辦漕價直。

河以南永城十九州縣，折徵漕糧每石八錢，赴河北採買兑運。乾隆三年，米豆價踴，公請增給二錢，在道庫歸公項内開銷。具題者再，格於部議。又具摺奏極言：『折徵原爲官民除累，今小民得免輓輸之苦，而原價不敷，官累實增。身任地方，隱忍不言，下何以對僚屬，上何以副聖明？故不敢因部臣議駁而終於緘默。』奉旨：『該部議奏。』

立撫標城守營倉。

營兵直夜，以採買米豆艱難之狀聞。公捐養廉二千金，交撫標及城守兵弁，從隣境豐收之處採買米豆，永貯營倉，按時糶借。詳見河南碑記。

六月，題請湯文正從祀兩廡。

題疏略言：『工部尚書湯斌，忠孝性成，篤志聖學，以慎獨爲宗，以體認天理爲要，以躬行心得爲歸。學優筮仕。告養言旋，更復折節從師，潛心味道，造詣精深，涵養純粹，裒然稱中州巨儒。自少至老，身體力行，直造乎充實而有光輝，實爲理學名臣。仰請從祀兩廡，俾天下讀書學道之人，愈堅希聖希賢之志。』公於是時，遍覽中州理學諸書，信道愈篤，而於湯文正私淑尤深。齋戒以告孔廟，乃上疏。

開封大水，據實自劾。

六月中旬，大雨不止，開封城内水深數尺。公率府縣先行賑濟。據實上聞，激切自劾，奏稱：『開封水災，實爲臣歷任十餘年所未經見者。捫心自問，上無以贊聖化，下無以綏黎民；内無以慰親心，外無以保僚庶。罪深愆積，上干天和，請即罷斥以應天變。』上不允，諭旨：『開封所屬縣邑有水溢之災，居民困苦，朕心深爲軫念。著巡撫尹會一督率屬員，詳確查明，多方賑恤，毋使一夫失所。若有應免錢糧及應行緩徵之處，查明請旨。或有續報被潦之州縣，亦一體辦理。欽此。』

秋七月，續報各縣被水情形。

開、歸、彰、懷、陳、許諸郡，先後詳報被水州縣五十有七，俱以存公銀兩給賑。極貧一兩，次貧五錢，爲修葺居屋費。災民先賑一月口糧，壓傷者倍之；並借籽種，令種晚蕎以冀有收。部覆：『應如所請。』奉旨：『依議速行。』

題請蠲緩截漕以甦民困。

大略言：水災甚重，漕項錢糧米豆，應照地丁之例，按分數一體蠲免。其勘不成災地方，緩至次年麥熟後徵收起解。其未經被水州縣應辦漕糧，截留本省，以備賑糶之用。仰懇聖恩格外矜恤。奉旨：『著照該撫所請，行該部知道。』

八月，題報成災分數賑恤事宜。

初報救災事宜，屋壞者給以葺費，乏食者予以口糧，民各安業。公慮自冬至春，爲日甚長，窮黎餬口維艱，請加賑：被水尤重者五月，其次四月，又其次三月。無業窮民流散隣封者，飭沿途州縣資送回籍，一體給賑。其不願回籍者，即令地方官隨地安插，動常平倉穀，大口每日一升，小口折半，俟來年二月耕作時止。俱準部覆允行。

命社生協辦賑務。

公初分社學時，同官雖心知其美，而惟恐難行。及河南水災，公於社學中選幹力者，使各監其鄉，胥吏爲姦，命即時舉報。以故賑法修舉，雖窮鄉邊壤，無遺無濫，實賴諸生之力。

刊發賑恤事宜十六條。

立賑法十六條：倒屋貧民，分别給資；乏食窮黎，先賑一月；緩徵，以紓民力；減糶，以平市價；貸倉粟，以濟有無；給籽種，以資播植；撥穀麥，以備需；留漕米，以加賑；廣種蔓菁，以佐艱食；捐施藥餌，以療時症；勸富民，以助施濟；建棚舍，以安流亡；免米税，以通商賈；委社生，以勷賑務；給發照票，以送回籍；興工代賑，以資丁壯。刊發所屬，飭實力奉行，全活甚衆。民雖蕩析離居，未有流亡於他省者。

九月朔，郭善隣等陳『救荒策』，納之。

公詣廟行香回，有商邱舉人郭善隣，寧陵生員楚長運、宋士奇，商邱武生馮振邦，攔輿獻『賑荒策』。命進見。閲其策，皆公所已行者。覩四人皆有志之士，賜之書而遣之。

御賜柏梁詩、嘉雨賦墨刻二帙。

刊發弭盜規條十則。

豫素多盜，公恐災祲後滋甚，立法十章，督有司遵行：一、清編保甲；二、稽查歇店；三、安輯流丐；四、分莊坐捕；五、官役巡查；六、申嚴夜禁；七、遞設梆鑼；八、窩首匪窩；九、獲盜給賞；十、比捕緝盜。民皆安堵如常。

冬十月，欽差雅侍郎至豫查賑。

十有一月，補授副都御史。

御史宫煥文劾公，於乾隆二年回奏：『墩鋪營汛，轉飭守望。今據雅爾圖所奏，墩臺坍損，亦不見有兵丁器械。撫臣節制一省，非但能廉静寡欲便可一切無爲，習爲懈弛，應另簡員整飭。』初十日得旨：『河南巡撫員缺，著兵部侍郎雅爾圖補授。』上諭：『尹會一爲人忠厚謹慎，非有心悮公者，可比著來京候旨另用。』越七日，奉旨補授副都御史。時猶未離豫。

十有二月，奉太夫人歸博野。

時至隆冬，公奏請送母回籍，赴京供職，蒙恩俞允。公起行渡河至新店，遇雅撫軍，具言都中正人皆嚮慕公，稱爲大忠大孝大君子，其指摘者無幾。公謂『非吾所及差堪相信者，從不與人修怨耳』。二十一日至博野，邑人懽迎於郊。太夫人大悦，詢知本年歉收，蠲義倉穀盡以給邑人。翌日，展墓，奉乾隆二年封典，焚黄。

乾隆五年庚申，公五十歲。

春正月，之副都御史任。

歲前，太夫人頗以俗傳七十三壽限之説爲疑，及春釋然。公乃北上至京，詣圓明園奏請聖安。以年例封印隨班。二十一日，始至都察院到任。御賜明史十二函。

三月稽查覺羅學。

覺羅學添派京堂四員董率教習，吏部列名以請，上命公與楊太常嗣璟分查東四旗。公曰：『昔盧植請徵宗室賢才，訓道爵用，以强幹弱枝，此舉認真，豈不足以行吾志耶？』於是，以時至學，多方啟迪，考課諸生。

夏四月，戒戲謔。

公少時善戲謔，後以爲戒。自入卿班，遇故交，舊習復萌。王書城以東銘規之，公喜聞過，悚然改悔，並志良友之益。

五月壬寅，四孫舍淳生。敵銓出。

陳奏綸音宜歸畫一，以昭信從。

大略言：奉上諭司員沙汰年老之人，張鍾又以年老補用司員，旬日之間，綸綍互異，所關於政治者匪細。用人爲立政之根本，王言即信從之歸極，有所異同，何以昭法守？請嗣後令述旨之大臣酌行頒發，儻有前後不符，較正畫一，以傚封駁之遺意。奉旨：『此奏甚是，著内閣存記。至張鍾可否仍補員外之處，大學士會同該部驗明具奏。欽此。』

閏六月，陳情終養。

太夫人素患火症，當暑疾作，徹夜不能寐。公聞，即具摺奏言：『臣襁褓失怙，臣母苦節四十餘年，仰事俯育，備極艱辛，年已七十四歲，卧病在籍。臣自筮仕以來，歷任内外，母子相依，未嘗遠離。現今兩地睽違，不能親侍湯藥，實切風燭之懼。仰懇聖恩，准臣回籍養親。』得旨俞允，即馳出都門，公卿來送者皆不及。

秋七月，歸博野。

太夫人見公至，悲喜交深，疾有瘳。公在視醫藥，疾遂平。公築健餘堂奉太夫人，朝夕誦述經書故事以悦親心。暇時與生徒講學，學者稱爲健餘先生。

九月，南樂布衣張白石來見。

白石，名珂。遊於李恕谷先生之門，深於易，善醫術。公以禮致爲太夫人治病，兼與論學。

冬十有一月，立博陵社約。

公立社，倣藍田吕氏鄉約：德業相勸；過失相規；禮俗相交；患難相恤；有善，則書於籍；有過，違約三犯不悛者，絶之。約期每月一次，齊集不得過午，言懽不得卜夜，食品以五簋爲常。親與紳士耆老，型仁講讓，序次行酒，鄉人益親附焉。

十有二月，朱近堂過訪。

近堂，名續倬，山東人。以御史授兩淮運使，紆道求教，以公任兩淮允協輿論也。公告以『脂膏之地，清介爲恒情所難。子所難不在此，惟望寬而有制，俾商民兩便。頃者撫軍鹽政相持不下，皆私意爲之，宜作殷鑒』。

質疑於孫静軒先生。

公嘗言：『蓄疑爲富，聞道斯難。』讀書有疑義一帙，問諸静軒先生，先生質言以答。詳見講習録。

〔一〕勸善規過教條：清竇克勤竇氏叢書泌陽學條規本作『勸善規過簿』。

尹健餘先生年譜卷下

乾隆六年辛酉，公五十有一歲。

春正月，立共學堂文社。

集諸生彙課，聘徐範兹孝廉爲師。躬率諸生謁見，俾知師嚴道尊之義。訂社約八則，教以立志、績學、脱俗、省愆、虚己、求友、安分、循禮。

夏四月，錢督學索書，與之。

督學名陳羣，素知公篤志正學，索元明以來名儒著述，公檢羽翼經傳、發明性理者六十種付來使。

五月，與張白石論學。

白石言：『友人謂「聖人多是天生，常人何以能學？」曾對以「聖人之聰明睿智不可學，聖人之孝弟忠信亦不可學乎？」』公然之。

六月，始輯健餘劄記。

公謂『精力就衰,難於彊記。耳目所經,切於身心者,書於册,以時省克』。後編成四卷。

秋七月,餞共學堂諸生赴順天鄉試。

每值課期,以辨道論文爲主,飲饌多從儉約。餞諸生時,獨盛設,取歷任所得爵斝觴之。重士子之先資,尊賓興之大典也。

始爲讀書永言。

公云:『年逾五十,健忘日甚。檢閲有得於心,或須審辨者,隨爲韻語記之。』後編成三卷。

八月,與陳海寧論相。

海寧陳蓮宇先生新參大政,公上書進規,謂:『近世宰相,多借從容風議、默化潛移之説,漸入於依違遷就,伴食模棱,而不自覺進賢。爲大,則謂天下無人納誨;爲忠,則謂言感已淺。此輿情所以不滿而史册所以無光也。』海寧謝之。

九月,與諸生論禮。

公告諸生曰:『爲仁莫要於循禮。近日紳士,有父死未葬與人吉禮而恬不爲怪者,豈全無思親之心乎?相習成風,遂不知其悖禮傷仁耳。讀朱文端公儀禮節略,益知大儒爲世道人心計者至深,吾黨所宜講求服習不可須臾離者也。』

冬十月,送孫静軒先生於定州。

靜軒先生總制湖廣，公送之。問何以贈，公曰：『三楚寥闊，苗裔雜處，包荒之中，以不遐遺爲貴。』

十有一月，見高東軒先生講學。

東軒先生自南河總督移節畿輔，約公相見於保陽。謂『數年得力在墨守朱子書，反復涵泳，覺矜躁之氣漸消，處事亦有斷制』，公深服之，謂其『容貌莊而舒，辭氣婉而達，處事明斷，知其實有所得也』。

十有二月，再見東軒先生講學。

東軒先生致書約再見，語三日。極論朱子諸書精藴與讀小學、大學章句、或問、論孟集注次第。自此，工夫益加精細。

乾隆七年壬戌，公五十有二歲。

春正月，胡弢峯來質學。

弢峯，名具慶，來自河南。具言近學欲從劉念臺之説，專意慎獨。公舉中庸或問、精義以正之。

二月，定輔平倉規約。

輔平倉之設五年矣，以公官於外，未及詳列條規，原捐千金日虧耗。歸里後，乃稽舉本所存，與徐喻義、李瀚訂規約八則，以垂永久。

公承母命立義倉三：首東章先父黨也，次及母黨則設於邑中，次及大母宗黨則設於白沙村。悉遵朱子社倉法。三倉在鄉者如故；邑中則盡躅矣，屢貸屢逋，費數千金而規模不定。乃信真西山『鄉可貸，城不可貸』之説，足以濟社倉之窮。侍養之餘，身親閲歷，隨時調劑，益爲經久之計。

三月，馬進士素涵來見。

素涵，名元文。公語之曰：『進士之名雖與古無異，而實則殊。古之進士，初學於鄉，歷司徒，樂正升於司馬，而後官之，所用即所學也。今取以時藝而授以刑名、錢穀，所用非所學矣。有志之士，惟博觀古人行身立政實跡，擴充才識，臨事乃有斷制。世俗成進士後，遂自謂學業已成，則非愚所敢知。』素涵起謝而去。公居家，興起後進，來見者，質言相勸勉，誨人終日無倦色。

夏五月，高東軒先生過訪。

東軒先生造廬訪道。公曰：『悦親難。』東軒先生曰：『予今日乃求親之不悦而不可得。』泣數行下。因辨陽明學術至夜分。明日回保定。

仁和蔣賡三來見。

秋九月，與諸生習禮。

諸生以重九節咸集。公謂『戲馬登高，何如名教之樂』，命於家塾習禮，留飲齋中，即事賦詩，和者四人。

冬十月，丹徒鮑步江來見。

步江長於詩。公任兩淮，以博學鴻詞薦，趙大司馬、顧中丞、張督學交徵，皆不就。千里來謁，公贈以詩，同人次韻繼之。

乾隆八年癸亥，公五十有三歲。

春正月，張兼山來質學。

兼山，名受長，南皮人。丁未進士，前任河北道。公撫河南，與講學有得，至是請益。論及社倉、義倉規法，公因出《輔平倉條約》示之。兼山謂：『斗斛宜定，出入宜查，以杜後弊。』又言公在河南舉行社學，已著成效，未幾離任，事不終，似有天意。公曰：『亦是人事未到。』

約定讀書課程。

公年逾始衰，目漸昏，記誦較壯時減大半，遂自約：『非朱子手定之書不覩，朱子書非發明「四書」諸經者從略，經書中非切於身心日用者亦從緩。』自是擇焉益精。

夏四月丙申，五孫葆淳生。啟銓出。

續北學編成。

昔孫徵君自直隸遷居中州,以洛學編屬湯文正,北學編屬魏蓮陸。公撫豫時既續洛學編,歸里乃删訂魏本,增入原編四人,續輯後編十三人,書成三卷〔一〕。博採行實,論贊謹嚴。再期始脱稿。

秋七月,與孫静軒先生講易。

静軒先生有修順義城之役,僑寓新安。公往唁之,勸以遇變安常,勿撓於境,因與講周易蒙卦。歸語門人曰:『數日親師,得以見善聞過,知索居鮮益,出門之有功也。』

冬十有一月,如京師謝恩。

公侍養家居已四載,蒙聖天子褒嘉,特賜太夫人堂額、楹聯、詩幅。太夫人力疾謝恩,命公詣闕謝。御賜克食一盤、寧緞二匹、貂皮十張以歸。御制詩云:『聆母多方訓,於家無閒言。麻風誠所勵,百行此爲尊。名壽輝比里,孝慈萃一門。猶聞行縣日,每問幾平反。』公事親盡孝,簡在帝心久矣。

乾隆九年甲子,公五十有四歲。

春正月,睢州孟曙來問學。

曙字賡光，愿慤有志士也。昔公去豫時，曙自睢州遠送。至是來謁，公以洛學先正勉之。

與王歸潛論貞不絶俗之道。

大略謂：『恭敬桑梓，則嫉俗之意消；感而不應，當慎所感。觀孟子「三自反」之言，君子無事不以自克爲重也？』

二月，訂周易象意。

孫静軒先生以周易象意稿屬公訂正，間有疑，直言無隱，静軒先生欣然改之。

三月，爲太夫人上壽。

太夫人臥病四年，親友請上壽，俱固辭。至是，以御賜曠典許之，遠近賓客咸集。

夏四月，禱雨。

歲旱，公隨縣令祈雨，先期居宿於外。劉古衡見過，問：『何故居外寢？』以齋告，古衡以爲得禮。古衡，公舊交也。每朔望，必肅衣冠敬請太夫人起居。公亦兄事之。常晨興候古衡，未起，則再拜於門而去。

歸少宰、顧制府、常中丞舉公自代。

是年京察，始行薦賢自代之例。歸少宰屺懷奏疏稱公『居心仁厚，操守廉潔。敭歷外任，撫馭得宜。與臣相較，實爲遠勝。聞伊母尚健，原籍離京不遠，可以迎養，代臣吏部侍郎之職』。顧制府用方以漕運總督薦，稱公『誠謹平恕，堪以代職』。常中丞履坦以浙江巡撫薦，稱公『中正和平，才品優裕。歷官中外，著有賢聲。終養在籍，直隸至浙，一水相通，正可移孝作忠』。公聞之，曰：『古人不以三公易一日之養，諸公乃未達予心耶？』

六月，陳密山過訪。

密山回黔藩任，紆道過博野。公問以近學，密山曰：『爲善。』公曰：『爲善必先擇善。方伯重任也，擇善不明，實德能及人乎？』密山韙之，且悔所爲有擇焉未精者。公稱其『虚心不可及』。

太夫人病革。

公歸養後，太夫人疾時愈時作，至是病篤。晝夜視湯藥食飲，惟公與夫人能喻其志，他人不能代也。

秋七月二日丁丑，丁母太夫人憂。

太夫人薨，享年七十有八。公號泣擗踴若孺子，附身附棺，悉依古禮。經訃周親，不徧訃寮友。懸畫像以代靈帛，立祝相以襄朝夕。奠不用鼓樂，不作佛事，不置酒燕賓。

公讀喪禮，必驗諸躬行而自省其能否，酌禮經輯葬禮從宜録十六則。世俗所尚，違禮妨哀者，俱毅然不行。

苫次當暑，後得隱疾。鍾淑曰：『太夫人令德考終，公年逾五十，於禮當不致毁，宜少弛飲酒食肉之戒，疾止復初。』公泫然流涕曰：『禮之所寬，皆爲疑死，年雖衰，疾未甚，敢不勉以終喪。』

冬十有一月甲申，葬太夫人於東章，祔宏陛府君墓。

發喪將届期，公卿致奠誄者衆，公舊撫士民多遠來送葬。公命鍾淑及杜素存相禮，李明吉爲祝，鄭其華護喪，徐龍光、李貞叔司書記，李沛膏、李巨波司貨財，馬素涵、王體乾、徐曉宜、徐範兹、鄭揆方、劉運翔、徐宣子、鄭博南、劉鳳章司賓客。先期示以葬禮從宜録，終事無失禮，四方吊者莫不悦服。

行七虞禮。

公以家禮三虞爲士喪禮，身爲卿貳，準天子之卿視侯行七虞禮。日中而虞，二虞至六虞用柔日，七虞用剛日。陳牲、設俎、布几筵，皆考續儀禮經傳通解〔二〕、喪大記酌行之。虞後仍朝夕奠。

乾隆十年乙丑，公五十有五歲。

春正月丙子，卒哭。

牲牢視虞祭有加，惟不用太牢，準今制，不敢蹈於僭也。

秋七月癸酉，練而祔。

太夫人將祔廟，公謂：『周卒哭而祔，殷既練而祔，孔子善殷，乃依高氏喪禮殷人「練祭［之］明日祔」之説。』卜日練祭，牲牢如卒哭，祔於三錫祠。既祔，仍奉太夫人神主復於寢，朝夕上食。

編太夫人年譜。

公欲爲太夫人年譜而難於創始，質諸望溪先生，先生曰：『爲母譜年古未有也，而太夫人志事與賢士大夫略同，乃婦女中特出人，在古亦罕見，則孝子創例以爲世法，播流海内，可興可觀，人不能訾也。』編次既成，先生爲之序。公編年譜，至太夫人卒時，慟哭，氣上湧，直視不能言，久之神乃定。

置三錫祠祭田。

公撫河南時貤贈三代，歸養後，乃建三錫祠爲家廟。慮後嗣未克享祀也，以附郭田百畝及東章近墓田百畝爲祭田，供粢盛備修除之用，立規條以示子孫。

立東章祖廟。

廟立於東章里第之陽。詳列始祖以來世系。置祭田十九畝，爲歲時享祀合族之用。

置義田。

公少讀義田記，慕范文正公爲人。筮仕後，即以家田百畝，俾族人分種，而典贖時爲補易。於是特置義田二百畝，東章一頃周給族親，鰥寡孤獨歲餼六石，喪葬婚娶量予有差；附郭一頃用之鄉黨，以恤患難而爲禮俗之交；小王村義田十九畝，爲伯姊宋甥女備饔飧；莊頭村義田十畝，爲外舅東山翁奉祭祀。

置博陵義館學田。

公自守襄時，即奉母命設義學，地近城隈。至是，乃捐恆産百畝爲學田；建義館於察院舊址，在城適中之區，以便來學；詳立教條以敦行；小學講明白鹿洞規爲主；延李貞叔爲師，以鄭茂才董理學務。

冬十月乙巳，六孫增淳生。啟銓出，

十有二月，吕克昌請見。

克昌以少司農督學畿輔，取道博邑請見。公以喪辭，固請乃見。與言『大臣視學，當開誠廣攬，預訪端人才士以備器使，不可臨時苟且，舉所不知以塞責』。

乾隆十一年丙寅，公五十有六歲。

春二月，交河賀處士來質學。

處士名調元，少慕邵康節、張思叔以布衣成名儒，遂棄舉子業。至博野以詩古文就正，公見其負氣，告以『學先立志，宜稍斂燕趙慨慷悲歌之習』。

三月,奉旨補授工部侍郎,俟服闋來京赴任。

公具摺奏辭。上命歸少宰兼署工部,仍懸缺以待。公感激涕零,以爲聖天子使臣以禮之盛心光昭千古,報稱愈難。

夏五月,王大宗伯舉公爲禮部尚書。

大宗伯名安國,高郵人。自陳薦公人品端方,學術純正,堪代禮部尚書之職。

秋七月丁酉,祥祭。

牲牢禮儀皆如家禮,惟祭畢不徹靈座,酌從高安朱文端之説,禫祭後奉主入廟。

冬十月服闋,癸亥禫祭。

從朱文端之説,禫祭不卜日,以今制二十七月滿日,祭而釋服。

是日,省墓。見東章族人,慰老者以養,勸壯者以勤,教幼者以遜。

甲子,吉祭。

公居喪,祀太夫人神主於寢;家廟時祭,令嘉銓代。既除喪,奉太夫人入祠,乃大享先祖先妣,作訓辭三章,命啟銓遵守規條攝祭。

之工部侍郎任。

留別親友，有詩六章，以經理義倉、義學爲寄。聞上西巡回鑾，遂赴定州接駕。蒙賜克食。召見，温諭良久，令先赴京到任。辛亥，視事。越五日，即奉命提督江蘇學政。請聖訓時，從容論及民生要務。上命具摺條列，公陳四事：『申樹畜之教以裕財用，明禮義之節以定民志，廣舉能之途以得牧令，用選拔之才以廣仕途。俱責州縣實力奉行，重其權而久任之，俾民生獲教養之益。』上發大學士、九卿詳議具奏。

十有一月，之江蘇學政任。

月吉出都，馳驛南行。至清江浦，見總河顧用方先生，相得甚歡。舟次維揚，至安定書院，受印視事。人懷舊德，歡聲載道。

十有二月，至江陰使院。

至無錫，謁道南祠。詣東林書院講學，於依庸堂見諸生，答以再拜。九日，至江陰。謁廟畢，講學於明倫堂。詢諸生以所聞見，有名儒、處士、篤行好學者，將以禮就見焉。

訪是仲明於舜山。

仲明名鏡，陽湖布衣也，授徒於舜山書院。公造其廬，與講學。歸即具劄薦於朝。

乾隆十二年丁卯，公五十有七歲。

春正月，班示秀才樣子。

公以禮下士，故不發『學政條約』，特作秀才樣子五則，班示諸生。以立德、立功、立言相期待，始於立志，終於立身，舉吴中先賢范文正公言行以實之，謂其做秀才時便以天下爲己任也。

延巳山太史王罕皆論文。

巳山至署，公問所聞，曰：『人言公無條約及關防告示。我謂月課通省並無異題，「約之以禮」即學政條約，「我亦欲正人心」即關防告示。未知然否？』公曰：『此予心也。』公前過維揚，念疇昔禄養之區，泫然垂涕。與巳山故交語及太夫人，哭失聲。至性所發，不可曲止也。

二月，考試常州府。

頒行小學纂注。

公致力小學十有餘年，謂明初陳、吴集注句解雖詳，猶未能闡發朱子編輯本旨。惟梁溪高氏紫超纂注爲善，通行所屬，命諸生肄習。

見包孝廉彬。

彬，江陰人，謹飭不染習俗。公以禮致而獎勵之。

三月，考試通州。

故事，督學將按臨，先檄生童畢集候考。公預班試期示，闔郡寒士無旅次之苦，衆情大悦。公閲如皋生員叢合瑛卷，質實沈凝，有先正遺風，拔置首卷，衆皆感歎。詢之，則平時篤志力學，曾置劣等，闔學爲之請免者也。

王大宗伯再舉公爲禮部尚書。

夏四月，考試揚州府。

乙酉，七孫英淳生。敔銓出。

五月，考試淮安府海州。

舊例，考淮安畢始考海州。衛太守哲治言海州路遠，歲歉，諸生艱資斧。遂先試之，速發案以遄其歸。

見東軒先生，論小學。

東軒先生查勘南河，公以試竣見於清江浦。語及奉行小學，先生云：『此邦好文，勉以實行，恐未能驟化，静鎮而必行之，不爲所摇惑可也。』

奏明敬敷小學之教，嚴立課試之規。

大略言：臣少習舉業，未知爲學之序。四十以後，始信小學一書爲修身大法，做人樣子。

沈潛反復,愈覺其味無窮。必明乎此,而後學爲人子,學爲人臣,循循於忠孝廉節之行,可以銷除驕惰病根,不至隨所居所接而長。有裨於世道人心,儲才致用甚切,亦甚大。考試常、淮、揚三府,通、海二州,俱以之開示諸生,諄諄告誡,不遺餘力。覆試童生,試以小學,論率多含糊。乃限三月,令其講明切究,論不失指,方準入學。俾文勝之地,定趨向而昭法守。皆曉然於明倫敬身之教,須臾離之而不可,終身由之而不盡,漸焉摩焉,可望實學通才輩出於世,以爲邦家之基。此臣所欲勉竭寸心,不敢不以所學爲政,上報主知者也。奉硃批:『知道了。』

奏請『經義務求實學,解部宜省虛文』。

大略言:向來一等生員概補經解,似能記誦傳説,其實不過於覆試時抄録塞白。在學政,惟期解部之卷不致參差;在士子,視爲虛應故事,沿襲成風,遂同兒戲。臣愚以爲治事之道,惟務其實,不可稍涉虛假。苟一事虛假,則事事皆難立誠。考官之於士子,勢將有言弗信而令弗從者。有關於人心政教,似微而實彰。應於册報生童,另期發問經義,有能答不失指者,即以『經解』二字印記卷面,衡其文藝,酌予補廩入泮,鼓勵窮經之士。其不在册報者,原係憑文拔取,不必令補經解,以致真贗混淆,則考試既省虛文,而部臣亦可核實矣。奉硃批:『該部議奏。』部議如所請行。

六月,考試鎮江府。

公以小學立教,吴中士子多煩言。按試金壇,生員段士績,對小學策詳明,擢第一。其子玉裁年十三，『九經』、小學已成誦，即予入泮，以示鼓勵。

秋七月，考試江寧府。

公與制臺尹大司馬相見甚歡，語以『格君心、薦人才爲首務，晚節勿致浮沈』。制臺知學政廉俸不敷，以署學篆所得養廉五百金持贈，公力辭曰：『當取而讓美德也，非有而取貪人也。願以君子自處，即以君子處人。』乃止。

録遺才。

公以小學發策問。閱宜興許重炎卷，見其條對詳明，知爲宿學。即傳見，且曰：『吾自首春開試，今乃得汝於録遺中，何也？』炎對以未與科試，公始釋然。

八月，受業於望溪先生之門。

公至江寧，即以太夫人遺命造謝望溪先生，請師事之。先生以公有使命，三辭。公寓書謂：『先生老矣，某亦病衰日甚，百年不易得之遭逢，可以避嫌小節終輟乎？』先生乃許見。公止騎從於二里外，徒步造門，親操几席，杖履而入，北面拜爲弟子。望溪先生立敦崇堂以風勵好禮志學之士，公亦立此堂於博野；且命嘉銓效蔡西山父子同受學於朱子故事。翌日，嘉銓執贄見先生，授之儀禮析疑。

命嘉銓歸里增修共學堂。

公歷顯仕,持躬儉約。爲學使,餘養廉百五十金,付嘉銓持歸,曰:『我在外,恐共學諸生以貧廢業,用此善後可也。』嘉銓歸,修葺共學堂,以餘金增置學田,歲入爲月課膏火。

冬十月,回江陰使院。

返棹江陰,適東軒先生以勘災過江寧,遂與同舟至儀徵。東軒先生曰:『今世篤信朱子能躬行實踐者,寶應朱止泉而已,陸子稼書猶遜之。』公讀其文集,於程朱之道益通。

十有一月,報滿留任。

公科考報滿,禮部已奉上諭:『江蘇學政著仍留原任。』

行學,祀朱止泉先生主於道南祠。

止泉先生諱澤澐,寶應人。公檄無錫、金匱二學奉主入祠。先後檄從祀道南祠者七人:義興湯默齋,毘陵金闇齋、章圃軒,梁溪顧俟齋、吴恕庵,澄江楊太素。

輯道南編。

公輯道南編,廣行採訪,未及成書。

十有二月,拜繆文貞、李忠毅祠。

文貞名昌期,忠毅名應昇,前明死於魏黨者也。

致祭楊文定祠。

文定，楊公名時也。

與東軒先生論學。

東軒先生自浙北上，約公見於舟次。是時，公究儒先之書益精，謂：『羅整庵困知記，傷於煩；朱止泉説，理分明實，信得知性外別無格物工夫。』

乾隆十三年戊辰，公五十有八歲。

春，重訂小學纂注。

公以纂注得朱子編輯意，其中亦有可删者，舊刻多訛，重加訂正，命邢生奇、程生鵬校對，以廣其傳。昔朱子年五十八編次小學，書成以訓蒙士。公重訂小學時，年亦五十八也。

二月，祀黄省齋、楊恒齋、楊綬齋於東川書院。

靖江東郊故有東川書院，乃省齋黄鍾樂、恒齋楊坦、綬齋楊方濬三先生講學之所。公命學官置主，崇祀東川。

重訂近思録集解。

公在揚州嘗刻近思録集解以教安定書院士子，至是修葺舊板，弁以序言，與小學並行。

三月,歲試常州府。

試畢,優生彙見,公命之曰:『本部院求賢取友之意甚切,諸君其留談數日。』以理學宗傳等書授宜興許重炎、江陰邢奇。

夏四月,補授吏部右侍郎。

公以興學育才爲己任,上達聖聰,故有是命。仍留江蘇學政之任。

五月,歲試蘇州府太倉州。

行學約十則。

公教諸生,以篤行爲先,人知嚮道,乃定學約『嚴師範,訪真儒,明教法,設講堂,立課程,擇士子,訂會期,量材質,核實行,正文體』十則。大略本先儒胡安定教授蘇湖遺法、明道先生熙寧條議、伊川先生看詳學制、朱子漳潭教士遺規,貫通其意而推行之。志士奮興,咸謂昔年陸清獻未及視學江南,興行教化,人以爲憾,於今幸親見之。

六月庚午,八孫樹淳生。嘉銓出。

綱目四鑑録刻成。

公謂『通鑑綱目所以資治,主治者君,輔治者臣,受治從風者維士與女』。分輯四鑑,以備觀省。四鑑中分爲四卷,以類相從,各加按語。書成於丙寅之夏,至是序而梓之。

乙亥，命啟銓歸里置東章學田。

東章義學建自雍正辛亥，近鄉塾，地湫隘。公遣啟銓北旋，擇爽塏之地立學舍，置地五十畝爲學田。

置塾田。

公以古之教者家有塾，建學三錫祠側，使子姓以時習禮。撥恆産百畝，爲束脩之費。

立宗法。

式法取諸范文正公家乘，篤近舉遠，以鄉邑建置宗祠、祖廟、義倉、義學、祭田、義田、學田、塾田，俱命宗子承事。里第一區，宗田一頃，法守世及，擇賢卜立，支子不得分析，有不率者，斥之。

己卯，疾作。

公衡文詳慎，每去取一卷，必尋覽移時。當暑疫瘧盛行，積勞成疾，猶以校射示期於前不肯易也。

秋七月丙戌，病。

公病痁，遍體寒戰，自申至夜半乃止，間日而發。越七日壬辰，小愈。癸巳，恭迎孝賢皇后尊謚詔禮畢，疾復作。登舟至松江，疾革。

十有五日丁酉戌時，公薨於松江試院。

是日，晨興盥洗，扶杖至試院東齋静坐良久，覺心火上炎，既而曰：『以心制心，又覺澄然。』起視壁間尺幅，有『兩儀常在手，萬化不關心，大丈夫不可無此作用』之語，歎曰：『萬化不關心，何言作用？應改爲萬化運於心。』已而汗出霑襟。嘉銓請解衣臥，公不可，仍衣冠還寢，病益革。命草遺疏，遂危坐而逝。嘉銓奉含斂。松江太守朱霖率屬縣以二百金賻，辭不受。喪至揚州，公故所轄也，淮商以五千金來賻，嘉銓守遺訓，固辭不受。啓銓奔喪至夏鎮。八月望日，扶櫬回籍，闔邑官紳、親友迎哭於野，哀聲震地。

公平生忠信爲主，勤勤懇懇，見者莫不敬服。凡陳奏，無隱無欺。遺本拳拳以任賢納諫、慎終如始爲言。

上聞悼惜，有旨：『應得恤典，該部察例具奏。』

乾隆十四年己巳。

春二月十有七日乙未，皇帝遣布政司參政陶正中讀文諭祭。

祭文曰：『鞠躬盡瘁，臣子之芳踪；賜恤報勤，國家之盛典。爾尹會一，性行純良，才能稱職。方冀遐齡，忽聞長逝，朕用悼焉。特頒祭典，以慰幽魂。嗚呼！寵錫重壚，庶沐匪躬之報；名垂信史，聿昭不朽之榮。爾如有知，尚克歆饗！』

二十有二日庚子，葬公於東章新阡。

公事太夫人五十有四年，公薨葬於東章，不改卜兆，從公志也。

附録

乾隆十四年己巳。

秋七月甲子，祔三錫祠。

練而祔於祖廟，遵公從宜録成規也。

乾隆十五年庚午。

冬十月乙酉，特祀純良祠。

公既葬，冢子嘉銓廬於墓側，編次遺書。季子啟銓奉主於寢，朝夕奠獻。三年喪畢，酌古遷廟之禮，建公專祠於三錫祠前，顔曰『純良』，尊君命也。

乾隆十六年辛未。

春二月辛卯，崇祀鄉賢祠。

順天學政吕熾會同直隸總督方觀承題疏稱公:『品端行潔,學正孝純。色養無違,竭終身之孺慕;職修匪懈,篤誠悃於官常。「兩編」譜理學之傳,儒宗遞衍;四鑑標人倫之準,名教攸關。捐公産而建社倉,閭里之謳思罔斁;修黌宫而設義塾,士林之愛戴殊深。積厚流光,洵可儀型鄉國;徵名以實,允宜俎豆馨香。』禮部議覆:『應準入祠。』奉旨依議。

乾隆十七年壬申。

秋八月辛卯,江蘇祀名宦祠。

江蘇巡撫覺羅雅爾哈善會同江南總督黄廷桂、江蘇學政莊有恭題疏稱公:『立品端廉,持心忠正。夙承慈訓,施懋績於襄邦;旋荷綸音,著循聲於揚郡。風規整肅,閭里共樂安居;愷澤覃敷,煢獨無虞失所。學舍興而宣揚文教,河渠濬而利濟民生。迨夫巡鹽恤竈,俱調劑之有方;視學培才,悉甄陶而盡善。由其維揚三任,興革尤多;是以紳士羣黎,謳思倍切。僉請崇祀名宦,以傳志乘芳型。』禮部議覆:『應準入祠。』奉旨依議。

乾隆十八年癸酉。

春二月丁亥,從祀道南祠。

江蘇學政雷鋐以公理學名臣,特從郡人士之請,奉主配享道南祠。司業顧棟高爲之作傳。

乾隆二十五年庚辰。

冬十有二月乙亥，河南崇祀名宦祠。

河南巡撫胡寶瑔題疏稱公：『學而入政，孝以作忠。自登第而陟卿曹，不忘儒素；迨服官而更中外，常令民思。鄉黨既志其休聲，江淮胥歌其惠政。乃其班班可考，尤在中州；是以嘖嘖相傳，如出一口。首崇學校，刊書普造士之方；務重農桑，樹木爲諸方之法。請除報墾，陞科之虚賦全蠲；偶值偏災，救荒之良規悉備。立社學，則人皆向化；置營倉，而兵吏蒙休。實由心地之和平，爰著官常之恪慎。辭粤東之職而養母，特邀賜詩殊榮；留江右之任而卒官，復荷聖恩優恤。宜光秩祀，以協輿情。』禮部議覆：『故河南巡撫尹會一，本躬行以率屬，德教咸孚；由經術以敷猷，農桑永賴。實垂勳於方嶽，可無愧於薦馨。應準入祠。』奉旨依議。

〔一〕三卷：應爲『四卷』之誤。

〔二〕續儀禮經傳通解：書名應作『儀禮經傳通解續』。

道南祠傳〔一〕

(清)顧棟高撰

先生姓尹氏,諱會一,字元孚,號健餘。先世山西洪洞人,後遷保定之博野,凡十二傳而迄先生。先生之父諱公弼。以先生貴,三世俱贈河南巡撫。先生生三歲而贈公卒。五歲,太夫人授以論語諸書。太夫人姓李氏,有婦德,貞節撫孤,海内皆稱賢母云。

先生登雍正甲辰進士。歷吏部考功員外郎,出守襄陽五年,移刺揚州二年,擢兩淮鹽運使。今上即位,使督理兩淮鹽政,加僉都御史。踰年,超遷河南巡撫。三年,入補副都御史。陳情歸養,侍養五年而太夫人卒。乾隆十一年二月,先生服未闋而天子即授爲工部侍郎,是年十月免喪始之任。旋提督江蘇學政。十三年夏,陟少宰。以勞瘁卒,年五十有八。

前後居官凡二十年,大都廉以褆身,勤以供職,寬以接下。所歷運使、鹽政,皆世人所視爲善地,而先生洗手奉公,秩賜半盡於官中爲軍民救災恤貧之用,餘則以周宗族鄉黨。博野設義倉三,由父黨、母黨以及大母鄉黨,篤近舉遠,皆出於誠心質行而爲之。在襄陽時,漢水暴溢,老龍堤傾,先生出帑修治,至今爲民賴。明年,旱蝗四起,先生命建八蜡廟於城南,是年蝗不入境。又明年,荆州都統將兵萬人征西,過漢江,飭造浮橋,縣令嚴索民舟,舟人妻子皆號哭。先生勸令以舟渡軍,都統許諾,民慶更生。在揚州,濬兩城之市河,通舟楫以爲民利。揚俗奢侈,衣服飲食多不節,先生示之以儉,揚俗大變。其理鹽政也，竈户多賣餘鹽，故私販不可禁止。先生請出官錢買貯，配商引以行，私販頓息。河南開封四十七州縣大水，先生規畫十六事，爲民籌居食之計甚備，所全活無算。在御史臺，甫及半載，悃悃款款，言人之所不敢言，即上所施行者亦駁正，往往霽容嘉納。方有意大用，而先生念太夫人老病，遽乞假歸矣。最後視江蘇學政，申明小學之教。無錫有宿儒高紫超，纂注小學，先生校訂行之，一時風動。方少宗伯苞以老家居，先生屏車騎，徒步造其廬，操几杖北面執弟子禮。南匯有隱君子曰是鏡，講學於舜山，先生枉駕過訪，歸即草疏薦之。其好賢禮士，多此類。

先生爲學，刊落浮華，直明本性。性至孝。自始仕至河南巡撫，皆奉母以行。其所設施，悉稟太夫人之教。天子亦知之，賜以詩章匾對，士大夫傳爲美談。先生在家有續北學編，在河南有續洛學編，在江蘇方著道南編，未成而先生卒矣。

余與先生同登庚子賢書，後放廢三十年，使節屢臨，未嘗通謁。乾隆壬申，郡人士將祀先生於道南祠，請余作傳，謹據狀敘之如右。無錫顧棟高。

〔一〕道南祠傳：錢儀吉碑傳集題作『尹先生會一傳』。

先正事略

公諱會一，字元孚，別號健餘。先世自山西洪洞遷直隸，遂爲博野人。父公弼，早世。母李太夫人，以節孝旌門。公少孤貧，太夫人口授論語，即知孔子之言不可違。既長，篤信程朱，謂治法不本於三代，皆苟道也。故自服官後，日取漢唐以來代不數見之人以自律，雖功顯名立，而深媿不能有所建樹以上負聖主特達之知。

生平坦白純粹，遇事必行其心之所安。事母尤篤孝。少時授經祁州，假館迎母侍養，凡七年，不忍一日離也。在官，每夕必以所措施詳告太夫人，意或未愜，則跽而請罪，不命之起不敢起。官中禄賜出入，壹稟於母，非請命妻子不得取尺布、錙金。日用外，多布之治所爲濟物利人之事。用此仁聲義聞，播流海内，上自天子，下至公卿士民，重公者莫不知太夫人之義方焉。

公登雍正癸卯進士。由吏部主事遷員外郎。丙午，典廣西鄉試。丁未，分校禮部試。尋出知襄陽府，有惠政。漢水暴漲，壞護城石堤。公督修，自萬山至長門凡十里，分植巡功，民忘其勞。每遇水旱災，太夫人必跽禱烈日甚雨中，家衆恐致疾，羅跽挽掖，終不起，常應時而得所求。公嘗攝荆州府，會石首饑，災民洶洶，以浮言相煽動。公單騎慰諭之，立賑其衆，而置倡亂者於法，事遂定。雍正九年，荆州都統將兵西征，取道漢江，飭造浮橋，吏民惶急。公奉母命，竭誠修禮以請，卒改令以船濟。時又調緑旗兵會集襄陽，供具夙辦，軍熹而民不擾。未幾調揚州，其治如襄陽。於是襄郡及樊城、宜城並建賢母祠，不可抑止。就遷兩淮鹽運使，尋擢鹽政。導商民節儉，以身先之，尤屏絶餽送。太夫人通文史，憫民俗怙侈縱逸，作女訓質言十二章以劼毖之，陋俗丕變。

公入覲，命巡撫廣東。自陳母老不能遠行，遂調撫河南。中州自北宋以來，理學傳最盛，明道、伊川、康節後歷金、元、明，代不乏人，國朝湯文正、張清恪、耿逸庵，尤爲傑出。公慨然以振興絶業爲任，增訂洛學編示學者。命州縣皆分四鄉，立社學，簡有齒德者爲之長。每朔望，長吏集諸生講論德義，書其孝友、睦婣、任恤與其放逸、奇衺爲患於鄉里者而加勸懲焉。逾年，政教大行。

乾隆四年，開、歸諸郡大水，公上章自劾，列賑恤之宜，皆報可。公約法十六條，兼用北宋富文忠、趙清獻救災事宜，而令離鄉求食者，有司隨在廩給，開以作業，俟改歲東作，資送還鄉，則古法所未備也。太夫人率公規畫，至廢寢飲，以是災民無一出河南境者。又以其暇，布周官溝樹畜牧、比伍保受之法，以劭農而靖民。嘗奏報勸諭鄉農種榆、柳、棗、梨二百萬株。又以俸糈所入，爲揚州兩營及河南撫標三營置舉本各二千金，曰：『凡卒伍，必使衣食得自贍，乃可以法繩也。』其他完城，濬河，建橋梁，設津渡，修學校，立書院，創蜡祠，表前賢遺蹟，賜高年布帛，寒者衣之，疾者藥之，公皆奉母命出私財將事。其在鄉，則族人皆授以田，使自耕以食，而執其契立義倉、義學，拯危掖困，不可殫述。故人皆感服信從。顧尚書琮久任督撫，再舉公自代。高相國斌以宗程朱，志相得，總督直隸時，嘗以公事過博野，登堂拜母。孝德益上聞，自河南内召授副都御史。太夫人老疾，不能就養京師，未數月，公即疏請終養，得旨俞行，皆數十年中大臣所未有也。

八年冬，高宗特賜太夫人御製五言律詩一章、堂額一、楹聯一，時爭傳，謂前古邀此異數者亦罕云。

公歸養五年，築健餘堂以奉太夫人。立共學社，招生徒，講明義理之學，學者翕然宗之。太夫人考終，服未闋，天子豫虚工部侍郎待之。及赴闕，未踰旬，特命督學江南。

十二年秋八月，鄉試，諸生既入棘闈。質明，公操几席，杖履徒步，造（謁）謁方望溪先生於清涼山下。及見，北面再拜，曰：『曩在京師，母命依門墻，先生固執不宜使衆駭遽。今里居無嫌，且身未及門，心爲弟子久矣。蒙授喪禮或問，吾母之終，寢處、食飲、言語得無大悖，成身之德，庸有既乎！』時先生治儀禮，因以相屬，欲共成一書，作而曰：『某未暇及此也。往者巡撫河南，會凶饑，未遑教治；居臺四涉月而聞母病，今使事畢，歸廁九卿與廷議，非忘身忘家不足以答主知。若不能自樹立，徒附經術以垂名，抑微矣。必衰老，或以不職罷歸，然後可卒先生之業。』越日，又走謁，從者一人。望溪畏邦人疑詫，乃埽墓繁昌〔一〕，入九華山以避之。未幾，有旨復掌江南學政。逾歲七月，按試松江。遘疾，卒於官。是月，特晉吏部侍郎，而公不及知矣。

公始入臺，即奏：『人主一言，天下屬耳目焉。今方甄别年老不勝任之員，而饒州守張鐘又以年老命改部司，旬日間前後頓殊，恐羣下無所法守。』上嘉納之。其在河南，奏睢州湯文正公宜從祀孔廟。視學江南，首謁東林道南祠。舉舊典答諸生，再拜。凡試畢，士旅見，皆然。頒小學以昌程朱之學。聞隱士是鏡廬墓三年，親訪諸舜山，薦舉以礪士行。

既遘疾，自知不起，草遺疏，言任賢納諫，始終一意以立誠爲本。旬日中，無一語及家事。卒之日，晨興盥漱，扶杖至東齋，郡守入見，子嘉銓侍，尚爲辨人心、道心之分。汗出霑衣，請解衣少偃息，不可。移時，危坐而逝，時年五十有八。上聞悼惜，賜一品葬祭，入祀鄉賢。所歷治地，皆以名宦請祀，而吴人兼祀之道南祠以配前哲。

公爲學務在力行，於古今人學術純駁，審擇之而未嘗攻斥，曰：『吾惡學者之好爲謾駡也。』通籍二十餘年，功業在天下，而自視粥粥若無能。每爲望溪言，謂『胸中所藴蓄尚未見其端倪也』。大夫人以女子而能先天下之憂，每閲邸報，至聖制惇大，必三拜稽首以慶；臣下有讜論訏謨，必再拜稽首。偉哉，淵乎！公母子宅心若此，則所見於行事，抑又其淺焉者矣。

公所述：君鑑、臣鑑、士鑑、女鑑九十六卷，增訂洛學編五卷〔二〕、北學編三卷〔三〕，小學纂注六卷，近思録集解十卷，撫豫條教四卷，詩文集二十三卷，從宜録一卷，讀書筆記及語録十七卷，講習録二卷，吕語集粹四卷，尹氏家譜八卷，賢母年譜一卷。

〔一〕吕：底本訛作『昌』，據方苞集尹元孚墓志銘校改。

〔二〕洛學編五卷：傳本作『洛學編續編一卷』。乾隆三年（一七三八）懷潤堂刻本。

〔三〕北學編三卷：傳本作『北學編四卷』。清魏一鼇輯，尹會一續輯。據尹氏序所言，先生蓋在魏一鼇所輯基礎上新增十七人。

可齋府君年譜

(清)陳嚴祖　陳輝祖　陳繩祖　陳祖敬輯　郭春陽　汪長林點校

陳大受(一七〇二—一七五一),字占咸,號可齋,湖南祁陽(今湖南祁陽縣)人。雍正十一年(一七三三)進士。歷任編修、侍讀、左庶子、侍讀學士、侍講學士、内閣學士、吏部尚書、兩廣總督等,加太子太保銜。卒謚『文肅』。大受曾師事方苞受古文法,爲文原自性情,義正詞醇,不務聲華,恪守方苞軌範。

其年譜一卷,爲其子嚴祖、輝祖、繩祖、祖敬所纂。該譜記其仕歷、家事及宦迹,尤詳於地方吏治、風情等。今據北京圖書館藏珍本年譜叢刊本整理點校。

可齋府君年譜序〔一〕

古大臣上荷殊知，躬膺顯秩，必其精純罔間，勤毖有加，斯眷注式隆於生前，哀榮獨優於身後。無他，一誠之所充積，而對揚休命者在此，整飭綱維者亦在此也。

天子嗣位之二年，廷試詞館諸臣，而可齋陳公首蒙特拔。未一載，由編修五轉而至正詹。明年，以春卿入贊機務，遂佐銓衡，外膺節鉞。嗣是十年之中，撫皖、撫蘇、撫閩，加宫保，晉中樞，躋冢宰，協辦閣務。庚午，出鎮兩粤。辛未八月，卒於廣州官署。九重軫惻，恩禮咸備，命祀賢良祠。公之子輝祖等薈萃公生平事實，綴爲年譜，而求序於予。

予閲且竟，乃知聖主所由重公於初試者，洵不以文而以誠也。正直見於修辭，忠愛形於楮墨，蓋異日之作霖、作舟，爲鹽梅、爲柱石者，早可覘其概焉。伏讀前後諭旨，曰『堪荷繁鉅』，曰『精明勤慎』，曰『中外一心』，豈非成己成物、明體達用之大道也乎！夫公之身本應運而生，公之德望、勳業遂乘時而起。兹年譜一册，光在棗梨，昭垂千百禩，俾後之人知名世之興非偶然，帝心之簡有神契；而公才品之優長，見諸揆文奮武。議賑、籌邊、宣教化、廣積儲、勵風俗、重民命各大政，實心實計，始終以一誠相貫通，展卷瞭如指掌，古所稱不朽維三，殆兼之矣。其可與湯文正、陸清獻諸賢年譜共增我皇朝泰交晉錫之光者非淺也，斯編所係不綦重歟？

乾隆十七年歲次壬申春三月，欽命署理巡撫湖南長沙等處地方提督軍務兼理糧餉都察院右副都御史加三級紀録四次年家眷弟范時綬頓首拜書。

〔一〕可齋府君年譜序：底本缺，今補。

府君姓陳氏，諱大受，字咸占，號可齋。先世爲潁川舊族，系遠無徵。始祖諱鑣，前明任山西曲沃縣知縣，有惠政，始遷居祁陽。閱五世，爲先高祖諱一科公。六世，爲先曾王父諱震倫。忠厚相傳，閭里稱善族。曾王父一日閒遊藕塘山麓，遇異人指示吉壤，後先高祖、考妣同日壽終，卜葬其地，人僉稱發祥所自。

曾王父生子五人，先王父諱綵，其仲子也。娶先王母唐太夫人。因中年艱嗣，繼胞姪先伯父諱大策公爲子。後開閣生。王母周太夫人，賢以禮，聘爲側室。時曾王父年高，而嫡王母常抱疾病，周太夫人盡子婦職服，勤奉養，寒暑無懈。康熙戊寅年，曾先王父病幾殆，先王父外出未歸，旅次夢神人告曰：『汝父病亟，汝側室孝思純篤，因渠數當歿，以此可延三年，汝父病亦當愈。』并攜一緋衣童子授之，曰：『是爲汝嗣。』遂誕育府君。

康熙四十一年壬午，[府君一歲]。

府君以閏六月二十二日丑時生。

康熙四十二年癸未，府君二歲。

九月初七日，周太夫人見背，葬於城北青草原。

時府君呱呱待哺，唐太夫人躬親撫養。

康熙四十三年甲申,府君三歲。

康熙四十四年乙酉,府君四歲。

夏,府君嬉戲僕隘市中,適驛馬羣逸,至而自止,里人傳以爲異。

十二月十三日,先曾王父贈光禄公即世,享年八十有一,葬於藕塘先塋。

康熙四十五年丙戌,府君五歲。

康熙四十六年丁亥,府君六歲。

始就義塾。

從邑廩生蔣公諱一薦之門。先王父、王母雖甚愛憐,而義方頗篤。府君性敏,授書輒成誦,鄉里有神童之目。

康熙四十七年戊子,府君七歲。

讀『四書』即能解晰字義。

是歲冬寒，先王父見有凍餓道旁者，輒爲施與。

康熙四十八年己丑，府君八歲。

次第授『五經』，口不絕吟，雖疾不輟學。

康熙四十九年庚寅，府君九歲。

時生王母周太夫人見背已久，府君每念哀痛，歲時展墓，輒涕泣不自禁。

康熙五十年辛卯，府君十歲。

康熙五十一年壬辰，府君十一歲。

康熙五十二年癸巳，府君十二歲。

是歲夏，邑中米昂，里人有饑者，先王父間爲粥以拯之。

康熙五十三年甲午，府君十三歲。

作時藝，多性靈語，名宿前輩咸器之。

康熙五十四年乙未,府君十四歲。

康熙五十五年丙申,府君十五歲。

始應童子試。

康熙五十六年丁酉,府君十六歲。

研究經義,喜讀朱程遺書。

是歲,聘前妣張夫人。邑諸生張公諱德英長女。

康熙五十七年戊戌,府君十七歲。

郡邑試,俱前列。

康熙五十八年己亥,府君十八歲。

院試見遺。

是歲,娶前妣張夫人。

康熙五十九年庚子，府君十九歲。

肄業於藕塘山麓。

地處荒郊，草舍一椽，府君吟詠餘閒，雖稼圃不廢經營，然立志不求温飽。

康熙六十年辛丑，府君二十歲。

應邑侯陳公諱僴小試，首拔。

冬，長姊生。

康熙六十一年壬寅，府君二十一歲。

受知於督學黎公諱致遠，福建汀州府長汀人，康熙己丑進士。補邑庠生。

雍正元年癸卯，府君二十二歲。

赴鄂渚應恩科鄉試，落解。

雍正二年甲辰，府君二十三歲。

是歲，補行癸卯正科湖南分闈。府君赴星沙鄉試，落解。

雍正三年乙巳,府君二十四歲。

雍正四年丙午,府君二十五歲。

鄉試落解。

是歲,前妣張夫人卒,葬於城西瑞竹山麓。

雍正五年丁未,府君二十六歲。

主城中義塾。

是歲,娶母成夫人。外祖諱茂章公次女。

雍正六年戊申,府君二十七歲。

主城中義塾。

雍正七年己酉,府君二十八歲。

伯兄述祖生。

是歲,受知於督學習公諱寯,康熙癸巳進士,江南吴縣人。以明經拔萃貢入成均,應順天鄉試,中式第二十七名。座師爲總憲楊公諱汝轂，康熙庚辰進士。大司農長白鄂公諱爾奇。康熙壬辰進士。房師户部主政文登劉公諱重選。雍正甲辰進士，山東人。

閏七月十七日，先王母唐太夫人即世。

十一月二十四日，先王父贈光禄公即世。

雍正八年庚戌，府君二十九歲。

正月，匍匐奔喪回里，哀毁骨立。

冬，合葬王父母藕塘先塋。

雍正九年辛亥，府君三十歲。

設教城外徐氏南洲書房。

雍正十年壬子，府君三十一歲。

講學於城外聚奎書室。

是歲，不孝輝祖生。

雍正十一年癸丑，府君三十二歲。

伯兄述祖殤。

府君公車北上會試，中式第九十三名。座師爲（懷）大學士長白鄂公諱爾泰、總憲懷寧楊公諱汝穀、宗伯溧陽任公諱蘭枝。康熙癸巳進士，江蘇人。房師翰林院侍讀學士無錫鄒公諱升恒。康熙戊戌進士。殿試二甲十九名，賜進士出身。

協辦大學士户部尚書彭公諱維新，康熙丙戌進士，湖南茶陵州人。遵例薦舉，欽點翰林院庶吉士，分習漢書。

教習爲長白鄂公諱爾奇閣學、桐城方公諱苞。康熙丙戌進士，江南人。館課屢列上等。

是歲，不孝繩祖生。

里人家有狐爲妖，巫莫能禁。妖乃言曰：『若陳内翰來，吾當避之。非是，孰敢侮予耶？』

雍正十二年甲寅，府君三十三歲。

肄業詞館。

究心書史及經世之學，名公鉅卿交口譽之。

雍正十三年乙卯，府君三十四歲。

是年八月二十三日，世宗憲皇帝龍馭上賓。

府君自以邊省孤寒蒙恩擢拔，朝夕哀號。恭逢今上纘承大統，覃恩廣被，先王父勅贈文林郎翰林院庶吉士，王母唐太夫人、周太夫人俱贈孺人；先曾王父、曾王母伍太夫人均邀貤贈。

乾隆元年丙辰，府君三十五歲。

［在翰林院任。］

五月散館，御試二等四名，授職編修，充一統志館纂修。

恭遇覃恩，府君勅授儒林郎翰林院編修加一級，前妣張夫人、母成夫人俱贈封安人，先王父、王母勅贈如秩。

欽點順天鄉試同考官，得士十七人。

今少司寇觀公、保沂兗道盧公憲觀，其最著者也。

是歲，長姊適邑庠生徐學海。

乾隆二年丁巳,府君三十六歲。

[在翰林院任。]

三月,欽點會試同考官。

得士今少司空德公保、滿洲正白旗人。侍御歐公堪善、廣東樂昌人。編修廖公鴻章福建汀州府永汀人。等十八人。

四月,不孝輝祖、繩祖隨母夫人抵京。

五月,乾清宫御試翰苑諸臣。

首題『藏珠於淵賦』,以題爲韻;次題『爲君難爲臣不易論』;三題『賦得薰風自南來』,七言六韻,限『來』字。蒙聖恩取列一等一名,升翰林院侍讀,充日講官、起居注。賜御用松花硯一方、筆四匣、墨八片、葛紗二端、杭紗二端。

七月,陞左春坊左庶子。

閏九月,陞翰林院侍讀學士。

十二月,恭遇覃恩,先王父勅贈中憲大夫翰林院侍讀學士加一級,先王母唐太夫人、周太夫人俱贈恭人,曾祖王父、曾王母貤贈如秩。又陞詹事府少詹事兼侍講學士。

乾隆三年戊午，府君三十七歲。

［在禮部任。］

三月，陞詹事府正詹兼侍講學士。

五月，陞内閣學士兼禮部侍郎。

欽點浙江正主考。

得士吴世英等一百二十人。

乾隆四年己未，府君三十八歲。

［在吏部任。］

三月，補授吏部右侍郎。

四月，奉旨管理武英殿事務、三禮館總裁。欽點殿試讀卷官、朝考閲卷官。

七月，充經筵講官。

十一月，欽點武英殿讀卷官。旋奉旨補授安（慶）徽巡撫。

本月二十六日，恭請聖訓，荷蒙賞賜優渥。

十二月初二日，起程。

是日,次妹生。

十八日,入安省之宿州境。

時鳳、廬、潁、泗等府州屬俱經告災,而宿州尤重,地方有司辦理周章。府君於途次即調委幹員前往督辦,并面諭以查賑之法:已領者不得冒支,聞賑歸來者不得遺漏,務期貧民均沾實惠。

二十七日,抵皖接印視事。

乾隆五年庚申,府君三十九歲。

[在安徽巡撫任。]

安省地當吴楚之衝,水陸輻輳,政務殷繁,兼值災旱頻仍,正宜休養生息之時,府君自念起家寒素,荷蒙聖主知遇之隆,畀以封疆,感激奮勉,凡心力所能爲者,無不早作夜思,竭誠籌畫。日則接見屬員,諮詢地方利弊;晚則披覽案牘,每至夜分不寐。事無大小,一切躬親。裁決如流,積案爲之一清,老吏皆爲驚服。安省十三府州倉貯,共計米九十六萬石有奇,乾隆三、四兩年賑恤殆盡,而各屬青黄不接之時,仍需平糶出易,州縣糶賤糴貴,慮及賠累,經年并不買補,以致倉額虚懸。府君因鳳、潁等屬民食宜麥,奏請飭令俟麥收豐熟買貯,於秋稼登場易穀存倉,設有小歉,可備賑糶;其餘各屬俱令往鄰近江、廣米價平減之地買運;并請將本省捐監報捐足額已經停止者，再爲展限一年。俱奉旨俞允。安省倉儲漸裕，次年賑用賴之。零星地丁可以開墾者，欽奉諭旨聽民墾種，免其升科。府君奏請一應山頭、地角、畸零不成坵段之地，悉聽原業户墾種；其現有之支河、小港、溝渠、塘堰，爲一方水利所關，及故絶塋冢，埋宜防護，不得令無知小民佔踞、掘毁，應責成地方官稽查嚴禁。經部覆準。鳳、廬、潁、亳等處，土瘠民貧，地界楚豫，最易藏奸，盜案甚多。府君嚴督各屬，設賞勒緝，莅任三月，獲盜五十餘名。奉旨優獎，交部議敘，加一級。

安省濱臨大江，春夏漲闊之時，每有積匪或僞作漁舟，遇便行劫；又或攬載商民，駕到僻處劫取財貨。府君嚴飭查緝，拿獲劉漢彩等，究出歷年劫奪十餘案，同黨甚夥，俱伏法。嗣後行旅無虞。

蕪湖關務，向來奸弊叢生。管關書吏勾通行户、巡役，誘商漏報，從中漁利；若遇良善客商，又多方留難苛剥。府君稔知其弊，立法剔除，詳定條約，商民稱便，至今遵行。

撫標弁兵弓、馬技藝俱屬生疏，府君勤加簡練，罰賞必信，以示勸懲；并汰其老弱濫充者。數月之内，營伍改觀。

府君聞虞山進士陳君祖范品學兼優，聘主敬敷書院，生童多所造就。又於政事之暇，觀風各郡，閲課文藝，手自點勘，次其甲乙，文風大振。陳君頃以明經薦舉，因年高未赴，奉旨給國子監司業銜。

安郡郊外無主之棺甚夥，風雨摧毁，悉至暴露。府君見之惻然，捐俸飭發有司盡爲掩埋。

或曰：『此事陰功甚大。』府君謝曰：『吾以盡吾心而已，豈有他哉。』

是歲二月初七日，奉到欽賜明史十二套。

歲底奉到。欽賜『福』字一卷，并羊、鹿、野雞等物。府君命熟而薦之祖考神位前，曰：『庶歿者得沾君恩也。』嗣是歲以爲常。

乾隆六年辛酉，府君四十歲。

［在安徽巡撫任。］

四月內，江北壽、宿等各州縣衛被水，二麥失收。

府君委員確勘，開倉設廠糶濟；并請給貧民四十日口糧；貸與籽種，令其及時補植。

江北各屬上年獲盜六十餘名，多由災祲後饑寒交迫，贓止米麥、錢文或布衣十餘件，一經緝獲，悉吐供無諱。府君仰體聖主欽恤至意，將得贓微末者量予矜原聲奏。報可。

六月，奉旨調署江蘇巡撫。

府君隨具摺謝恩。欽奉硃批：『蘇州爲第一繁鉅之任，以汝尚堪負荷，是以命往，汝其勉之。欽此。』府君又將上江十三府州地方情形詳晰陳奏，大略言：各郡民俗雖淳澆各别，而土瘠民貧則大同小異。安徽等處尚可支持，惟鳳、潁、泗出産原不甚充，資生每乏策；加以頻歲水旱，更形艱窘。已蒙皇上加恩賑恤，費用甚鉅，然舉貧乏之人盡登康阜，非可意期，惟在先事籌畫，隨時補救。臣料理未周，抱恧實甚。今雖現赴江蘇，其上江事宜先後緩急之序，有應知會新撫臣者，臣自推誠詳告，聽其裁酌。奉旨：『勅交廷議，行令接任撫軍留心拊循籌辦。』

七月初二日，由安慶起程。

紳士兵民隨送舟行十餘里始歸，父老有垂涕者。

初八日，抵江寧。

將撫篆交制軍楊公諱超曾署理。

十二日，至丹陽，接蘇州撫篆。

十五日，莅任。

時届江南鄉試闈期，府君即於月杪仍赴江寧監臨場務。

淮、徐、海三府州屬夏麥失收，經前撫軍徐公諱士林奏，奉諭旨破格賑恤。又江蘇常、鎮、揚、太等府州屬，七月内風雨過驟，山水陡發，田地多被淹没。府君莅任，仰體皇仁，悉心察辦。凡無食露處貧民，先行撫恤一月，并將倉穀平糶接濟。其廬舍傾坍者，給銀修葺。人口淹斃者，備棺殮埋。田間積水，立限疏洩。橋梁圩岸，設法修築。并酌定『賑規十條』，飭發被災州縣遵照。又動帑委員赴鄰省購買米麥備賑。至各屬應徵漕糧及六合縣應徵屯撫米，俱請緩至下年帶徵，以紓民力。一應事宜，大者奏聞請旨遵行，小者即飭有司速辦。江蘇政務倍繁於上江，府君辦理，日無寧晷。有以節勞請者，府君應之曰：『方今聖上，勤恤民隱，惟恐一夫失所，豈臣子安逸靜攝時耶？』

各屬澇後，魚蝦遺種，散布平疇。府君慮來年必起蝗蝻，但春暮夏初，羽翼已成，爾時撲捕，既誤農工，并傷禾稼，隨令各屬曉諭民間，如能於冬月預捕蝻子一斗者賞給白銀二錢，僅得升合者照數減給。

十月十八日，奉旨實授江蘇巡撫。

二十四日，起程查勘海塘工程。

十一月初五日，旋署。

乾隆七年壬戌，府君四十一歲。

［在江蘇巡撫任。］

淮、徐、海一帶低窪田地，上年積水未涸，未經種麥，閭閻艱食，沛縣鄉民有採野蒿、野草而食者。府君一面動支公項銀兩，委員前往確查貧民，借給口糧兩月；一面據實上聞。適蒙皇上軫念災區，恩賞疊沛，欽差刑部侍郎周公諱學健，來南會同籌畫。府君與周公暨制軍那公諱蘇圖，和衷詳議，分晰加賑。又奉恩旨截留江、廣漕糧七萬石，派撥各州縣賑糶儲備。貧民均沾聖澤，得慶生全。

江省州縣素稱繁劇，牧令每多藉詞將政務全行度閣，躭逸更甚於事簡之區。府君每遇屬員進見，必諄切勸諭：『各宜振作精神，加意奮勉。案頭片紙隻字，悉關民隱，不可忽視。』又州縣因本任事繁，每將詞訟案件批發佐雜官審理，以致民間爭訟多赴佐雜衙門具控，賄求枉斷，不一而足。府君指明定例，嚴飭不許佐貳擅理民詞，屬員咸爲凜遵，積玩之習一變。

蘇、揚俗尚侈靡，起居服食，（亳）毫無節制，游玩之費不貲。府君念此二郡，地廣人稠，貧多富少，全賴財帛流通，貧民資以存活，若浮費太多，富者將竭，貧者益困。因出示勸諭，去其泰甚，如四時遊賞、上元煙火、端午龍舟及婦女靚粧入廟燒香等類，均爲力禁，頓改怙侈之俗。

江蘇收兑漕斛，口大邊濶，稍稍浮溢即盈升累合，胥役緣以爲奸，納户深受其累。府君奏請改製小口斛，使米不得高滿，以杜浮收累民之弊；并請内而通倉、外而有漕，各省一體彷行。經内部查詢，各省衆議僉同，遂改用小口斛，民咸稱便，積弊以除。

上年水患，江浦、六合二邑尤甚，各圩堤岸被沖。其工省者，業户自修。惟江浦之三合、北城、永豐三圩工鉅，民力難支，邑令請帑，格於成例。府君檄行藩司，按其工段酌借常平倉穀三千石有奇，資其工本，乘時修築，以捍禦春漲，於兩年内照數輸還。又句容一邑，三面環山，縣北七十里爲秦淮源，繞城東南而西二十里許匯爲河，可資灌溉。明初於城西南十五里建石閘曰黄堰垻，民獲其利者八千餘畝，後因頹敗，水無所蓄。又西門外有郭西塘，廣一百二十餘畝，灌田數百頃，淤泥漲塞。府君因句容原屬山鄉，若不講求水道，旱澇俱受其傷，乃於青黄不接之時，酌借社穀，以工就食，令民開濬。春貸秋輸，期以兩年足額。自是，民獲其利，磽瘠爲腴。

夏秋之交,河湖異漲,古溝沖決,水勢直注下河,高、寶、興、泰一帶,俱成巨浸;黄河大溜,又直趨石林口,徐屬城郭、村莊盡在水中。府君聞報,即於七月二十日起程,前赴淮、揚,會制軍德公諱沛飛,調幹練有才印佐二十餘員,分委查辦。仰蒙聖主廑念各該處疊被災傷,欽差直隸制軍高公諱斌、刑部侍郎周公諱學健,來南會同料理。又疊奉恩旨,截留漕米,撥協銀穀千數百萬,并諄諭在事臣工加意撫綏。府君仰體聖衷,與諸公悉心籌酌,寢食俱忘。一切事宜,隨時馳奏,俱奉温旨允行。

當古溝初決時,興、泰二處水勢驟至,畸零村莊,周圍皆水,窮民無船濟渡,束手待斃。府君星委員弁,多雇船隻裝載錢、米、餅、麵等物前往,沿村散給,接濟登陸;其餘各處蕩析離居者,隨地安插撫賑,所至如歸。又飭各屬轉運江南米穀分給被災各邑。多給船值,運至即卸,船户無不踴躍。數百里之間,舳艫銜尾而行,絡繹不絶。糧米充裕,及時散賑。各屬災黎仰沐聖天子恩膏,莫不舉手加額稱慶。被水各屬農佃,無資鬻牛餬日,且草料甚艱,不能牧養。府君慮及春耕乏牛,奏請官爲酌給草價與借籽種,統於下年秋收照數繳還。旋奉俞旨,并推其法,令他省照辦。

府君於九月内旋署。

十一月,大學士陳公諱世倌,奉命來江查勘河道疏消積水。

十二月十一日,復起程赴淮。

過高郵,因河凍,與制軍德公舍舟登陸。

二十三日，抵袁浦會議。

府君遂留淮督賑。

乾隆八年癸亥，府君四十二歲。

[在江蘇巡撫任。]

正月十二[日]，自袁浦起程回蘇。二十一日，抵署。

時災祲之後，民染沴氣多病，且有死者。府君捐俸倡率，各屬公捐，製藥徧布鄉村，病者服之多愈。其貧民死無以爲殮者，施棺葬之。

海州地介海濱，需用米糧，客販稀少，惟東省日照等縣間有販運豆麥雜糧至州者。府君奏請酌發帑銀三四萬兩存貯州庫，遇有東省商販糧食到境，官爲照時收買，俾得遄歸續運。所買者即照原價出糶，毋減價而虧帑，毋抬價以漁利，糶出銀兩又可源源接買，民食無虞缺乏。

江省雜賦内有牛税一項，府君念農人災祲之後不無拮据，特請暫蠲一年以紓民力。又揚州上下河一帶居民，以採捕魚蝦爲業，過關輸税，府君亦飭司榷之員，量爲減免。

蘇、太境内劉河一道，即古婁江，乃禹貢『三江』之一，東引海潮，西洩太湖之水，爲商民出入要津。自雍正年間開濬後，海潮上下，泥沙壅積淤淺。府君飭行各屬，令遵成例，按畝均挑，業食佃力，俾得疏通，以資瀦洩。

金閶南壕,商貨雲集,時罹火患,緣民居稠密,街道窄狹,一有告警,取水不便,器具難施。府君勸諭民間購地闢衢,建設火衖。蘇城紳士、商民踴躍捐輸,得六千五百餘金。委員勘地建設,并將救火器具悉行增補。

蘇地貧窶之家營葬無力,每有暴棺火化者。向設有錫類廣仁局,凡無屬棄棺以及乏地可葬,概與收瘞。〈而〉普濟、育嬰二堂,收養窮民及遺棄嬰孺,需費俱繁,曾撥有入官房屋充用,日久傾圮,以致無人過問,加以吏役佔踞,民憚招租所入不償修葺之需,經費缺如。府君將原價略爲議減,列示通衢,願售者具呈給照。數閱月,清釐幾半,價值俱交各堂紳士置業取息,并購回腴田,歲收租米供用。

濱海之地,奸民多有偷販米穀下洋。府君嚴禁,飭令文武營汛,逐日稽查。其松、太各屬支港甚多,如鹿鳴、蘆荻、經涇蕩,不下數十處,府君飭行地方官,截木爲樁遏舟,以防私越。

松江境内之黄浦江,東北直達海口,西南界聯浙省,綿長一百餘里,江面廣濶。向有强悍之徒張設高頭汪網,暗訂木樁,蔓延江心,壟斷採捕之利。每當潮大風急之時,行舟揚帆迅駛,猝不及防,觸網碰樁,輒多覆溺,張網者乘機攫取財物,大爲商旅之害。府君嚴飭地方官,將暗樁盡行起除,大網改爲小網,不許攔江張設,永爲察禁,行舟便之。

是歲,淮、海、徐所屬復有偏災,府君經理,悉如前法。凡民間疾苦,從不壅於上聞,其隨事措置者,具載案牘,兹不縷述。

冬,不孝嚴祖生。

是歲七月十四日，奉到御賜元宵聯句詩一册。十一月二十日，奉到欽賜御製盛京賦一本、燈夕賜宴聯句一册。

乾隆九年甲子，府君四十三歲。

［在江蘇巡撫任。］

海州地多閒曠，民亦貧惰，州牧衛公哲治，擇高鄉令種木綿，花實並茂。府君聞之，酌動公項發州爲工本之資，每鎮各種百畝，民獲其利。

常熟昭文境内白茆河，當太湖下游，潮汐淀積，日益淤塞。牧令請飭民興修，業食佃力，夫、船之費不貲，民無以應。府君因查白茆河向設有罱船、混江龍各四，春秋二汛，例於藩庫動項修治，額銀二百有奇，嗣因議濬暫停，凡八年，計得二千餘金，飭將存款充用。不費民財，人咸稱便。

蘇郡貧寒子弟，有志向學，而無力延師，多致荒廢。會城舊有義學，借設梵宇，且無經費。府君與太守覺羅公諱雅爾哈善，再四籌畫，勸諭紳士捐輸，得資四千餘金，於郡城王府基及六門，鳩工建學。既竣，復造市房百餘間。紳士亦有捐助，并所餘之銀生息，每年幾及千金；又紳士捐助圩蕩九百餘畝，每年得息七十餘金，量入爲用，已屬充裕。採訪文行兼優之士，延主講席，貧寒子弟多所造就。蘇郡原設普濟、育嬰、廣仁三堂，每歲需費，前以官産召變並贖回腴田，已屬充裕，惟是出入盈縮不一，倘所需不繼，則三堂之良法未備。時有江干新漲洲灘，素無業主，豪强互相爭訟。府君飭驛道黄公祐勘明，歸入堂公産，至今用費充足。

額徵孤貧銀米，江蘇各屬散給之時，每憑甲頭領派經承，僕役無不染指，以致虛名冒領，百計侵隱。府君嚴飭有司，將在册孤貧别真僞，定去留。凡放給銀米，飭令按月、定期、當堂驗結。積弊悉除，孤貧得沾實惠。

浙屬温州府，客販赴蘇購糴，欲由海道運回。府君查明飭禁。浙撫軍具奏抄送原摺，府君覆奏，略云：蘇郡米糧聚集之所，楓鎮、平望二處，浙省杭、嘉、湖、寧、紹各郡縣客販赴買運回者絡繹不絶，臣若分此疆彼界，何以數處任其買運，而獨禁温州商販乎？誠以温州販運，必須涉洋，行程難計，風波莫(側)測，不可不慎也。伏思米穀爲民食所係，有無貴乎流通，遏糴誠爲厲禁，第本省、外省情形，身任地方者，又不可不詳加體察。臣愚以爲，嗣後鄰省需米，應咨會商酌，如蘇郡米多價平，自可酌盈濟虛，而使兩省民食無礙。至海道之禁，則寧嚴無寬，庶於地方有益。奉旨俞允。

九月二十二日，府君自蘇起程赴江寧監臨武闈，取士吴雙等六十三名。

是歲，靖江等十二州縣衛均有偏災。府君率屬悉心察辦，無有遺濫。

乾隆十年乙丑，府君四十四歲。

[在江蘇巡撫任。]

三月，得家音，周太夫人以賢孝蒙旨旌表。又邑中紳士倡建文昌塔於郭外里許，府君捐資千五百金助工。

農部議覆條奏『令察禁商販收米不即發糶質當典舖更番購買等弊』，府君具奏。

略言：除弊務去其太甚，立法必求其便民，固當因地制宜，體察妥辦。查商販之資本稍豐者，每有收積待價之事，然得價亦即出糶，仍爲本處食用，市價亦藉此不致愈昂，豈可概爲察禁？如令其隨收隨糶，則市價太賤，勢將販往他處，一至青黄不接之時，民間轉無積蓄，其何所恃？况米糧不能久貯，富民積粟，概於次年發糶，斷無留待者。是一歲所收，原供一歲之用。與其轉運異地，慮及缺乏，不如藏之於民，而源源出售之爲得也。

又議覆辦理城工。

奏曰：『伏查各項工程，委員估計，每多浮冒之弊，若不嚴加核實，必致虚耗帑金。然意在節省，而不計其工料敷足與否，則工程究多苟且，難於經久，二者均非持平之道也。臣愚以爲，浮冒侵蝕之弊，若委任得人，稽察嚴密，自可杜絶。倘用匪其人，漫無查察，即大爲核減，而經手之員復肆侵漁，則工程萬不能堅固。現在雖有節省之名，而未久坍廢，前功盡棄，其虚耗帑金殆有甚焉。伏思城垣一項，内地則爲民生保障，沿邊、沿海則爲彊圉重務，應修、應建，必期爲千百年之計，而不可爲目前苟且之圖。所有工程應節省者，固不可不詳爲綜覈，而實需之費亦當妥協勘估，勿令簡率。但使地方大吏，留心稽察，遴幹員而任之；其有不肖之員偷減侵冒者，立予參劾，則工程自有實濟，而鞏固可期矣。』時論咸韙之。

六月，内具摺奏請陛見，奉旨俞允。

時淮、徐、海一帶，六七月内大雨連綿，黄水驟漲，河湖皆盈，阜寧縣之陳家浦堤工沖決，徐州府城亦告危險，各屬田地多被淹浸。府君一面分委幹員前往查辦撫恤，一面具摺奏聞。欽奉硃批：『一切料理，須加意爲之，務期妥協無虞，汝方可起身來京陛見。欽此。』府君隨將應辦事宜陸續籌辦。大局已定，於九月二十二日自蘇起程，印篆交方伯安公諱寧護理。舟次維揚，奉到行在，欽賜鹿肉一包。

十月二十一日，赴宫門。傳旨召見，奏對良久。

嗣是，日侍内廷，恩賚有加，寵榮備至。隨於十一月初六日叩辭請訓。

初九日出都，歲底旋署。

府君沿途查察賑務，有遺漏者，悉令補入；冒濫者，即行沙汰。賑務肅清，貧民得所。

是歲四月初七日，奉到御賜柳絮落葉詩四册。

乾隆十一年丙寅，府君四十五歲。

［在江蘇巡撫任。］

春，不孝及祖生。

閏三月二十五日，府君赴松江查閲上海、吴淞、劉河、崇明水陸各營伍。由福山至太湖回蘇。

太湖之源發自天目，經杭、嘉、湖三郡，總匯於湖，支流派别曰漊、曰瀆、曰港、曰浦、曰門、曰口者不下二三百處。湖中之山，亦發脈於天目，起伏環結，自西北迤邐而至東南。所指名者七十有二，而馬蹟、洞庭東西、三山爲尤著，居民數萬户，雞犬相聞，號稱繁庶。迤西一帶，宜興、長興諸山綿亘，最爲險遠。逋逃竄匿其間，往往入湖爲行旅之害。浙江舊設游擊駐西山，江南舊設參將，同知駐東山。府君以全湖之廣，汛守分員則推諉多而緝捕懈，奏請將參將改爲副將，駐西山，兼江浙兩省之銜，控制全湖；其游擊改爲都司，仍照舊界分防，以爲弭盜安良之計。部覆準行。

七月二十四日，欽奉恩旨：『直隸總督那蘇圖、兩廣總督策楞、江蘇巡撫陳大受、福建巡撫周學健，簡任封疆，歷有年所，實心宣力，甚屬可嘉。那蘇圖、策楞（着）著加太子少傅，陳大受、周學健（着）著加太子少保，以示優眷。欽此。』

府君當即繕摺，恭謝天恩。

時淮、徐、海屬十七州縣秋漲成災，勘災撫賑事宜，府君督飭印委各員實力查辦。隨於八月赴淮，會同制軍尹公諱繼善、雍正癸卯進士，鑲黄旗滿洲人。欽差協辦大學士高公諱斌，商辦水利災賑。事竣，即與尹公酌定分路親往查賑。

府君往安東、海州、沭陽。遍歷各境，内惟長樂一鎮，水深四五尺不一；海、沭二邑，則茫無畔岸，貧民蕩析離居，悉以野蔬、草子爲食。府君取嘗，苦澀難於下咽。隨飭委各員，清查饑口，即時給賑。相視河工决口，酌爲捍築疏濬。一有涸地，即借給籽種，俾得早種春花。

九月十二日，回蘇。

二十八日，奉旨調任福建巡撫。

十月初四日，將撫篆交安公署理，即日起程。

紳士兵民相送，如去皖時。後建『去思碑』於紫陽書院，衆志也。

府君起程，水陸兼程，於十一月初七日莅任。

時將軍新公諱柱，已程起陛見，閩海關務，府君兼理。

十一日，浙閩總督馬公諱爾泰奉旨還京，所有督篆及監政、印務亦交府君署理。

府君兼綰四篆，政務繁雜，逐一躬親經理。浹月之間，地方利弊、土俗、民情、官吏賢否，無不周知。

乾隆十二年丁卯，府君四十六歲。

［在福建巡撫任。］

閩省負山抱海，俗悍民刁。內郡則有健訟告訐、好勇鬭狠之習，沿海則有偷渡奸民透漏禁物之弊，而匪竊、博徒，所在有之，兼之外省流民，視閩爲逋逃藪，結黨行兇，肆虐無忌，素稱難治。府君精勤以率屬，明察以莅事，舉廢修墜，整綱飭紀；屬吏賢者起擢之，不職者劾罷之；嚴飭地方有司不時宣諭化導，使民遷善改過，以正風俗；招徠暹進，各國運米至閩，以濟民食。一切措置，案牘成帙。此其大略也。

二月二十八日，總督喀公諱爾吉善莅閩，府君交送督印。

三月二十四日，將軍新公還自京，府君交送關印。

福州、福寧二府，境内有上竿塘一十四島，久禁不開。省城紳士希圖霸佔漁利，詭稱内有田園萬餘畝，開墾可資民食。具呈前撫軍奏勘，準查勘定議，隨委員察勘得實。府君以爲田園既甚寥寥，所入復不償開墾之需；況禁地聚集多人，甚爲可慮，若添兵彈壓，又爲費甚繁，徒起爭端，適貽後患，力持不可。遂與制軍喀公覆奏。奉旨永禁，輿情大悦。

臺灣開闢之始，地廣人稀，素稱産米之區，厥後流寓既多，户口繁滋，已非曩日之比，而内地漳、泉一帶民食，仰給於臺，遂有每年撥運平糶及發價買補之例，然臺郡實無以應也。府君莅任，細查舊案，始知從前祇以撥運定數貯倉，所謂纍纍者，皆係紙上空言。遂詳晰奏明，請將壓欠之案註銷。又念臺郡爲海外重地，積貯萬不可缺，奏請將餘存供粟及採買各粟合足四十萬石作爲額貯。此後，即將倉穀碾支兵糧，徵收供粟歸補，遞年出陳易新，而無採買派累民番之弊。二十餘年之案，一旦清釐，籌辦井井，人咸服之。

臺郡官莊，向以私租之額作爲正供，較民莊爲重。前巡臺御史未悉原委，有照民莊則例徵收之請；藩司又請將官莊租額重者酌減其半，輕者照舊徵收。屢經部駁，十年不給。府君以爲相沿已久，酌增酌減以求符原額，查辦滋擾，上無裨於國計，下有累於民生，不若仍其舊貫；其里民陳宗等部餉，實屬重徵，奏請豁除。部議允行。

八月，監臨文闈。

十月，主試武闈，得士陳河一等五十人。

閩地土音，非譯莫曉。有司審理詞訟，惟憑胥役傳説，問供增減情節，翻覆舞弊，莫可究詰。府君飭令屬員，凡鞫獄必須悉心推研，察情辨貌，吏胥中尤須擇其謹愿者供役。臺郡番民語言更不相通，有漢民殺人，移置番地，通事翻覆傳供，坐罪番民，獄既成。府君閲案疑之，飭有司覆案。旋奉命入都，猶不忘語郡守曰：『事白，當以告。』後果得雪。

十一月初六日，奉旨補授兵部尚書。

府君自念身起寒微，既無家世勞績之資，亦無大臣論薦之舉，特達之知，實爲異數。八年三任，曾無薄効，且滋過愆，皆荷聖主訓誨矜全，幸免隕越。茲復欽奉恩旨，授職中樞，撫躬自問，何以仰副高厚？隨繕摺奏謝天恩。時制軍喀公巡閲營伍，十二月初十日旋福。府君隨於十三日交篆，二十日起程，行次浦城度歲。

乾隆十三年戊辰，府君四十七歲。

［在吏部户部任。］

春，恭值翠華東幸，府君馳赴行在。蒙聖恩召見，詢問閩省及沿途民情、吏治，府君一一據實奏對。

以東省歲歉，面奉諭旨，與山東撫軍阿公諱里袞，於行營外商酌辦賑事宜。隨奉命還京。

三月，行在奉旨，欽點會試總裁。

偕大司農蔣公諱溥、雍正庚戌進士。少司馬鄂公諱容安、少宗伯沈公諱德潛，乾隆己未進士，江南長州人。共襄其事，得士鄭忬等二百六十二人。

三月，在闈中。奉旨轉授吏部尚書。

四月，揭曉後莅任。

奉旨着在軍機處行走。又奉旨協辦大學士，上諭處行走。

六月，充會典館總裁，教習庶吉士。

充經筵講官、侍講一次。

九月，因大學士傅公諱恒經略西川，奉旨兼理户部。

惟時宵旰憂勤，勵精圖治，兼值軍興之際，機務殷繁。府君叨荷聖主委任，戴星出入，一切庶政咸得與聞。每召見，必移時始出。或一日數次，夜深輒宿直廬。其仰承德意，宣惠民生諸大務，有所敷陳，多蒙採擇，而府君從未宣露。不孝等間或問及，府君亦不答，其慎如此。嗣是天眷優渥，賞賚便蕃。府君居恒，自念一介寒儒，廁身（鄉）卿列，受恩深重，超出尋常，誠千載所難遘，惟期夙夜勤瘁，庶幾稍可仰酬萬一。此不孝等所耳熟者也。

乾隆十四年己巳，府君四十八歲。

［在直隸總督任。］

三月，爲不孝輝祖完婚，爲同邑諸生劉公正長女。又爲不孝繩祖完婚，同邑孝廉原任衡山教諭徐公上長女。

　時以金川平定，恩加太子太保，充方略館總裁。凡有錫宴，府君悉在列，賞賜之隆，罕有比倫。乘輿出幸，輒奉命總理事務。

秋七月，直隸制軍那公蘇圖卒於官。初六日，奉旨馳驛署理督篆。於初七日，將吏、户二部鎖鑰交大學士來公保，并奏帶内閣中書沈君作朋。即於初九日起程，十一日抵保定莅任。

　前制軍因抱恙日久，庶務叢閣。府君漏夜查辦，浹旬之間，積案一清。時因東西兩淀民間，當秋涸之際，競取泥草，相沿日久，遂致荇藻、茭蒲之屬瀰漫成村。府君出都時，曾面奉諭旨收蓄，即於七月二十二日自保起程，親往履勘。因雨後泥濘，於安州登陸，先入西淀，出趙北，經東淀赴天津，自文安一帶返署。七月杪回保。

八月二十二日，奉命會同欽差鑾道大臣查看天津道路，并趙北各處行宮。嗣又奉旨僅查看霸州一帶。

府君隨札致欽差，訂於趙北相會。因有寒疾，兼以肝氣爲患，不果行。

九月初十日，稍間，復起程前往會同商辦。

十一日，舟次郭里口。

蒙聖恩温旨存問，特遣太醫院院判邵公正文診視。不二日，抵趙北，奉到欽賜鹿肉、克食各一包。

十三日，將督篆移交新任制軍方公諱觀承。仍由水路回保。

距城十餘里舟次，奉到欽賜人葠一觔。

十六日，抵保陽，寓蓮花書院養疾。

十月初一日，起程還京。

初六日，赴宫門謝恩。

傳旨回寓調理，兼賜克食一盤。復遣太醫院院使劉公裕鐸診視。欽差侍衛視疾二次。旋奉部議，金川平定，軍功加三級。

十一月，欽賜御書『熙績良謨』匾額。

歲底，欽賜絹巾一，荷包四，内金、銀錢各二，金、銀錠各二。

乾隆十五年庚午，府君四十九歲。

正月，奉旨補授兩廣總督。

在都寓正陽門外邸第養疾。

［在兩廣總督任。］

病痊，赴宫門謝恩。瀛臺接駕，奉旨仍令回寓調理。數日後，赴圓明園恭請聖安，奉旨召見。次日，欽賜紗燈一對。燈夕，賜宴近臣，府君以外任未與開列，蒙特旨入宴竟日。御製元宵聯句〔一〕，府君得『囂』字、『軺』字，賦曰『爆竹聲連里巷囂，聽漏嚮晨嘗草制。宣風計日待乘軺，［稱觥預晋華封祝］。』蒙御賜牙章三方、緑端硯一方、銅鎮紙一方、喀什倫水盛一座。府君兩載禁闥備邀，高厚隆恩，依戀徽忱，不能自已。將行，恭請聖訓，面奉上諭：『汝在内二載〔二〕，萬幾之事，皆汝〔三〕所目擊，即朕訓也，何用〔四〕贅辭？惟中外一心足矣。』上復命取憲書，擇期於本月二十二日起程。府君感激天恩，叩辭廷陛出宫門。蒙恩欽賜御服狐裘一襲、貂裘一襲、紅絨結頂貂帽一頂。即於是日起程，由浙江赴任。

四月十三日，入南雄境。

二十二日，抵廣州接督篆。旋奉特旨，命兼理粤海關務。

兩粤爲山海要區，内雜猺蠻，外隣夷界，由來號爲重地。府君自顧蒙恩深厚，簡畀督任，統率文武，撫輯軍民，乃其專責，用是不敢稍避嫌怨，時時訓飭僚屬，共勵公忠。擇其貪墨昭著者，掛之彈章；因循怠玩者，分別糾參製調。民生衣食之源，悉力講求，凡有益於地方之事，即爲舉行，戢奸懲暴，不遺餘力。事涉夷邦，必持大體，寬嚴交濟。海外聞風，咸知敬憚。以時講武，訓練周祥。鹺政榷務，期於課裕便商。其餘庶政，與東撫蘇公諱昌、將軍錫公諱特庫，和衷商酌，次第措置。粤西所屬，相距雖稍遠，然亦必馳札撫軍，返覆商確辦理。惟冀克盡職守，以稍報聖天子任使之隆。所陳章奏，俱奉俞允。

秋，不孝繩祖還里應鄉試。

時先伯父諱大策公即世，府君聞耗驚悼，馳諭不孝繩祖曰：『伯亡，弟幼，身後一切事，汝當經理，責無旁貸也。』後不孝繩祖病，未入闈。抵家治喪畢，葬先伯父於藕塘先塋之側。

是歲九月二十三日，奉到欽賜御製詩初集、全部錫宴聯句詩一册。

乾隆十六年辛未，府君五十歲。

［在兩廣總督任。］

正月初二日，赴肇慶閱兵。

考驗弓馬技藝，平庸者即行斥去，嫻熟可觀者優予獎賞。

粤東高、雷、廉三府，地廣人稀，不毛之土甚多，屢奉諭旨，相地勸民開墾，免其陞科。府君飭查可墾之地僅有千餘頃，皆榛蕪叢集，斥鹵磽确，且無源泉可以疏鑿，隨爲奏請聽民自便。

粤東各屬，因春暮缺雨，米價稍昂，府君通飭各屬糶濟。其倉貯無多者，即於隣近移穀接應。又長寧、英德、四會、永安、連平、開建各屬，西潦漲發，附郭莊田及鄉邨廬舍多有被傷，府君飛飭撫恤，酌借籽種，以恤貧民。

八月初，寒疾復作。

閏五月望後，府君因肝氣上逆，夜間自汗不止，猶力疾辦公。

於中秋日具摺，奏明將督篆交東撫公署理。嗣是日益劇，不孝等進藥餌，無效。

八月二十一日，府君曰：『吾不起矣。君恩深重，捐糜頂踵，莫能報稱。汝兄弟務將此言銘之座右，永矢勿忘，以繼吾未盡之志。倘負此言，吾不瞑目矣。』

隨伏枕口授，不孝等繕寫遺奏，言：『臣草茅下士，賦性迂拙，蒙世宗憲皇帝天恩，拔置詞垣。我皇上御極以來，仰荷殊恩異數，天高地厚，十餘年之間，洊歷清要，内依禁近，外任封疆。臣清夜捫心自問：來自田間，孑然孤立，上邀聖明特達之知，迥逾常格，感激高深，奚止鏤心刻骨？寸衷自矢，惟有殫竭血誠，實心實力，不避嫌怨，不辭勞瘁，以期效犬馬之報於萬一。此臣服官以來幾二十年，早作夜思，未敢一刻稍懈者也。緣臣天稟單弱，心血虚耗，素患肝氣上衝之疾。本年閏五月下旬，肝氣舊恙復發。猶幸時發時止，臣力疾辦公，不敢遽瀆天聽。延至八月間，日益沉重，心神恍惚，不時厥逆，自汗不寐，飲食少進。不敢曠誤公事，當於八月十五日，遵例一面奏聞，一面將兩廣督臣印務交廣東撫臣蘇昌署理。恭疏題報在案。詎料至八月二十一日，元氣虚竭，火毒上攻，奄奄一息，萬無生理。臣未盡之緒，雖有萬端，而伏枕嗚咽負疚入地者，聖主生成教育之恩，從此無由圖報。至臣生母周氏，雖已叨蒙聖恩旌表賢孝，而臣父與嫡母未得一日禄養，是君恩與親恩兩未報答，臣賫恨重泉，死目難瞑者耳。臣長子輝祖、次子繩祖，俱係監生；三子嚴祖、四子及祖，年皆幼穉，唯囑其努力上進，繼臣畢生未盡之志而已。』書訖，不孝等更請後命，無他言。

亥時，考終官署正寢。

不孝等五内摧裂，痛不欲生。

九月二十二日，奉母成夫人扶（襯）櫬自粤起程，於十一月初九日回里。

府君未寢疾時，恭逢聖駕出，口具摺迎鑾，欽賜鹿肉一包，比及粤東撫蘇公遣員賫送里第，於十二月内奉到。不孝等率舉家男婦跪迎謝恩訖，恭獻靈几，痛府君不及見矣！

府君即世後，蘇公具疏題報。十月初二日，奉旨：『兩廣總督陳大受，才品優長，精明勤慎，揚歷中外有年，倚任方殷。前因患病，奏明暫交督篆。隨經降旨，令其在署加意調理，以冀速痊。忽聞溘逝，朕心深爲軫惻。著入祀賢良祠，以獎賢勞。所有恤典，仍著察例具奏該部知道。欽此。』又奉旨：『兩廣總督陳大受，患病溘逝，已經降旨入祀賢良祠，著再加恩，照伊品級給與應得三代封典，伊子輝祖并著賞給一品陰生。欽此。』隨經禮部議覆：『太子太保兩廣總督陳大受，賦質精明，在公勤慎，揚歷中外十有餘年。皇上獎其生前之成勞,錫以没世之榮寵,特命崇祀賢良祠,永薦明禋。臣等載考舊章,應照例交工部製造牌位,按其爵秩、世次,擇吉送入賢良祠安設;仍詳查事蹟,交與翰林院照例立傳。應否於本家賜祭一壇之處,恭候欽定。』於乾隆十六年十一月初六日奉旨:『依議著於本家賜祭一壇。欽此。』又部議:『查定例,總督病故者,照伊品級給與全葬之價,并給與一次致祭銀兩,遣官讀文致祭。應否與謚,請旨定奪。凡與謚官員,工部給與牌價,本家自行建立,祭文、碑文該衙門撰擬等語。臣等議得太子太保兩廣總督陳大受病故,應照定例按其品級給與全葬之價,并給與一次致祭銀兩,遣官讀文致祭,祭文該衙門撰擬。應否與謚,伏候上諭。』同日奉旨:『依議仍著與謚。欽此。』隨經内閣擬謚奏請,奉旨:『著謚文肅。』

四月二十日,湖南永州府沈公諱永肩,恭行入賢良祠諭祭禮。二十一日恭行諭祭禮。

五月初六日,卜葬於本邑浯溪蟠龍山陰。

賜進士出身誥授光禄大夫經筵講官太子少保户部尚書世襲一等輕車都尉加三級治年眷弟蔣溥,頓首拜填諱。

嗚呼!昊天不弔,遘此閔凶。先府君既以君恩未報,賫志以殁,而不孝等頓然失怙,將顛隮隕越,莫知所極。嗚呼,痛哉!

先府君生逢盛世,仰荷聖主知遇之隆,惟思殫竭血誠,稍答涓埃,乃身後復蒙優恤曠典,亘古莫倫。不孝等弗獲從先府君地下,而靦顔視息人間,主德、親恩兩難酬報,負荷艱鉅。午夜旁皇,惟是先府君嘉言懿行及當官治蹟，不孝等童昏無識，未能周悉。顧先人有善而弗知，知而弗傳，罪益不可逭矣。用是於苦塊餘生，吮血濡毫，略陳梗概，銓次如右。

竊不孝等少承庭訓，課讀之餘，常聞伯叔父及長老言先府君弱不好弄，每遇羣兒嬉戲，端拱而立，儼如成人。迨出就外傅，一目十行俱下，且明晰義解，人皆驚其夙慧。幼讀內則，事先王父、王母，即修溫清定省之儀。人問之，府君對曰：『讀書期於躬行。不然，雖讀何爲？』宦後未得禄養，歲時伏臘，輒潸然流涕。迎養五叔祖於金閶使署，侍奉數年。考終，府君哀悼不禁，喪葬皆如禮。事先伯父，盡愛敬之道，田産所入，悉推與，弗過問。其與人交接也，謙和退遜，絶無嚴厲矜莊之色，而亦不詭隨附和。至於獨處燕居，言笑不苟，家人未嘗見其喜愠。待臧獲以寬恕，從無詈語，嘗曰：『夫，夫也。使其聰明智慧，能曲中主人之意，則彼能役人，不役於人矣。』飲食服御，不爲矯異之行，自奉淡薄。每食僅具一肉，尤喜菜羹，而款客必豐。衣冠不事華侈，而章服亦不敢簡率，曰：『此體制所關，何可忽也。』貴顯後，遇故舊親族，驩然如平素，即有齟齬，亦不形諸詞色。弱冠時，本邑某尉延爲館，時頗失禮。府君撫吴，尉久罷職，投刺上謁，以賓主相見，款洽如故，復厚賮之。尉慙惶無已。撫閩，幕友康維城卒於署，府君經理其喪事。維城故家陜西，復遣人輿（襯）櫬歸其里。門生故吏，惟訓以『勉供職守，克盡撫字』之方，從未私囑一事。地方名宦、鄉賢，可爲矜式者，如皖城靳文襄公，蘇郡周文襄公、湯文正公，金陵方正學先生、海忠介公各祠，皆捐俸修葺，爲文以紀之。公餘之暇，徧覽諸史、通鑑，嘗以爲『古今成敗能瞭如指掌，經世之學在是矣』。生平著述，不務聲華，惟求原本性情，辭達理暢。詩文共若干卷，藏於家。

嗚呼！先府君之行誼、政事，固已彰彰在人耳目，不孝等荒迷之際，掛漏滋多。是編所載，僅存什一於千百，伏維當代大人君子，哀其意而俯賜採擇焉，感且不朽。

男輝祖、嚴祖、繩祖、及祖謹跋,曾孫鎰敬刊。

〔一〕聯句:清高宗御製詩三集卷十四題作正月十六日賜宴聯句。

〔二〕汝在内二載:清史稿本傳作『汝直軍機處二年』。國朝先正事略本傳作『汝直樞廷兩載』。

〔三〕汝:清史稿本傳、國朝先正事略本傳無此字。

〔四〕用:清史稿本傳、國朝先正事略本傳無此字。

光禄大夫太子太保兩廣總督文肅陳公墓志銘[一]

（清）彭維新撰

乾隆十有六年秋八月甲寅，太子太保兩廣總督陳公疾終官署。事聞，天子悼惜，賜祭，賜謚『文肅』，又命入賢良祠，加贈三代如公官，復廕其子，異數也。朝士嘗與遊者泣相告，江南、閩、粤之氓吏，多爲位巷哭。柩歸祁陽，葬有日，其孤繩祖奉狀走京師徵余銘，冀傳其實，以納諸藏。

公諱大受，字占咸，號可齋。系出潁川，至九世祖鑣爲勝國曲沃令，始擇居祁。曾大父曰一科，大父曰震倫，均長者。父曰綵，積行，樂施與。歲歉，出粟帛拯邑里之寒饑。夢神人授以緋衣兒生公。

公頭角殊衆。幼塾師授句讀，輒能以意疏解，甫爲舉業，文字出語驚老宿，時稱神童。洎長，單心『六經』，於濂、洛、關、閩書，横豎鉤貫。由邑試首拔，充弟子員。積數年，學使者甄貢成均。登雍正己酉順天鄉薦，奔贈公暨唐太夫人喪歸。服除，癸丑成進士，選翰林院庶吉士。乾隆元年丙辰，授職編修。明年夏，御試詞臣，擢第一。嗣是四歲七遷，洊歷中外重任。公有至性。乳哺中，本生母周太夫人見背，後值忌日，每哽咽不自勝。奉贈公、唐太夫人，以孝稱。素静默，無諧語，敦儉習勞，坦夷不設城府，不爲矯激之行，亦不澒涩隨俗。其學務軌於正，志在經世。

通籍後，札記曩哲治行，期可見之行，以故當官幹實，所在皆有可紀。其出撫安徽，中途飭辦賑務，條畫詳匝無剩罅。初視事，剖決疑案，老吏駭其精敏。方是時，江北積貯久空，即奏行買麥易粟實倉。

歲復荒，賴此廩饑人。民乏食，多罹盜案，贓止斗粟、斛麥，分別奏予原減，生全者甚衆。嚴汛巡，靖大江掠奪。優聘碩儒主書院，人才彌振。上嘉其吏能，畀撫江蘇。際頻年積澇，古溝決，陳家浦漫，白茆、黄浦奇漲，諸郡縣疊被患，公備籌溝防，漱淫悉善。奏貯帑海州庫，迴環糴糶，濟民食。咨部踵用小口斛收漕白糧，輸者鼓舞。倡捐蘇城義學經費，增普濟、育嬰、廣仁三堂公産，俾可久。購地闢逵，以絶火延。議覆『察禁商販遲糶』，謂『米質難久貯，斷不能停待踰年。若概查禁，必潛運他處，宜聽其自行出售』。議覆『城工核減』，謂『浮估固耗帑，然不細籌工料，專圖節省，辦員苟且卒事，必難歷久，耗帑更甚』。皆切中事理。太湖爲逋逃藪，緣江浙舊設參、遊分駐東、西，緝捕互諉，不逞者得恣攫奪。公奏改江蘇參將爲副將，兼控轄兩省銜；改浙江游擊爲都司分防，絶推卸而弭寇賊，爲從前撫吴者慮畫所未及。在上下江，偏災必奏聞，凡六賑水災。運兑法良，米艘鱗集，抑中飽，領賑者得實。澇退，奏給牛種，杜蝗蝻孽育，散藥以辟疫疹，道鮮鵠鳩，野無胔骼。其撫閩也，鎮定明察，嚚恬姦戢，人樂安之。臺灣撥運壓欠，久爲具文。公根查顛末，列陳流弊，清二十餘年塵案。復備爲善後計，請以四十萬石額貯臺倉，每年碾支歸補，免採買派累民番。其爲總制，飭軍戎以綏地方，畿輔循治，粤俗亦一變，峒蠻、溪蜑息剽劫，吴粤皆兼筦榷務，不私不苛。在粤兼理鹺政，無纖滓。

公二十年中，發聞翰苑，出膺節鉞，入爲正卿，贊機務，任寄甚鉅，一以真誠、勤、慎貫其終始。案牘遝至，必手覽目裁，提約明故，遘疾不少怠，黠胥無從因緣爲姦利。故自始仕訖於終，保寵榮而遠愆戾，非倖也。其歷官，内自編修遷侍講、［侍講］學士、詹事府少詹事、詹事、内閣學士、吏部侍郎，洊陟吏、兵二部尚書，兼户部教習庶吉士、協辦内閣大學［士］、軍機處行走，中間一充日講官，兩充經筵講官。外自巡撫安徽，移撫江蘇、福建，署直隸總督，尋授兩廣總督，以宣力封疆加太子少保，以金川平定晉太子太保，加軍功三級。其校文號得人，丙辰順天鄉試、丁巳會試同考官，戊子浙江正考官，戊辰會試大總裁、文武殿試讀卷官。充書局總裁者三：武英殿、三禮館、方略館也。主武鄉試者二：甲子江南，丁卯福建也。其承賜賚，自御書至冠服、葠藥、食物甚渥。其邀封典，乙卯、丙辰、丁巳覃恩，今次特恩也。

回憶癸丑春三月，余與方靈皋各作類綢記，時公方成進士，適至，强之擬作。屬稿未半，意與言皆得，余大擊賞，靈皋亦稱善。後公以撫蘇入覲，宿余寓齋，論歷代名臣治行，因及東南政要，極得古大臣意。余且深期之，而不意其年止五十，未究所藴以終也。惜哉！

公初配張夫人卒，繼配成夫人，皆有婦德。子男五人：述祖早殤。輝祖，監生，一品廕生，娶同邑庠生劉正長女。繩祖，監生，娶同邑舉人衡山教諭徐上長女。嚴祖，未聘。及祖，聘邵陽羅氏女。女子二人：一適同邑諸生徐學海，一幼未字。

以乾隆十七年五月六日，卜葬浯溪蟠虬山之陽。銘曰：

仕學一源，道惟不苟。流競喧豗，人趨我守。蠢迪檢押，刮磨黯黮。修辭立誠，臨人居厚。掇科承恩，如（嚮）響應扣。秩峻祀崇，光錫鬯卣。天贏其逢，胡嗇其壽？所施未竟，以俟厥後。鄉雋覃季，寓哲聱叟。名山名川，在左在右。蟠虬此蟠，貍貓屏宿。紀行堅珉，厚載並久。

〔一〕本篇據彭維新墨香閣集點校整理。

爲海寧相國作陳太保碑[一]

（清）胡天游撰

兩廣總督陳公卒於位，事聞，天子悼惜，詔所祭葬如制，贈三世皆如其官，謚以文肅，而祀之賢良之祠。明年夏五月，公子某等窆公浯谿山陰。既封，來京師求文刻石，以表於神道。惟公顯於在官，誠於奉國，其贊翼在内而宣猷任事之績尤在於外。嘗三爲巡撫，後以節鉞開軍府於粵東西、東南，閩廣。所至，以理其大者書於史官，而褒紀勒美之辭，宜具豐碑以示永久，予之所以銘公也。

公諱某，字某，籍湖南之祁陽。以進士起家，爲庶吉士，既授翰林院編修。乾隆丁巳夏，上親試諸翰林於乾清宫，公特以文被知遇，名在第一，即改官侍讀。九月，遷爲學士。凡四閲月，自學士四遷至吏部侍郎。公官之遷，速也。始雖由文字，然上察知公勤慎，足任重大。會安（慶）徽巡撫闕，遂以命公。公自庶吉士爲侍郎出撫，至是僅七年，近世以來未有也。

安慶地接楚豫，素多盜；又值歲儉，州郡倉庾皆虚。公至，下有司嚴搒捕之令，得盜五十餘人。又獲其爲患於江中者。由是屏息，則議賸恤，籌乏缺，凡可以濟，莫不計畫之。久之，虚者就盈，瘠者以起。

在安慶二年，移撫江蘇。江蘇與安慶雖并號上下江，顧爲治煩簡特異。大抵安慶簡樸事少，而江蘇賦最天下，地大政殷，俗尚華侈，好鬬喜訟，吏多滋奸，素難整。其淮安、徐、海之地，尤資麥爲食，時連不熟，而自金陵至吴淞濱海郡，霖雨盛作，山水并湧發，田廬、户口多被漂害。公使所屬斂其死者，出官粟振之。又發庫中金，遣人赴鄰省市穀貯之以備救恤。復請緩漕粟，徵事稍定。其明年，淮、徐歲饑如故，民皆採食蒿梠，殍殣滿道路。公使吏覈其尤餓者，按口而籍之，借給官糧兩月；且以聞於上，得留漕七萬石以振焉。壬戌七月，黄河大決，石林口合諸湖水勢洶甚，興化、泰州被患尤劇。公聞之，親馳往視，令多具舟船，徧之鄉里。凡户居墊卑，將就浸没者，悉載之出水，使處陵阜，而振之粟與錢，諸漂流失歸者，皆爲安集之。復慮農佃者春無以耕，請官酌與資，使家得畜牛，而借其粒種。凡撫吴，遘水者再，遘荒者六，悉力濟之，而吴人得安者，惟公績也。時有上言禁民藏粟者，户部以其議，牒行四方。公以爲使有粟之家，必令出賣，毋許多積，則市價大賤，粟將他販，至夏秋交，民間轉患乏食，爲計非便，即以言於朝。於是在江蘇五年矣，上念公之勞也，丙寅七月加階太子少保，因使公撫閩。人或言海上有島十四，計爲田萬畝餘，墾之可資民人食，前撫請開之。公以海外地久在禁令，一旦往墾，聚人必多，尤慮生奸，若設兵彈壓，爲費彌甚，於事無益，輒奏罷之。臺灣地懸海外，舊制以其地廣，歲再熟而出穀多也，常使内運以食漳、泉之民。其後居户益衆，耕寡粟少，異於初時，而内運歲額如故，然實無以應，文書空行者二十餘年，謂之壓欠。公視牘知其弊，奏而罷焉。又念臺灣本重地，爲閩門捍，不可無積貯，乃請定儲粟四十萬石爲著令。閩俗視吴尤悍，山海遐僻，奸宄所叢。公莅，以明察而持之嚴整，故吏皆振起。既連撫三省，蓋洞曉當世事，凡所陳奏，咸中機竅，多報可焉。

初，湖南人仕於朝而位最顯者，故尚書總督武陵楊公、前兵部尚書茶陵彭公，兩人皆天下所知。方公入仕時，武陵已久在位，後卒與并爲督撫，以印相受代，而其選庶吉士也，爲雍正十一年癸丑，則實出於彭公之薦。及公既大貴，尤能以其小心恭謹結主上深知，是以被遇優而倚信愈重。

歲丁卯,自閩撫召拜兵部尚書。俄轉吏部,旋協辦大學士。頃之,晉加太子太保。己巳七月,出總督保定。未幾還朝。庚午春,上以公爲兩廣總督。先是,今禮部尚書王公撫廣,斤斤持法繩下,人稱其峻。公亦謂:『吏治宜肅,毋徒爲寬容。』自大吏以下,有欲糾劾,直舉奏之,多坐法者。曰:『吾知盡職奉上而已,寧以怨薄自嫌?』視事二載,當乾隆辛未歲,人謂公且復入爲相,乃公以勞勤屬疾,疾且亟矣。公於爲人,外静積而内深周。嘗爲丙辰、丁巳同考官,己未殿試讀卷官,戊午典試浙江,戊辰主南宫試,故門下士特盛。其撫吴也,吴舊多陂堰圩塘,或有久廢者;而自辛酉之被水也,又多潰毁,以其功鉅費重,人不能修。公出官粟數千以借之,召民興庸,計時而工畢。於江浦縣,繕三合、永豐北城之圩;於句容縣,復郭西塘南堰壩;於蘇州太倉,疏劉家河,灌溉潴洩,得以時便。其在閩、廣,聲尤赫然。公之殁也,爲八月某甲子。方疾既篤,尚拳拳國家。予蓋觀公遺表而歎公感上厚恩,盡瘁祈報,無忘須臾,二十年如一日也。

予與公同姓,在内閣也於官又同,知公爲深,故敘公生平。凡其見諸當時施諸事爲論定之在天下者,不可得而没也。銘曰:

憲憲陳公,起自南服。實挺而生,天繂用穆。有加特達,遂登球玉。宜卿宜尹,惟亮惟恪。帝曰:『貞哉,汝諧朕牧。東南汝畀,往以功速。』其猷既告,吴楚是釐。人嗟於墊,公振其危。人嗟於饉,公哺之饑。亦五六年,載度載咨。人瘠公瘁,人腴公怡。迨閩及粤,德施孔皆。尚書佐命,允明允翼。帝謂輔予,以表百職。保傅優崇,寵秩光錫。將相出入,刊鼎勒帛。太常書勛,番番奕奕。祝融洞庭,增壯象色。惟人之瘼,公慰綏之;惟國之經,公贊扶之。公平幹止,身實勤之。以承眷褒,宜永甲之。上謚揚之，榮典將之。令辭有式，厥後是貽。

〔一〕本文據咸豐二年（一八五二）聊城楊氏海源閣刻石笥山房集本點校整理。

陳大受傳〔一〕

（清）朱珪撰

陳大受，字占咸，湖南祁陽人。雍正十一年進士，改庶吉士。乾隆元年，授編修。二年，上御乾清宫，試翰林詹事，諸臣詩、賦、論各一篇。日午，御座以待，大受章最先成，奏焉。上喜，置第一。擢侍讀，充日講起居注官。是年，累遷左庶子、侍讀學士、少詹事。三年，再遷詹事、内閣學士兼禮部侍郎，主浙江鄉試。四年，遷吏部右侍郎，充經筵講官。

冬，出爲安（慶）徽巡撫。是時廬、鳳、宿、泗、潁洊饑，發倉穀且盡。大受請於宜麥地買麥，又分糴於江廣，且發且儲。六年，壽、宿水，無麥，則以振之。既連歲饑，多盜，盡擒致之法。有六十餘人者，乃盜米麥，大受哀其情，爲奏原之。夏，署江蘇巡撫。江蘇常、鎮、揚、太水，大受至，則糶倉穀，疏溝澮，築圩岸，修廬舍，斂浮殍，糴鄰穀，請緩今年徵。水平，魚蝦種在野，乃募民先冬捕蝻，種遂以絶。既實授江蘇巡撫。七年，淮、海、徐下田積水，不可以麥，民有食蒿者。大受爲口借二月糧以聞，上命截江、廣漕米七萬石振之。

初，句容之黄堰壩灌田八千畝，郭西塘灌數百頃，歲久且淤。大受乃貸社穀，令民以力就食，利復而民不饑。秋，河決古溝，再決石林，高、寶、興、泰、徐水。大受以聞，上命截漕米，撥協銀、穀計千百萬。大受請借民草價，蠲牛稅一年，禁温州商之海運者，皆報可。又發帑海州，官爲買穀平糶。十年，户部議禁商囤。大受以爲『商人貯米，得少利則散，貯不過一歲，民且利焉。請勿禁便。』又奏：『城工核減，議在節用。用省工惡，修更倍之。城郭以數百計，不宜節於目前。』上皆是之。十一年，加太子少保。秋，淮、海、徐屬之被漲災者十七。大受行邑至海、沭，見草食者，取嘗之，苦澀，乃趣散粟，借之種。調福建巡撫。十二年，奏臺灣倉穀之壓欠者除之，免其民陳宗等[部]餉。閩故民、番雜處，語非譯不通。有民殺人，坐之番，賄通事成之。大受疑其情，再鞫，竟得白。冬，入爲兵部尚書。十三年春，上東巡，大受馳至行在。召見，問東土饑饉情事，大受盡以所見對。即命於行營前議振事。既命還京，主會試，轉吏部。夏，直軍機處，協辦大學士事，直上諭處，教習庶吉士，侍講經筵。秋，兼署户部。時，金川用兵，上憂勤方略，軍書如織，雖夜分必達。大受日數被召見，或夜宿直廬，凡大謀幾事皆與焉。出入見星以爲常，歸則積帙數寸，刻燭披覽。十四年春，金川平，晉太子太保，加軍功三級。秋，署直隸總督。大受既盡瘁，病甚，上數存問，遣醫，賜蔘藥。冬，稍閒還京。十五年春，出爲兩廣總督。兩廣去京師既遠，官偷民哤，大受欲以猛易之，舉劾不法之吏無虛月，風俗爲之一變。十六年秋，疾作卒。遺摺至，上大悼惜，命入祀賢良祠，與三代封，蔭一子輝祖，賜祭兩壇，謚文肅。

初，大受父綵，夢神人以緋衣兒授之，生大受。兒時行仆市中，逸馬羣至，止焉，人以爲異。及長，而家貧甚，耕於山麓，同舍漁者，每夜出捕魚，大受爲候門，則讀書以爲常。既貴，以父母生母皆不及養，故每自刻苦，事兄尤謹焉。神氣端儼，眉目皆上起，豐髯有威，朝廷以爲重臣。子四：輝祖、繩祖、嚴祖、及祖。

〔一〕本傳據畿輔叢書知足齋文集本點校整理。

姚惜抱先生年譜

(清)鄭福照輯　查昌國　王永環點校

姚鼐(一七三二—一八一五),字姬傳,一字夢穀,室名惜抱軒,世稱『惜抱先生』,桐城(今安徽桐城市)人。乾隆二十八年(一七六三)進士,授庶吉士,三年後散館任禮部主事,遷刑部郎中。四庫館開,任纂修官,書未告成,以病歸。歸後歷主揚州梅花書院、安慶敬敷書院、歙縣紫陽書院及江寧鍾山書院凡四十年,啟迪後進,孜孜不倦。姚鼐自少師從伯父姚範、同里劉大櫆。其古文繼承歸有光、方苞、劉大櫆等人之傳統而光大之,爲『桐城派三祖』之一。

其年譜一卷,爲同邑後學鄭福照所纂。該譜記其講學、著述、撰文諸活動,間或節録譜主文章爲印證。姚氏文章有年可考者,輯爲文目編年以附。今據同治七年刊本(一八六八)整理點校。

姚惜抱先生年譜敘（一）

乾隆閒，姚惜抱先生以碩學醕文爲海内倡。數十年來，言古文家法者，大都推桐城姚氏。顧先生非徒文人也，其仕止進退，一審於義而不苟。恬静之操，高亮之節，實足以風範百世，而又皆率其性之所安，初無矯激近名者之所爲。

其論學宗主程朱之義理，而兼取考證家之長。嘗慨當時學者以專宗漢學爲至，攻駁程朱爲能，倡於一二專己好名之人，而相率而效者，遂大爲學術之害。故力持正論以救之，然心平氣沖，粹然德人之言，從其學者濡染漸多，而風氣遂爲一變。

至其論文之旨，則以内充而後發，理得而情當爲貴。嘗曰：氣充而静者，其聲閎而不蕩；志章而檢者，其色耀而不浮，故爲學之要，在於涵養而已。聲華榮利之事，曾不得以奸乎其中，而寬以期乎歲月之久，則必有以蓋乎今而達乎古。由斯觀之，先生豈直文人已耶？

讀其文固可想見其人，而因其文名之盛，遂以掩其德之醕與學之粹。嗚呼！其亦失之未考也已。先生學行大略散見國史文苑傳及門人所爲傳、狀、志、表、序、跋之中。鄭君容甫少好先生學，懼宗先生者不悉其文行本末，因偏覽諸家文集及先生家藏手稿，取其有徵而足信者，次爲年譜一書。而於先生出處之概，取捨之宜，論學論文之旨要，尤博考而詳載之。俾讀先生書者知其本原之所在。

先生之學上承望溪方氏之緒，而門人中傳其學者則以吾從兄植之先生爲最博且精。往者，吾友蘇徵君厚子既輯有望溪年譜，已刊行。今容甫撰先生年譜成，又撰次植之先生年譜一卷，坿其集後。噫！何其勤也。世嘗言，天下文章在桐城。觀是數譜，則諸先生之爲法天下而可傳後世者，文章猶其末焉也已。

同治六年夏五月，同里後學方宗誠序。

〔一〕姚惜抱先生年譜敘：底本無，今據方宗誠集柏堂集續編卷三姚惜抱先生年譜敘校補。

雍正九年辛亥十二月二十日，先生生。生時家譜不載，據先生曾孫聲云子時。

先生姓姚氏，諱鼐，字姬傳，一字夢穀，別號惜抱，安徽安慶府桐城縣人。見姚氏家譜及毛嶽生所撰墓志銘〔一〕。始祖字勝三，家譜佚其名。宋末自餘姚遷居桐城大有鄉之麻谿，人謂麻谿姚氏。始仕顯者曰明雲南布政使右參政旭，伉直敢言，嘗上書訟于忠肅冤。參政四世孫自虞，爲諸生。子之蘭，爲汀州府知府，加按察副使銜，所歷海澄縣，杭州、汀州二府，民皆爲祠以祀。參政、副使仕績，明史皆載入循吏傳。副使之子孫棐，仕爲職方主事。職方子文然，康熙間歷官刑部尚書，數論事利害，盡蠲煩苛，表定律令，卒謚端恪，世宗時追論先朝名臣，思其賢，詔特祠，春秋祀焉，是爲先生高祖。見本集長嶺阡表及家譜、墓志，從孫瑩所撰姚氏先德傳，桐城縣志。曾祖諱士基，康熙壬子舉人，爲湖北羅田縣知縣，有惠政，卒，官民立祠祀。祖諱孔鋏，府學增生，早卒，贈編修，累贈朝議大夫。祖母任氏，大理寺少卿諱奕鑈女，賢孝秉節，上奉姑，下教二子。長子翰林院編修諱範，以詩、古文、經學著，學者稱『薑塢先生』。次子贈朝議大夫禮部員外郎諱淑，先生考也。見長嶺阡表及家譜、桐城志。母陳氏，雍正甲辰進士臨海縣知縣諱暠鑑女。見節孝陳夫人傳及家譜。弟：訏，字君俞，監生，候選州吏目；見〔亡〕弟君俞權厝銘。鼎，字武平，乾隆甲午附榜貢生，候選州判。見家譜。

乾隆元年丙辰，先生年六歲。

三年戊午，先生年八歲。

姚氏自餘姚來桐城，始居麻谿南，十世遷居城中。先生曾祖居南門宅，曰『樹德堂』，居四十年。先生生於樹德堂。八歲時，宅售於張氏。編修與贈大夫乃徙北門口之宅，曰『初復堂』。見先宅記。先生少時，家貧，體弱多病，而嗜學澹榮利，有超然之志。世父編修，博聞强識，誦法先儒，與同里方待廬澤、葉華南酉、劉海峯大櫆諸先生友善。諸子中獨愛先生，每談必令侍。方先生論學宗朱子，先生少受業焉。尤喜親海峯，客退輒肖其衣冠爲戲。編修嘗問其志，曰：『義理、考證、文章，殆闕一不可。』編修大悦，卒以經學授先生，而别受古文法於海峯。見從孫瑩所撰行狀〔二〕及本集劉海峯傳。

十四年己巳，先生年十九歲。按先生補弟子員年月不可考，家譜但云縣學附生，不著何歲。據先生曾孫聲云在己巳歲，今按文後集望溪〔先生〕集外文序云『惟乾隆庚午鄉試，一至江寧』，是入泮當在戊辰以後也。

十五年庚午，先生年二十歲。

秋，舉江南鄉試。見家譜及行狀。按鄉試名次，傳〔三〕、狀及家譜俱不載。主考爲番禺莊公有恭、桐鄉鈕公汝騏。見貢舉考略。

冬，偕同年張�亭曾敞如京師，見祭張少詹〔曾敞〕文。同寓佛寺中。見祭侍潞川文。

十六年辛未，先生年二十一歲。

春，試禮部，不第。歸時，劉海峯先生以經學應舉在京師，爲序送之。其略曰：姬傳甫弱冠而學，已無所不窺。詩、賦、古文，殆欲壓余輩而上之。顯名當世，固可前知。又曰：天既賦姬傳以不世之才，而姬傳又深有志於古人之不朽，其射策甲科爲顯官不足爲姬傳道，即其區區以文章名於後世亦非予之所望於姬傳。其盛許之如此。見行狀及海峯文集。按先生六上春官始成進士。見祭侍潞川文。

十七年壬申，先生年二十二歲。

春，至黟縣。見西園記。有貴池道中、黟縣道中、出池州諸詩。按本集〔亡〕弟君俞權厝銘：『余二十二歲，授徒四方以爲養。』此往黟縣或者授經於彼與？又本集左筆泉〔先生〕時文序云：『某〔四〕遊京師，不第而返，先生招使課其諸子。』今按其年月不可考，附記於此。

秋，試禮部，不第。按是年八月會試。

十九年甲戌，先生年二十四歲。

春，試禮部，不第。留京師。

二十年乙亥，先生年二十五歲。

居京師。按本集〔奉〕答朱竹君〔筠〕〔用前韻見贈〕詩云：『連年摘髭取科第，射策彤庭語驚衆。』又云：『首春上將西出師，蟻穴初開天宇空。』又云：『落落獨爲燕市飲，鬖鬖況對殘秋恐。』按朱竹君於乾隆十九年登第，兩路出師征準夷在乙亥春，此詩當爲乙亥九月在京師作。又再答竹君〔五〕詩云：『去年重九天氣佳，城角黄花倚風動。精廬偶與故人來，卻眺晴雲出烟洞。』『今年重九故人死，濁酒盈尊强誰共？』是上年會試後留京師也。又筆記云：『江寧張君敉，字立人。甲戌、乙亥，余晤之於京師。』

二十二年丁丑，先生年二十七歲。

春，試禮部，不第。

二十三年戊寅，先生年二十八歲。

在京師。靈石何季甄思鈞從受業。見何季甄家傳。

秋，遊揚州。見贈程魚門序及酬胡〔君〕業宏詩。旋歸里。由灊山、宿松、黄梅、九江至南昌，十月歸。見詩集。

二十五年庚辰，先生年三十歲。

春，試禮部，不第，歸。八月二十三日，丁贈朝議公艱。見行狀及家譜。

二十六年辛巳，先生年三十一歲。

授經同里馬氏。見馬母左孺人八十壽序。

二十七年壬午，先生年三十二歲。

授經同里馬氏。八月二十五日，配張宜人卒。見家譜。按張宜人，湖北黄州府通判諱曾翰女。見家譜。其來歸年月不可考。

二十八年癸未，先生年三十三歲。

春，應禮部試，中式。見行狀及家譜。總裁官爲金匱秦公蕙田、滿洲德公德保、錢唐王公際華。見貢舉考略。殿試二甲，授庶吉士。見家譜及行狀。按會試、殿試名次，傳狀及家譜俱不載。

二十九年甲申，先生年三十四歲。

春，隨世父編修自天津歸里。見左筆泉［先生］時文序。有遊媚筆泉記，三月上旬作。

三月，遊揚州，館侍潞川庶常朝家。

五月杪旋里。見祭侍潞川文。按王夢樓以是歲出守臨安，本集有平山堂送王之臨安詩，知遊揚州確在是年也。繼配張宜人來歸，四川屏山縣知縣諱曾敏女，原配張宜人之從妹。見繼室張宜人權厝銘〔六〕及家譜、行狀。

冬，如京師。有過江浦縣、徐州、邳州、過汶上弔王彦章詩。

三十一年丙戌，先生年三十六歲。

夏，散館改主事，分兵部。見國史本傳。

三十二年丁亥,先生年三十七歲。

試職兵部。見沈母王太恭人[七十]壽序。補禮部儀制司主事。見本傳及墓志〔七〕。

三十三年戊子,先生年三十八歲。

秋七月,充山東鄉試副考官。見行狀。有遊洪恩寺詩。

九月,還京。見詩集。轉祠祭司員外郎。見行狀及家譜。

三十五年庚寅,先生年四十歲。

充湖南鄉試副考官。六月出都。見詩集及行狀、墓志。冬,還京。有定州遇雪詩。

十月初八日,長子持衡生。見家譜。

三十六年辛卯,先生年四十一歲。

春正月八日,世父薑塢先生卒。見家譜。

充恩科會試同考官。見本集及行狀、墓志。

先生兩主鄉試,一爲會試同考官,多得氣節通經士,涪州周興岱、昆明錢灃、曲阜孔廣森,其最也。見行狀及墓志。擢刑部廣東司郎中。見行狀。先生官刑部時,廣東巡撫某擬一重辟案不實,堂官與同列無異議，先生核其情，獨爭執平反之。見吴德旋所撰墓表〔八〕。

三十八年癸巳，先生年四十三歲。

詔開四庫全書館，選一時翰林宿學爲纂修官。諸城劉文正公統勳、大興朱竹君學士筠咸薦先生，以所守官入局，充校辦各省送到遺書纂修官。時非翰林爲纂修者八人，先生與程魚門晉芳、任幼植大椿尤稱善。見行狀及四庫全書提要。道光十二年，先生從孫瑩以先生所修四庫書序論八十八首，編爲四卷付梓，名惜抱軒書録，毛嶽生爲之序，其中或與提要小異，蓋當時總纂官有所損益也。

三十九年甲午，先生年四十四歲。

秋，乞病解官。先是，劉文正公以御史薦，已記名矣，按文正以大學士管刑部事。而金壇于文襄敏中當國雅重先生，欲一出其門，竟不往。會文正薨，先生乃決意去。見行狀及墓志。按董塢先生殁後，先生與伯兄昭宇書曰，『本衙門已保送御史，擬將來一得御史，無論能自給與否，決然回家矣。緘口則難此厚顔，妄論則貽憂老母』云云。此札墨蹟今藏於其家。據此札及詩集述懷作，則先生之懷歸志已非一日。會文正薨，故不俟補御史，遽引退耳。

四庫書局之啟，由大興朱竹君學士見翰林院貯永樂大典中多古書，爲世所未見，奏請開局重修，欲嘉惠學者。既而奉旨搜求天下藏書，畢出。於是纂修者競尚新奇，厭薄宋元以來儒者，以爲空疏，掊擊訕笑，不遺餘力。先生往復辨論，諸公雖無以難，而莫能助也。

將歸，大興翁覃溪學士方綱爲序送之，亦知先生不再出矣。臨行乞言，先生曰：『諸君皆欲讀人未見之書，某則願讀人所嘗見書耳。』見行狀。嘉定錢獻之坫以考證名，尤精小學。先生贈之序，其略曰：

孔子没而大道微。漢儒承秦滅學之後，始立專門，各抱一經，師弟傳受，儕偶怨怒嫉妒，不相通曉，其於聖人之道，若築墻垣而塞門巷也。久之，通儒漸出，貫穿羣經，左右證明，擇其長説。及其敝也，雜之以讖緯，亂之以怪僻猥碎，世又譏之。蓋魏晉之間，空虚之説興，以清言爲高，以章句爲塵垢，放誕頽壞，迄亡天下。然世猶或愛其説辭，不忍廢也。自是南北乖分，學術異尚五百餘年。

唐一天下，兼採南北之長，定爲義疏，明示統貫，而所取或是或非，未有折衷。宋之時，真儒乃得聖人之旨，羣經略有定説。元明守之，著爲功令。當明佚君亂政屢作，士大夫維持綱紀，明守節義，使明久而後亡，其宋儒論學之效哉！

且夫天地之運，久則必變。是故夏尚忠，商尚質，周尚文，學者之變也。有大儒操其本以齊其弊，則所尚也賢於其故，否則不及其故，自漢以來皆然已。明末至今日，學者頗厭功令，所載爲習聞，又惡陋儒不考古而蔽於近，於是專求古人名物制度，訓詁書數，以博爲量，以闚隙攻難爲功。其甚者欲盡舍程朱而宗漢之士。枝之獵而去其根，細之蒐而遺其鉅。夫寧非蔽與？

見本集及行狀。按詩集有篆秋草堂歌贈錢獻之作。先生詩集實依年編次，此詩在二卷末贈朱竹君詩後。贈朱詩有『歸校中文』語，乃癸巳秋作。贈錢詩有『長安二月春風來』句，當是甲午春作。又有『挾策那能歸下邑』句，似贈別語。此文亦云錢君將歸江南，蓋與詩同時作。又列於贈程魚門、陳伯思二序之前，二文皆甲午作，此序確爲甲午作無疑。

冬十二月，自京師乘風雪至山東泰安守遼東朱子潁孝純署中，除夕與子潁登泰山日觀，觀日出，作詩文以紀。見本集。

四十年乙未，先生年四十五歲。

春正月，自泰安還京，見遊靈巖記。旋即南歸。有乙未春出都留别同館諸君及汶上舟中詩。

四十一年丙申，先生年四十六歲。

朱子潁爲兩淮鹽運使，興建梅花書院，延先生主之。見食舊堂集序及行狀、墓志。秋，至揚州。有泊採石泥汊阻風宿攝山寺出金陵詩。

冬十月十七日，次子師古生。見家譜。

四十二年丁酉，先生年四十七歲。

在揚州書院。時四庫全書館凡纂修者皆議敘，嚮之非翰林爲纂修者八人，其六盡改爲翰林矣，惟先生乞病歸，任幼植亦遭艱居里，大臣列二人名於章奏而稱其勞，請俟其補官更奏。幼植過淮上，邀先生入都，先生以母老謝。幼植獨往，然大臣竟不復議改官事。見任幼植墓志。

四十三年戊戌，先生年四十八歲。

閏六月一日，繼室張宜人卒於揚州書院。秋八月，還里。見［繼室］張宜人權厝銘。

梁階平相國國治屬所親語先生曰：『若出，吾當特薦。』先生婉謝之，集中所爲復張君書也。見行狀。按復張君書云：『始反一年，仲弟先殞，今又喪婦。』知爲是年作。

四十四年己亥，先生年四十九歲。

撰古文辭類篹七十五卷，以盡古今文體之則。秋七月，序之曰：

鼐少聞古文法於伯父薑塢先生及同鄉劉耕南先生，少究其義，未之深學也。其後遊宦數十年，益不得暇，獨以幼所聞者寘之胸臆而已。乾隆四十年，以疾請歸，伯父前卒，不得見矣；劉先生年八十，猶喜談說，見則必論古文。後又二年，余來揚州，少年或從問古文法。夫文無所謂古今也，惟其當而已。得其當，則六經至於今日其爲道也一。知其所以當，則於古雖遠，而於今取法如衣食之不可釋。不知其所以當，而敝棄於時，則存一家之言以資來者，容有俟焉。於是以所聞習者編次論說，爲古文辭類篹。其類十三，曰論辨類、序跋類、奏議類、書說類、贈序類、詔令類、傳狀類、碑志類、雜記類、箴銘類、頌贊類、辭賦類、哀祭類。一類内而爲用不同者，别之爲上下編云。

論辨類者，蓋原於古之諸子，各以所學著書詔後世，孔孟之道與文至矣。自老莊以降，道有是非，文有工拙。今悉以子家不録，録自賈生始。蓋退之著論，取於六經、孟子。子厚取於韓非、賈生。明允雜以蘇、張之流。子瞻兼及於莊子。學之至善者，神合焉；善而不至者，貌存焉。惜乎子厚之才，可以爲其至而不及至者，年爲之也。

序跋類者，昔前聖作易，孔子爲作繫辭、説卦、文言、序卦、雜卦之傳，以推論本原，廣大其義。詩、書皆有序，而儀禮篇後有記，皆儒者所爲。其餘諸子或自序其意，或弟子作之，莊子天下篇、荀子末篇，皆是也。余撰次古文辭不載史傳，以不可勝録也。惟載太史公、歐陽永叔表、志、敘、論數首，序之最工者也。向、歆奏校書各有序，世不盡傳，傳者或僞，今存子政戰國策序一篇著其概。其後目録之序，子固獨優矣。

奏議類者，蓋唐虞三代聖賢陳説其君之辭，尚書具之矣。周衰，列國臣子爲國謀者，誼忠而辭美，皆本謨、誥之遺，學者多誦之。其載春秋内外傳者不録，録自戰國以下。漢以來，有表、奏、疏、議、上書、封事之異名，其實一類。惟對策雖亦臣下告君之辭，而其體少别，故寘之下編。兩蘇應制舉時，所進時務策，又以附對策之後。

書説類者，昔周公之告召公，有君奭之篇。春秋之世，列國士大夫或面相告語，或爲書相遺，其義一也。戰國説士説其時主當委質爲臣，則入之奏議；其已去國，或説異國之君，則入此編。

贈序類者，老子曰『君子贈人以言』；顔淵、子路之相違，則以言相贈處；梁王觴諸侯於范臺，魯君擇言而進，所以致敬愛、陳忠告之誼也。唐初贈人始以序名，作者亦衆。至於昌黎乃得古人之意，其文冠絶前後作者。蘇明允之考名序，故蘇氏諱序，或曰引，或曰説，今悉依其體編之於此。

詔令類者，原於尚書之誓、誥。周之衰也，文誥猶存。昭王制，肅强侯，所以悦人心而勝於三軍之衆，猶有賴焉。秦最無道，而辭則偉。漢至文景，意與辭俱美矣，後世無以逮之。光武以降，人主雖有善意而辭氣何其衰薄也。檄令皆諭下之辭。韓退之鱷魚文，檄令類也，故悉傳之。

傳狀類者,雖原於史氏而義不同。劉先生云:『古之爲達官名人傳者,史官職之。文士作傳,凡爲圬者、種樹之流而已。其人既稍顯,即不當爲之傳,爲之行狀上史氏而已。』余謂先生之言是也。雖然,古之國史立傳不甚拘品位,所紀事猶詳。又實録書,人臣卒必撮序其平生賢否。今實録不紀臣下之事,史館凡仕非賜謚及死事者,不得爲傳。乾隆四十年,定一品官乃賜謚,然則史之傳者,亦無幾矣。余録古傳狀之文,並紀兹義,使後之文士得擇之。昌黎毛穎傳,嬉戲之文,其體,傳也,故亦附焉。

碑志類者,其體本於詩,歌頌功德,其用施於金石。周之時,有石鼓刻文。秦刻石於巡狩所經過。漢人作碑文,又加以序。序之體,蓋秦刻瑯邪具之矣。茅順甫譏韓文公碑序異史遷,此非知言。金石之文自與史家異體,如文公作文,豈必以效司馬氏爲工耶?志者,識也。或立石墓上,或埋之壙中,古人皆曰志爲之銘者,所以識之之辭也。然恐人觀之不詳,故又爲序。世或以石立墓上曰碑、曰表,埋乃曰志。及分志、銘二之,獨呼前序曰志者,皆失其義,蓋自歐陽公不能辨矣。墓志文録者尤多,今别爲下編。

雜記類者,亦碑文之屬。碑主於稱頌功德,記則所紀大小事殊,取義各異,故有作序與銘詩全用碑文體者,又有爲紀事而不以刻石者。柳子厚紀事小文或謂之序,然實記之類也。

箴銘類者,三代以來有其體矣。聖賢所以處戒警之義,其辭尤質,而意尤深。若張子作西銘,豈獨其理之美耶?其文固未易幾也。

頌贊類者，亦詩頌之流，而不必施之金石者也。

辭賦類者，風、雅之變體也。楚人最工爲之，蓋非獨屈子而已。余嘗謂漁父及楚人以弋説襄王，宋玉對[楚]王問遺行，皆設辭無事實，皆辭賦類耳。太史公、劉子政不辨而以事載之，蓋非是。辭賦固當有韻，然古人亦有無韻者，以義在託諷，亦謂之賦耳。漢世校書有（辭）詩賦略，其所列者甚當。昭明太子文選分體碎雜，其立名多可笑者，後之編集者或不知其陋而仍之。余今編辭賦一以『漢略』爲法。古文不取六朝人，惡其靡也。獨辭賦則晉宋人猶有古人韻格存焉，惟齊梁以下則辭益俳而氣益卑，故不録耳。

哀祭類者，詩有頌，風有黄鳥、二子乘舟，皆其原也。楚人之辭至工，後世惟退之、介甫而已。

凡文之體類十三，而所以爲文者八，曰：神、理、氣、味、格、律、聲、色。神理氣味者文之精也，格律聲色者文之粗也，然苟舍其粗則精者亦胡以寓焉？學者之於古人，必始而遇其粗，中而遇其精，終則御其精者而遺其粗者。文士之效法古人，莫善於退之盡變古人之形貌，雖有摹擬不可得而尋其跡也。其他雖工於學古而跡不能忘，揚子雲、柳子厚於斯蓋尤甚焉。以其形貌之過於似古人也而遽擯之，謂不足與於文章之事則過矣，然遂謂非學者之一病，則不可也。

見古文辭類篹序目及姚氏先德傳。是書後興縣康中丞紹鏞刻諸粵東，道光四年門人吳啟昌以先生於是書應時更定，没而後已，康刻所據乃十餘年前本，其後增删改竄甚多，乃以定本重刊於金陵。姚椿書古文辭類篹後云：『嘗請於先生，謂其中棄取有未盡人能解者。先生謂是固有。意其棄者，大抵爲有俗氣。其取者則以廣文之體格，使有所取法。』

四十五年庚子，先生年五十歲。

主講安慶敬敷書院。自庚子至丁未，主講敬敷書院，凡八年。

二月，爲門下士孔檢討廣森作儀鄭堂記，曰：

六藝，自周時儒者有説：孔子作易傳，左丘明傳春秋，子夏傳禮喪服。禮後有記，儒者頗裒取其文。其後禮或亡而記存，又雜以諸子所著書，是爲禮記。詩、書皆口説，然爾雅亦其傳之流也。

當孔子時，弟子善言德行者固無幾，而明於文章制度者其徒猶多。及遭秦焚書，漢始收輯文章制度，舉疑莫能明，然而儒者説之不可以已也。漢儒家别派分，各爲耑門。及其末造，鄭君康成總集其全，綜貫繩合，負閎洽之才，通羣經之滯義，雖時有拘牽附會，然大體精密出漢經師之上；又多存舊説，不掩前長，不覆己短。觀鄭君之辭，以推其志，豈非君子之徒篤於慕聖有孔氏之遺風者與！鄭君起青州，弟子傳其學既大著。王肅駮難鄭義，欲争其名，僞作古書，曲傳私説，學者由是習爲輕薄。流至南北朝，世亂而學益壞。自鄭、王異術，而風俗人心之厚薄以分。嗟夫！世之説經者，不蘄明聖學詔天下而顧欲爲己名，其必王肅之徒者與？

曲阜孔君撝約，博學，工爲詞章，天下方誦以爲善。撝約顧不自足，作堂於其居，名之曰『儀鄭』，自庶幾於康成。遺書告余爲之記。撝約之志可謂善矣。

昔者聖門顔、閔無書，有書傳者或無名，蓋古學者爲己而已。以撝約之才，志學不怠，又知足知古人之善，不將去其華而取其實，擴其道而涵其藝，究其業而遺其名，豈特詞章無足矜哉？雖説經精善猶未也，以孔子之裔，傳孔子之學，世之望於撝約者益遠矣。雖古有賢如康成者，吾謂其猶未足以限吾撝約也。見本集。

冬，選隆、萬、天、崇及國朝人『四書』文二百五十一首，授敬敷書院諸生。課讀以欽定四書文爲主，而增益後來名家及小題文。其序略曰：

讀『四書』文者，欲知行文體格，及因題立義，因義遣辭之法，故無取乎多。若夫行氣説理，造名設色，一皆求之於古人，徒讀『四書』文，則終身不能過人也。伏讀聖諭有云：『先正名家之法置而不講，經史子集之書束而不觀。』今學者之病豈不在此？夫日課鄙陋濫惡世之所謂墨卷者，積至千篇，必須千日。千日之功，費於無用。科名得失，初不在此，徒自穢塞心胷，闇蔽知慧而已。陳紫瀾宫詹生平止讀震川稿，及伯思户部、仲思檢討亦皆未嘗知所謂墨卷者，其父子亦何嘗不掇取科名？假令前輩，如方百川、王耘渠諸君，舍其所學而讀墨卷，亦終於諸生而已。何也？命爲之也。獨其文之佳惡，則非命之所主，是在有志者爲之爾。見敬敷書院課讀四書文序目。

四十八年癸卯，先生年五十三歲。

夏六月，作老子章義序。見本集。

五十年乙巳，先生年五十五歲。

秋九月二十四日，側室梁氏生子執雉。見家譜。

五十二年丁未，先生年五十七歲。

秋八月五日，丁陳太恭人艱。見家譜。是年，先生與伯兄亭人昭宇奉編修及伯母張太宜人合葬長嶺祖墓側，又葬繼室張宜人於編修張太宜人冢右。見長嶺阡表。

五十三年戊申，先生年五十八歲。

主講歙縣紫陽書院。見歙胡孝廉墓志。秋初，歸里。見與汪稼門尺牘。與馬魯成尺牘云：『[我]去歲已堅辭安慶書院[矣]，而撫藩爲商，不欲其閒居，薦主紫陽書院，將來(擬)或就之，少助買山貲耳。』

長子持衡補郡庠生。見家譜及與馬魯成尺牘。

五十五年庚戌，先生年六十歲。

主講江寧鍾山書院。見程綿莊文集序。自庚戌至嘉慶庚申，主鍾山書院十一年。

五十六年辛亥，先生年六十一歲。

春，合葬贈朝議公及陳太恭人於桐城北鄉孔城八角亭北。家譜未載何歲，今據與馬魯成尺牘及孔信夫子廣廉尺牘。

五十七年壬子，先生年六十二歲。

夏四月，作左傳補注序。見本集。

秋，長子持衡舉江南鄉試。見家譜。

門人新城陳用光校刻先生文集十卷。先生以内有須删訂者，不欲傳播，屬勿更印。見與秦小峴書及與陳石士尺牘。

六十年乙卯，先生年六十五歲。

修族譜，依古世表之法，率横列而注歷職、生卒、妻子於其下，欲其文簡而易檢也。見族譜序及與馬魯成尺牘。

嘉慶元年丙辰，先生年六十六歲。

秋八月，門人朱則泊、則澗以先生所著九經説十二卷鋟板於旌德。見九經説陶定申跋。

秦小峴觀察致書稱先生學問文章。先生復書，其略曰：

某嘗謂天下學問之事，有義理、文章、考證三者之分，異趨而同爲不可廢。一途之中歧分而爲衆家，遂至於百十家。同一家矣，而人之才性偏勝，所取之徑域又有能有不能焉。凡執其所能爲，而呲〔九〕其所不爲者，皆陋也。必兼收之乃足爲善。某夙以是望世之君子，今亦以是上陳之於閣下而已。見本集。按此文敘及胡雒君舉孝廉方正事，據丁巳歲與雒君尺牘云『聞給頂帶，部議已至』，此文則云『孝廉之舉不得，亦無恨』，知確爲丙辰作也。

二年丁巳，先生年六十七歲。

九經説刻成。見與陳石士尺牘。江寧諸生爲刻『三傳』、國語補注。見與胡雒君尺牘。與翁覃溪書曰：某『昔在館中，見宋元人所注經，卷帙甚大而其間足存之解，或僅一二條而已，〔意〕以爲何須爲是繁耶？故愚見有所論，但專記之。如是歷年所記，每經多者數十條，少則數條而已。謂之私説，不敢謂之注。至於「三傳」較諸經稍輕，乃名(之)曰「補」注，分成兩書。今年諸門徒遂取以刊板，(某)鼐固知其不免謬妄。今各以一部上呈〔幾下〕，不知亦堪以一二條之當見取者乎？』見尺牘。

自定詩集十卷付梓，次年夏刻成。見與陳石士尺牘。按詩集初名得五樓稿，見海峯丁亥歲與先生手札。

三年戊午，先生年六十八歲。

春二月，以所選五七言今體詩鈔付梓於金陵，其序曰：

天下之是非有不可得而淆也，而人以己意決之則不能不淆，其不淆者必其當於人心之公意者也。人心之公意雖具於人人，而當其始無一人發之，則人人之公意不見。苟發之，而同者會矣。論詩，如漁洋之古詩鈔，可謂當人心之公者也。吾惜其論止古體而不及今體，至今日而爲今體者，紛紜歧出，多趨謬謬，風雅之道日衰。從吾遊者，或請爲補漁洋之闕編。因取唐以來詩人之作，採録論之，分爲二集十八卷，以盡漁洋之遺志。

雖然，漁洋有漁洋之意，吾有吾之意。吾觀漁洋所取舍，亦時有不盡當吾心者。要其大體雅正，足以維持詩學導啟後進則亦足矣。其小小異同嗜好之情，雖公者不能無偏也。今吾亦自奮室中之説，前未必盡合於漁洋，後未必盡當於學者。然而存古人之正軌，以正雅祛邪，則吾説有必不可易者，世之君子，其亦以攬其大者求之。

聲病之學，肇於齊梁，以是相沿，遂成律體。南北朝迄隋諸詩人警句，率以儷偶調諧，正可謂之律耳。阮亭五言古詩中既已録之，今不更載。所載斷自唐人陳拾遺、杜修文、沈、宋、曲江，此爲開元以前之傑。鈔初唐五言今體詩一卷。

盛唐人詩固無體不妙，而尤以五言律爲最。此體中，又當以王孟爲最。以禪家妙悟論詩者，正在此耳。鈔王孟詩一卷，常建以下十五人又一卷。

盛唐人禪也，太白則仙也，於律體中以飛動票姚之勢運曠遠奇逸之思，此獨成一境者。鈔太白詩一卷。

杜公今體四十字中包涵萬象，不可謂少。數十韻百韻中運掉變化，如龍蛇穿貫，往復如一綫，不覺其多。讀五言至此，始無餘憾。余往昔見蒙叟箋，於其長律轉折，意緒都不能了，頗多謬説，故詳爲詮釋之。鈔杜詩二卷。

中唐大曆諸賢，尤刻意於五律，其體實宗王孟，氣則弱矣，而韻猶存。貞元以下，又失其韻,其有警拔,蓋亦希矣。今鈔韋蘇州以下二十一人爲一卷,劉夢得以下十二人爲一卷。

晚唐之才固愈衰,然五律有望見前人妙境者,轉賢於長慶諸公,此不可以時代限也。元微之首推子美長律,然與香山皆以多爲貴,精警缺焉,余盡不取,惟玉谿生乃略有杜公遺響耳。今鈔晚唐以玉谿爲冠,合十八人共一卷。

夫文以氣爲主,七言今體,句引字賒,尤貴氣健。如齊梁人古色古韻,夫豈不貴?然氣則躓矣。楊升庵專取爲極則,此其所以病也。初唐諸君,正以能變六朝爲佳,至『盧家少婦』一章,高振唐音,遠包古韻,此是神到之作,當取冠一朝矣。鈔初唐七言今體詩一卷。

右丞七律,能備三十二相而意興超遠,有雖對榮觀燕處超然之意,宜獨冠盛唐諸公。于鱗以東川配之,此一人私好,非公論也。鈔盛唐詩一卷。

杜公七律含天地之元氣,包古今之正變,不可以律縛,亦不可以盛唐限者。鈔杜詩一卷。

大曆十子以隨州爲最,其餘諸賢亦各有風調。至於長慶、香山以流易之體,極富贍之思,非獨俗士奪魄,亦使勝流傾心,然滑俗之病遂至濫惡,後皆以太傅爲藉口矣,非慎取之,何以維雅正哉?鈔中唐詩一卷。

玉谿生雖晚出而才力實爲卓絶,七律佳者幾欲遠追拾遺,其次者猶足近掩劉白。第以矯敝滑易,用思太過,而僻晦之敝又生,要不可不謂之詩中豪傑士矣。鈔玉谿詩一卷,附温詩數首,然於玉谿爲陪臺,非可與並立也。

唐末詩人才力既異於前,而習俗所移又難振拔,故傑出益少,然亦未嘗無佳句也。鈔晚唐五代詩一卷。

西崑諸公之擬玉谿，但學其隸事耳，殊滯於句下，都成死語。其餘宋初諸賢，亦皆域於許渾、韋莊輩境内。歐公詩學昌黎，故於七律不甚留意。荆公則頗留意矣，然亦未造殊妙。今自宋初至荆公兄弟，共爲一卷。

東坡天才，有不可思議處。其七律只用夢得、香山格調，其妙處豈劉白所能望哉？山谷刻意少陵，雖不能到，然其兀傲磊落之氣，足與古今作俗詩者，澡濯胸胃，導啟性靈。鈔蘇黄詩一卷，蘇門諸賢附焉。

放翁激發忠憤，横極才力，上法子美，下攬子瞻，裁制既富，變境亦多，其七律固爲南渡後一人。其餘如簡齋、茶山、誠齋諸賢，雖有盛名，實無超詣，今爲略採一二，逮於宋末，併附放翁之後。鈔南宋詩一卷。見今體詩鈔序目及與陳石士尺牘。

秋八月半後，攜長子持衡遊吴中，遂至西湖，作古今體詩四十餘首。九月杪，還江寧。見與陳石士尺牘。

四年己未，先生年六十九歲。

補刻詩集五卷，十卷之半。見與陳石士尺牘。

五年庚申，先生年七十歲。

冬，江寧諸生合爲鐫刻文集十六卷。見與陳石士尺牘。

六年辛酉，先生年七十一歲。

先生以年衰，畏涉江濤，改主敬敷書院。二月，到皖。見與陳石士尺牘。自辛酉至甲子主敬敷書院四年。

七年壬戌，先生年七十二歲。

冬十一月，赴六安州，爲修志書。見與陳石士尺牘。

十年乙丑，先生年七十五歲。

移主鍾山書院。先生已至皖矣，四月，鐵冶亭制軍鐵保遣人固邀至金陵。先生因有買宅居金陵之意。見跋天發神讖刻文及與陳石士尺牘。自乙丑至乙亥主講鍾山書院十一年。

十一年丙寅，先生年七十六歲。

刻法帖題跋一卷。先生『自謂所論書理，有勝前賢處』。見與陳石士尺牘。

十三年戊辰，先生年七十八歲。

長子持衡大挑得知縣，改近發江蘇。見家譜及與陳石士尺牘。

今體詩鈔刊行後，先生復加删訂。十月，績溪程邦瑞校付剞劂。見今體詩鈔程跋。

十四年己巳，先生年七十九歲。

九經説刻成後，先生復有所論，增益舊文，合得十七卷。冬，門人陶定申爲補録於江寧。見九經説陶跋。

十五年庚午，先生年八十歲。

秋，鄉試與陽湖趙甌北兵備翼重赴鹿鳴宴，詔加四品銜。先生神明如五六十時，行不撰杖；兵備年亦八十二，觀者以爲盛。見行狀。

長子景衡持衡改名。署儀徵縣知縣。見與周希甫尺牘。

冬十二月十八日，作程綿莊文集序。其略曰：

孔子之道，一而已。孔子没，而門弟子各以性之所近爲師傳之真，有舛異交争者矣，況後世不及孔子之門而求遺言以自奮於聖緒墜絶之後者與？其互相是非，固亦其理。然而天下之學〔一○〕，必有所宗。論繼孔孟之統，後世君子必歸於程朱者，非謂朝廷之功令不敢違也，以程朱生平行己立身，固無愧於聖門，而其論説所闡發，上當於聖人之旨，下合乎天下之公心者爲大且多。使後賢果能篤信，遵而守之，爲無病也。若其他欲與程朱立異者，縱於學者有所得焉，而亦不免賢智者之過。其下則肆焉爲邪説，以自飾其不肖者而已。

今觀綿莊之立言，可謂好學深思，博聞强識者矣，而顧惜其好非議程朱。蓋其始厭惡科舉之學，而疑世之尊程朱者皆束於功令，未必果當於道。及其久意見益偏，不復能深思熟玩於程朱之言，而其辭遂流於蔽陷之過而不自知。近世如休寧戴東原，其才本超越乎流俗，而及其爲論之僻，則過有甚於流俗者。綿莊所見，大抵有似東原。後有得綿莊書而觀之，必有能取其所當取者。見後集。

十六年辛未，先生年八十一歲。

江寧太守吕某延先生爲修府志。見與陳石士尺牘。

門人陳用光校刻莊子章義於湖北。見程瀚莊子章義跋。

十八年癸酉，先生年八十三歲。

長子景衡署江都縣知縣。見與陳石士尺牘。

十九年甲戌，先生年八十四歲。

在書院。猶與諸生講論不倦，耳目聰明，齒牙未豁。著讀之暇，惟静坐爲主，行步輕健如飛，見者以爲神仙中人。見從孫瑩識小録。按先生主講江寧、安慶書院，歲常以二三月往，冬閒旋里，閒留書院度歲，兹不詳具。

是年里中大旱，邑令陽湖吕某忽出示徵收錢糧，民情惶駭。先生致書皖撫胡果泉侍郎克家，極言災重，畝不可徵。並致書吕令言之，事乃得寢。其書略曰：

今年敝邑遭此大荒，側聞閣下敕令邑中巨户出穀平糶，以蘇窮民。此善政所被，雖出嚴令而人心悦服，夫何有異説也。至於饑歲官賑，在事理爲常，而司庫非充災處，甚廣籌餉甚難，亦不得不姑減災歉分數，以爲權宜之説。然遂謂可以徵賦上供，則必不可。計邑中沿江沿湖圩田，固爲有收者，然此等據地不多，恐不能及一縣地十分之一，且有無錯雜，極難於履勘。閣下或於報災之中指名所在鄉保剔出此十分之一，或並此統歸一例爲災田，固在仁明酌行其可。蓋邑中豐收之年，此田往往被潦，以其少也，難於剔出求免，亦只歸統報也。至於此外闔境災黎，雖有田畝而糜粥不充，蠲緩所不待言。苟復事徵求，恐其患不知所底。計今閣下，必已盡舉民瘼申告上憲，而某桑梓之情，復瀆台覽，區區鄙懷，實爲淺陋，所望諒恕而已。按此札原稿，先生曾孫聲藏於家，陳刻尺牘未之載。其致胡中丞札稿則亂後已佚矣。

二十年乙亥，年八十五歲。

長子景衡題補泰興縣知縣。見與陳石士尺牘。

先是，先生居江寧，久喜登攝山，嘗有卜居意未決，遷延不果歸。七月，微疾。九月十三日，卒於江寧書院。門人共治其喪。見行狀、墓志。

二十四年，同前配張宜人合葬桐城南鄉大楊樹灣鐵門。見家譜及墓志。

先生貌清而癯，而神采秀越，風儀閒遠。與人言終日不忤，而義所不可，則確乎不易其所守。見本傳及行狀。性仁愛。雖貧乏，樂贍姻族。邑兩大祲，既書列荒政緩急，又出貲以倡。見墓志。

先生爲學，博集漢儒之長而折衷於宋。見本傳。自少及耄，未嘗廢學。雖宴處，常静坐終日，無惰容。有來問，則竭意告之。喜導人善，汲引才雋，如恐不及，以是人益樂就而悦服，雖學術異趣者亦忘爭焉。南康謝藴山方伯語人曰：『姚先生如體泉芝草，使人見之塵俗都盡。』青浦王蘭泉侍郎，集海内人詩，至先生曰：『姬傳藹然孝弟，踐履醇篤，有儒者氣象。』禮恭親王薨，遺教：『必得姚某爲家傳。』德化陳東浦方伯，未卒前一歲，屬先生曰：『某死，必得先生文以志吾墓。』新城魯絜非，以文章名江右，始學於閩中朱梅崖先生。梅崖〔一一〕於當世文少所推許，獨心折先生，以爲不及。魯〔一二〕乃渡江就訪，使諸甥受業。其爲世推重如此。見行狀及姚氏先德傳。

先生之受經學於編修薑塢府君〔一三〕也。編修之學以博爲量，而取義必精，於書無所不窺，論辨條記甚多而不肯撰述。編修既没，先生欲修輯遺説編纂成書而不就，仿日知録例成經史各一卷，曰援鶉堂筆記，以授姪孫瑩使卒其業，且戒之曰：『纂輯筆記，此即著書，不可苟作。大約欲少而精，不欲多而蕪。近人著書以多爲貴，此但取欺俗人耳，吾閲之乃無有也。』見行狀。

自康熙朝方侍郎苞力講求古文義法，天下始知宗尚歸氏熙甫，以上追司馬子長、韓退之。劉海峯學博繼之，天下以爲古文之傳在桐城。先生親問法於海峯，然自以所得爲文，又不盡用海峯法。見行狀及李兆洛所撰傳。其論文根極於性命而探源於經訓，至其淺深之際，有古人所未嘗言，獨抉其微而發其藴，見本傳。紆徐卓犖，撙節檃括，託於筆墨者，浄潔而精微。如道人德士，接對之久，使人自深。蓋學博論文主品藻，侍郎論文主義法。先生後出，尤以識勝，知有以取其長，濟其偏，止其敝。見門人方東樹書「惜抱先生」墓志後。論者以爲辭邁於方氏，而理深於劉氏焉。見本傳。詩從明七子入，而以融會唐宋之體爲宗旨。所選今體詩，見者皆以爲精當。見本傳。先生於當代公卿，不爲過譽，作江上攀轅圖記，但美孫文靖厚於故交；作王文端神道碑，數十年宰相一事不書；見門人管同因寄軒文集。及爲袁簡齋作墓志，有疑之者，先生曰：『隨園雖不免有遺行，其文采風流有可取，亦何害於作志？第不得述其惡轉以爲美耳。』見與陳石士尺牘及陳用光所撰行狀。書逼董元宰，蒼逸時欲過之。〈見吳撰墓表。〉即率爾筆札，皆有儒者游藝氣象。見毛嶽生休復居文集。主講席者四十年，諄諄以誨迪後進爲事。見本傳。所至士以受業先生爲幸，或越千里從學。見行狀。平生誨人，輒以爭名爲戒，見書録毛嶽生序。以謙慎韜晦爲要。見與劉明東書。嘗言爲文必本諸躬行，屢以己身缺然爲憾。見姚椿晚學齋文集。門弟子知名甚衆，其尤著者，上元管同、梅曾亮，同邑方東樹、劉開，而歙縣鮑桂星、新城陳用光、江寧鄧廷楨最爲顯達。至私淑稱弟子者，則宜興吴德旋、寶山毛嶽生、華亭姚椿、同邑張聰咸，皆以文學著述稱名。見姚氏先德傳。

生平所修廬州府志、據與陳石士尺牘，廬州志惟沿革一門出先生手。六安州志、江寧府志官書別刻外，文後集十卷、詩後集一卷、筆記八卷未及刊而卒，姚椿以刻資屬梅曾亮於道光元年刊行。見行狀及筆記梅曾亮跋。

道光十年，皖撫題請入祀鄉賢祠。見家譜及姚氏先德傳。

前配張宜人，生一女，適張元輯。繼配張宜人，生二子：景衡、師古；二女：長適張通理，次適潘玉。側室梁氏，生一子執雉。以執雉後從兄羲輪。景衡，字庚甫，生一子誦。師古，字籀君，生一子寶同。執雉，字彦耿，生一子酉。見家譜。曾孫以下，未備考焉。

〔一〕墓志銘：全名作『姚先生墓志銘』。
〔二〕行狀：全名作『朝議大夫刑部郎中加四品銜從祖惜抱先生行狀』。
〔三〕傳：全名作『桐城姚氏薑塢惜抱兩先生傳』。
〔四〕某：惜抱軒詩文集作『鼐』。
〔五〕再答竹君：惜抱軒詩集題作『往與長沙郭昆甫游歷城西見小千佛寺菊花甚盛昨復過其處殘菊無幾寺僧亦亡是時昆甫殁一年矣適竹君又次前韻來勉僕爲學辭意甚美中頗念及昆甫並吾鄉孫汝昂余感其事因更答之』。
〔六〕銘：底本作『志』，誤。今據惜抱軒詩文集卷十三繼室張宜人權厝銘校改。
〔七〕墓志：全名作『姚先生墓志銘』。
〔八〕墓表：全名作『姚惜抱先生墓表』。
〔九〕呲：詆毁。底本作『眦』，誤。今據惜抱軒詩文集文集卷六復秦小峴書校改。
〔一〇〕學：底本作『風』字，誤。今據惜抱軒詩文集文集後集卷一程綿莊文集序校改。
〔一一〕梅崖：底本無此二字。今據姚瑩集朝議大夫刑部郎中加四品銜從祖惜抱先生行狀校補。
〔一二〕魯：底本無此字。今據姚瑩集朝議大夫刑部郎中加四品銜從祖惜抱先生行狀校補。
〔一三〕薑塢府君：底本無此四字。今據姚瑩集朝議大夫刑部郎中加四品銜從祖惜抱先生行狀校補。

姚惜抱先生年譜附録

文目編年

乾隆庚辰年三十：副都統朱公墓志銘

壬午：聖駕南巡賦

甲申：遊媚筆泉記見本集左筆泉時文序。

丁亥：送右庶子畢公爲鞏秦階道序　四川川北道按察副使鹿公墓志銘

戊子：山東鄉試策問五首

己丑：贈武義大夫貴州提標右營遊擊何君墓志銘

庚寅：湖南鄉試策問五首

年二十至四十：左仲郛浮渡詩序　吴荀叔杉亭集序　高常德詩集序

壬辰年四十二：張仲絜時文序

癸巳：贈孔撝約假歸序　内閣學士張公墓志銘

甲午：贈錢獻之序　贈程魚門序　贈陳伯思序　鄭大純墓表　羅太孺人墓表　光禄大夫刑部尚書贈太傅錢文端公墓志銘　晴雪樓記

乙未：登泰山記　遊靈巖記　泰山道里記序見與陳石士尺牘。　遊雙谿記　觀披雪瀑記

丙申：亡弟君俞權厝銘　祭林編修澍蕃文據孔撝約林編修誄，林君卒於丙申九月。

丁酉：劉海峯先生八十壽序按海峯祭張閑中文云：昔在康熙之辛丑，初託子以交契，愧學業之未成，年甫臻於廿四。據此則丁酉年八十也。　宋雙忠祠碑文　荆條河朱氏先墓表　原任少詹事張君權厝銘　翰林院庶吉士侍君權厝銘　祭張少詹曾敞文　祭侍潞川文

戊戌：繼室張宜人權厝銘　復張君書

己亥：寶扇樓後記　祭劉海峯先生文按縣志云：四十四年卒，年八十二，本集海峯傳作八十三，誤。

庚子：漢廬江九江二郡沿革表　儀鄭堂記

年四十至五十：食舊堂集序　鄭太孺人六十壽序據孔撝約林編修誄，此爲林編修澍蕃母作。　蕭孝子祠堂碑文　左衆郛權厝銘

年三十至五十：張冠瓊遺文序　何孺人節孝詩跋後　答翁學士書　復孔撝約論禘祭文　送龔友南歸序

辛丑年五十一：旌表貞節大姊六十壽序據張氏譜。　祭朱竹君學士文據疑年録。

癸卯：老子章義序　明贈太常卿山東左布政使張公祠碑文

丁未：丹徒王氏秀山阡表

戊申：章母黄太恭人墓志銘

庚戌：香巖詩稿序　陳約堂六十壽序見與陳石士尺牘。　陶慕庭八十壽序　隨園雅集圖後記

年五十至六十：代州道後馮氏世譜序　書夫子廟堂碑後　復曹雲路書在安慶書院作。　復魯絜非書　贈承德郎刑部主事鄭君墓志銘

辛亥年六十一：兵部侍郎巡撫貴州陳公墓志銘　張貞女傳　江上攀轅圖記據小倉山房詩集。

壬子：左傳補注序　晚香堂集序　方坳堂會試硃卷跋尾見與謝蘊山尺牘。　十一世祖南安嘉禾詩卷跋　河南孟縣知縣新城魯君墓表　疏生墓碣　汪玉飛墓志銘

癸丑：敦拙堂詩集序刊本題云：五十八年四月序。　金焦同遊圖記

甲寅：海愚詩鈔序　謝蘊山詩集序據文内『子穎遺集』某『方爲之序，而先生集亦適來』云云。此文蓋與海愚詩序同時作。　鄉黨文擇雅序刊本題：五十九年六月序。　梅二如古文題辭　伍母陳孺人六十壽序　建昌新城陳母揚太夫人墓志銘據與陳石士尺牘，此文實壬子歲作，而敘葬期爲甲寅歲，且敘及癸丑年事，當是刻集時有所增益也。

乙卯：族譜序　劉念臺先生淮南賦跋尾　家鐵松中丞七十壽序　彙香七叔父八十壽序　陳東浦方伯七十壽序據本集陳方伯墓志。　陝西道監察御史興化任君墓志銘按與馬魯成尺牘云：『頃爲任子田作墓志，頗自喜，惜乏人爲寫寄之。吾於十月内當歸家，其時陳石士來訪吾也。』又喜陳石士至舍〔一〕詩云：『初冬言趨家，霜風隕門柳。』又云：『懷此三改歲，述別自癸丑。今夏寄書説，定當訪衰叟。』據此知爲乙卯作也。　夏縣知縣新城魯君墓志銘見喜陳石士至舍詩。　鮑君墓志銘按與鮑雙五尺牘云『爲令祖大人撰墓志已成，今以稿寄觀』，『衡兒去秋自太原至汾，今當自汾州入京矣』。又甲寅夏與陳石士尺牘云：『今令衡兒往山西投兩通家，覓一館〔學〕』，『以拘束之』，亦爲來春會試資也。』據此則爲鮑作墓志及與雙五札皆當在乙卯歲也。

嘉慶丙辰：復秦不峴書

丁巳：重修石湖范文穆公祠記　方正學祠重修建記　陳氏藏書樓記見與陳石士尺牘。

戊午：禮箋序　小學考序　復東浦方伯書按詩集於是年鐫板，此文云詩集已刻成，而陳方伯卒於己未正月，故知爲是年作。　蔣生墓碣　袁隨園君墓志銘　郭君墓志銘　陳孺人權厝志　常熟歸氏宗祠碑記　峴亭記

己未：孫文介公殿試卷跋尾　王禹卿七十壽序據本集王君墓志。

庚申：左筆泉先生時文序　陳約堂七十壽序見與陳石士尺牘。

年六十至七十：西魏書序　荷塘詩集序　張宗道地理全書解序　停雲堂遺文序　徐六階時文序　恬庵遺稿序　述庵文鈔序　選擇正宗序　與許孝廉慶宗書　答袁簡齋書　再復簡齋書　答魯賓之書　方晞原傳　印松亭家傳　節孝陳夫人傳　方染露傳　嚴冬友墓志銘　孔信夫墓志銘　廣州府澳門同知贈中憲大夫翰林院侍講張君墓志銘　江蘇布政使德化陳公墓志銘　方待廬先生墓志銘　奉政大夫江南候補府同知仁和嚴君墓志銘　歙胡孝廉墓志銘　高淯邢君墓志銘　江蘇布政使方公墓志銘　記江寧李氏五節婦事　西園記　袁香亭畫册記　少邑尹張君畫羅漢記據桐城志：張烜，浙江鄞縣人，乾隆五十五六年間爲桐城縣丞。　吴塘别墅記　孫忠愍公祠記

年五十至七十：書攷工記圖後　復蔣松如書　復談孝廉書　書制軍六十壽序　朱竹君先生傳　程養齋暨子心之家傳　張逸園家傳此文敘逸園次子鴻恩爲延平知府。據張氏譜鴻恩於乙巳歲至延平，此文蓋乙巳後作。

辛酉年七十一：陳仰韓時文序按文前集於庚申付梓，辛酉刻成。此文在前集序跋卷末，文内有『生見余於江寧』，『從余遊十二年』之語。按先生庚戌至江寧，距辛酉恰十二年，文當爲是歲作。　吴伯知八十壽序

壬戌：節母張孺人傳此文壬戌作，今乃在前集，當是刻成後補入也。　廬州府志序刊本題云『七年十月序』。　安徽巡撫荆公墓志銘　中憲大夫雲南臨安府知府丹徒王君墓志銘　萬松橋記按此文既云『七年九月橋成』，又云『六年八月記』，當有誤字。

癸亥：南園詩存序據南園集刊本。　姚休那先生墓表

甲子：朝議大夫户部四川司員外郎吴君墓志銘　新城陳君墓志銘見與陳石士尺牘。　中憲大夫杭嘉湖道長沙周君墓志銘見與周希甫尺牘。

乙丑：復姚春木書　吴石湖家傳　修職郎碭山縣教諭瞿君墓表　中憲大夫松太兵備道章君墓志銘　順天府南路同知張君墓志銘　孫母許太恭人墓志銘

丙寅：馬儀顓夫婦雙壽序　禮恭親王家傳見與吴敦如尺牘及與陳石士尺牘。　石屏羅君墓表　婺源洪氏節母江孺人墓表　蘇獻之墓志銘　浮梁知縣黄君墓志銘　節孝堂記　寧國府重修北樓記

丁卯：吴禮部詩集序　夏南芷編年詩序　潘孝子贊　贈光禄寺少卿寧化伊君墓志銘　封文林郎巫山縣知縣金壇段君墓志銘　中議大夫太僕寺卿戴公墓志銘　資政大夫光禄寺卿寧化伊公墓志銘　姚氏長嶺阡表

戊辰：禮終集要序　梅湖詩集序　吴孝婦傳題後　吏部左侍郎譚公神道碑文見與陳石士尺牘。　張母鞠太恭人墓志銘　重修境主廟記　遊故崇正書院記　先宅記

己巳：方恪敏公詩後集序　贈中憲大夫湖廣道兼管河南道監察御史孟公墓表見與孟蘭舟尺牘。　禮部員外郎懷寧汪君墓志銘　安慶府重修儒學記代

庚午：晉乘蒐略序　望溪先生集外文序　程綿莊文集序　馬母左孺人八十壽序見桐城馬氏譜。　印庚實傳　朝議大夫臨安府知府江君墓志銘　贈朝議大夫户部郎中福建臺灣縣知縣陶君墓志銘　中憲大夫陳州府知府陳君墓志銘見與陳石士尺牘。

辛未年八十一：跋方望溪先生與鄂張兩相國書稿後　方母吴太夫人壽序　伍母馬孺人六十壽序　通奉大夫四川布政使姚公墓志銘　晉鎮南大將軍于湖甘敬侯墓重修記

壬申：贈奉直大夫翰林院編修鄧君墓志銘　周青原墓志銘　朱海愚運使家人圖記

癸酉：疑年録序　新修宿遷縣志序　博山知縣武君墓表　贈中憲大夫武陵趙君墓表　方母吴太夫人墓表

甲戌：種松堂記　餘霞閣記　祭方葆巖文

乙亥：稼門集序　跋史閣部書後見與吴敦如尺牘。　贈奉政大夫刑部郎中南康縣儒學教諭鄱陽胡君墓志銘　實心藏銘

年七十一至八十五：何季甄家傳此文在前集，然當爲辛酉後作　尚書辨僞序　滇繫序　河渠紀聞序　方氏文忠房支譜序　重雕程貞白先生遺稿序見與陳石士尺牘。　朱二亭詩集序　石鼓硯齋文鈔序　蔣澄川詩集序　陶山四書義序　跋吴天發神讖刻文　張花農詩題辭　左蘭城詩題辭　與王鐵夫書　復劉明東書　答蘇園公書　復汪孟慈書　許春池學博五十壽序　沈母王太恭人七

十壽序　吴殿麟傳　方恪敏公家傳　鄒母包太夫人家傳　程樸亭家傳　周梅圃君家傳據與周希甫尺牘，此文作於墓志後。　寧化三賢像贊　光禄大夫東閣大學士王文端公神道碑文　中憲大夫保正清河道朱公墓表　臧和貴墓表　廣西巡撫謝公墓志銘　通奉大夫廣東布政使許公墓志銘　贈文林郎鎮安縣知縣婺源黄君墓志銘　光禄少卿沈君墓志銘　誥贈中憲大夫刑部員外郎瀘溪縣教諭楊府君墓志銘　舉人議敘知縣長洲彭君墓志銘　中憲大夫順德府知府王君墓志銘　吉州知州喻君墓志銘　知縣銜管石碑場鹽課大使事師君墓志銘　中憲大夫開歸陳許兵備道加按察使銜彭公墓志銘　王母潘恭人墓志銘　太子少保兵部尚書總督江南河道提督軍務兼右副都御史徐公墓志銘　中議大夫兩廣鹽運使司鹽運使蕭山陳公墓志銘　奉政大夫順天府南路同知歸安沈君墓志銘　甘氏享堂記

年歲未詳文目：范蠡論　伍子胥論　翰林論　李斯論　賈生明申商論　晏子不受邶殿論　議兵郡縣考　項羽王九郡考　莊子章義序　包氏譜序　醫方捷訣序　孝經刊誤書後　辨逸周書讀司馬法六韜　辨賈誼新書　讀孫子　書貨殖傳後　辨鄭語　跋夏承碑　復汪進士輝祖書復休寧程南書　孫母張宜人八十壽序　鍾孝女傳　陳謹齋家傳　淮南鹽運通判張君墓志銘記蕭山汪氏兩節婦事　快雨堂記以上前集。五嶽説　胡玉齋雙湖兩先生易解序　句容裴氏族譜序　高淯港口李氏族譜序　跋鹽鐵論跋列子　跋許氏説文　跋顔魯公與郭僕射論坐位帖　跋王子敬辭令帖　跋聖教序　跋褚書聖教序　跋顔魯公送劉太沖序　跋褚書陰符經　跋李北海麓山寺碑　書朱子語略後　復欽

君善書　復吴仲倫書　黄徵君傳　劉海峯先生傳　太常寺卿萊陽趙公遺像贊　中議大夫通政司副使婺源王君墓志銘　抱犢山人李君墓志銘以上後集。

惜抱先生於濬昌曾祖爲從兄弟，先生親受業於吾高祖薑塢府君，而先大夫又受業門牆。濬昌生晚距先生没不相及者幾二十年。過庭之際，麤聞懿德文章，嘗欲爲先生循年編事，顧慙譾陋，不敢撰述。聞鄭君容甫有是編，頃以公幹過安慶，乃得受而讀之。於先生生平，頗具搜摭之力，因亟速其付梓。俾世之誦法先生者，於品詣之所在，與功力之次第，皆如燭之明、數之計，而濬昌亦藉以抒十餘年未酬之隱。謹書其後以志慶幸。

同治戊辰孟春濬昌謹跋。

〔一〕喜陳石士至舍：惜抱軒詩文集題作『喜陳碩士至舍有詩見貽答之四十韻』。

姚先生行狀〔一〕

（清）陳用光撰

曾祖士基，康熙壬子科舉人，湖北羅田縣知縣。祖孔鋏，邑增生，贈翰林院編修。父淑，贈禮部儀制司員外郎。先生諱鼐，字姬傳，一字夢穀。嘗顔其所居曰『惜抱軒』，學者稱之曰『惜抱先生』。先世自餘姚遷桐城，遂世爲桐城人，自明以來代有名德。入國朝，刑部尚書端恪公文然，先生之高祖也。

先生以乾隆庚午舉於鄉，癸未成進士，改庶吉士。丁父憂歸，服闋，散館，改兵部主事。年餘，移補禮部儀制司。戊子爲山東鄉試副考官。還，擢儀制司員外，記名御史。庚寅爲湖南鄉試副考官。辛卯爲會試同考官，擢刑部廣東司郎中。四庫全書館啟，以大臣薦徵爲纂修官。年餘，乞病歸。自是主講於江南，爲梅花、紫陽、敬敷、鍾山書院山長者四十餘年。嘉慶庚午，以督撫奏重赴鹿鳴宴，詔加四品銜。乙亥九月十三日，以疾卒於鍾山書院，距生於雍正九年十二月二十日享年八十有五。

自康熙年間方侍郎以經學古文名天下，同邑劉海峯繼之，天下言古文者咸稱桐城矣。先生世父薑塢編修與海峯故友善也，先生涵揉見聞，益以自得，刊落枝葉，獨見本根。其論學，以程朱爲宗；其爲文，與司馬、韓、歐諸君子有相遇以天者。自其官京師時，有所作必歸於扶樹道教，講明正學，若集中贈錢獻之序是也。及既歸，益務治經，所著經説，發揮義理，輔以攷證，而一行以古文法。居揚州時，與歙吴殿麟定同居梅花書院，嘗以所作視殿麟，殿麟以爲不可，即竄易至數四，必得當乃止。殿麟，海峯弟子也。殿麟嘗語用光曰：『先生虛懷善取，雖才不己若者，苟其言當，必從之。』於爲文尚如是，於爲學可知也，故退居四十餘年，學日以盛，望日以重。其初學者，尚未知信從；及既老，而依慕之者彌衆，咸以爲『詞邁於望溪而理深於海峯』，蓋天下之公言，非從遊者阿好之私言也。先生色夷而氣清，接人極和藹，無貴賤，皆樂與盡歡，而義所不可，則確乎不能易其所守。當纂修四庫書時，于文襄聞先生名，欲招致之門下，卒謝不往。及既歸，猶使人諷起之，終不行，集中復張君書是也。當居鍾山書院時，袁簡齋以詩號召後進，先生與異趨，而往來無間。簡齋嘗以其門人某屬先生爲許以執贄居門下，先生堅辭之。及簡齋歿，人多毀之者，或且規先生謂不當爲作志，先生曰：『設余康熙間爲朱錫鬯、毛大可作志，君許之乎？』曰：『是固宜也。』先生曰：『隨園正朱、毛一例耳。其文彩風流有可取，亦何害於作志乎？』蓋先生存心之厚多如此。先生既歲主講書院，所得束脩及門生羔雁、故舊贈遺，以資宗族、知交之貧者，隨手輒盡，毫髮不爲私蓄。計及晚歲，始以千金購田於江浦，蓋欲爲移居江寧計也，然終亦斥去。迨既卒，乃無以爲歸資也。先生當疾革時，遺書示兒：『子云人生必死，吾年八十有五，死何憾哉。吾棺不得過七十金，緜不得過十六斤。凡親友來助喪事者，便飯而已；不得用鼓樂諸事稱此；汝兄弟不得以財帛之事而生芥蔕，毋忘孝友。』嗚呼！觀先生此書，其不數鄭康成之戒子益恩矣。

先生論學，既兼治漢宋，而一以程朱爲宗。其誨示學者，懇切周至，不憚繁舉，嘗謂：『説經，古今自有真是非，勿循一時人之好尚，如近年海内諸賢所持漢學，與明以來講章諸君何以大相過哉！夫漢儒之學非不佳也，而今之爲漢學乃不佳，偏徇而不論理之是非，瑣碎而不識事之大小，嘵嘵聒聒，道聽塗説，正使人厭惡耳。且讀書者欲有益於吾身心也，程子以記史書爲玩物喪志，若今之爲漢學者以搜殘舉碎、人所少見者爲功，其爲玩物不彌甚耶！』又曰：『凡爲經學者，所貴此心閎通明澈，不受障蔽。爲漢學者，不深則不能入，深則障蔽生矣。』嗚呼！以先生之論合觀於先生之制行，其於義利之辨，可謂審之明而守之篤矣。

先生論文，舉海峯之説而更詳著之。嘗編次論説爲古文辭類纂，其類十三，曰論辨類、序跋類、奏疏類、書説類、贈序類、詔令類、傳狀類、碑志類、雜記類、箴銘類、頌贊類、辭賦類、哀祭類；一類内而爲用不同者，别之爲上下編。曰：『凡文之體類十三，而所以爲文者八，神、理、氣、味、格、律、聲、色。神理氣味者文之精也，格律聲色者文之粗也，然苟舍其粗則精者亦胡以寓焉？學者之於古人，必始而遇其粗，中而遇其精，終則御其精而遺其粗。文士之效法古人，莫善於退之盡變古人形貌，雖有摹擬不可尋而得其跡。其他雖工於學古而跡不能忘，揚子雲、柳子厚於斯尤甚焉。以其形貌之過於似古人也而遽擯之，謂不足於文章之事則過矣，然遂謂非學者之一病則不可也。』其論詩，以爲如漁洋之詩鈔，可謂當人心之公者也。然其論止古體而不及今體，至今日而爲今體者，紛紜歧出，多趨僞謬，風雅之道日衰，因取唐以來詩人之作迄於南宋，採録用之爲五七言今體詩鈔二集十八卷，已刊行。其古文辭類纂卷帙多，尚未刊行，然自明以來言古文者莫詳於先生云。

先生始娶張孺人，前卒。生一女，適張元輯，前卒。繼娶張宜人。生子二：景衡，壬子舉人，戊辰大挑知縣，今補泰興縣；師古，監生。女二：長適張通理，次適潘玉。側室梁氏。生子一，雉，業儒。孫四〔二〕：晟、芳賜，景衡出；誦，師古出；楢，雉出。女孫三。曾孫一，聲；曾女孫一，俱幼。

用光自庚戌歲謁先生於鍾山書院，及癸丑受業於鍾山者八閱月，自後歲以書問請業，辱先生所以期望之者甚,至而迄今無所成就,今聞先生之喪,蓋失所依歸有甚於他門弟子者矣。先生居家孝友、睦姻、任恤之詳,用光所不及知者,致書與景衡兄弟,俟其詳列而編次之。茲先以先生平日爲學爲文之大旨所習聞而略知之者,論次之如右,以待國史之採擇。

嘉慶乙亥嘉平月,受業新城陳用光謹狀。

〔一〕本文據清代詩文集彙編太乙舟文集本點校整理。

〔二〕孫四:據桐城麻溪姚氏宗譜所載,姚鼐有孫五人。誦、芳賜,景衡出;寶同、潤,師古出;梢,雉出。

朝議大夫刑部郎中加四品銜從祖惜抱先生行狀[一]

（清）姚瑩撰

曾祖諱士基，康熙舉人，湖北羅田縣知縣。祖諱孔鋠，皇贈文林郎翰林院編修，晉贈朝議大夫。考諱淑，皇贈朝議大夫禮部員外郎。

嘉慶二十年九月，惜抱先生卒於江寧鍾山書院，從孫瑩在京師，聞之哀愴涕泣；戚友咸唁，乃卜日設奠於都城之西，爲之主而哭之。越日，先生之門人前江南道監察御史翰林院編修陳君用光語瑩曰：『吾師以德行文章爲後學師表者四十餘年，所當上之史館，其生平出處、言行之大，綴而狀之，弟子之責也。子於先生屬最親，曷條其略？』瑩無似不能，有所譔述以表先生副侍御之屬，謹以所知對。

先生名鼐，字姬傳，世爲桐城姚氏，先刑部尚書端恪公之玄孫也。先生少時家貧，體弱多病，而嗜學澹榮利，有超然之志。先曾祖編修薑塢府君，先生世父也。博聞强識，誦法先儒，與同里方苧川、葉花南、劉海峯諸先生友善。諸子中獨愛先生，每談必令侍。方先生論學宗朱子，先生少受業焉。尤喜親海峯，客退，輒肖其衣冠、談笑爲戲。編修公嘗問其志，曰：『義理、考證、文章，殆闕一不可。』編修公大悦，卒以經學授先生，而别受古文法於海峯。乾隆十五年舉於鄉。會試罷歸，學益力，疏食或不給，意泊如也。

二十五年，丁贈朝議公艱。越三年，中禮部試，殿試二甲進士，授庶吉士。散館改禮部儀制司主事。三十三年，充山東副考官，還擢員外郎。逾年，再充湖南副考官。明年，充恩科會試同考官，改擢刑部廣東司郎中。四庫館啟,選一時翰林宿學爲纂修官,諸城劉文正公、大興朱竹君學士咸薦先生,以所守官入局。時非翰林爲纂修者八人,先生及程魚門、任幼植尤稱善。金壇于文襄公雅重先生,欲一出其門,竟不往。書竣,當議遷官,文正公以御史薦,已記名矣,未授而公薨,先生乃決意去,遂乞養歸里,乾隆三十九年也。

先是,館局之啟,由大興朱竹君學士見翰林院貯永樂大典中多古書,爲世所未見,告之于文襄,奏請開局重修,欲嘉惠學者。既而奉旨搜求天下藏書畢出,於是纂修者競尚新奇,厭薄宋元以來儒者,以爲空疏,掊擊訕笑之不遺餘力。先生往復辨論,諸公雖無以難,而莫能助也。將歸,大興翁覃溪學士爲敘送之,亦知先生不再出矣。臨行乞言,先生曰:『諸君皆欲讀人未見之書,某則願讀人所常見書耳。』梁堦平相國屬所親語先生曰:『若出,吾當特薦先生。』婉謝之,集中所爲復張君書也。

先生以爲國家方盛時,書籍之富遠軼前代,而先儒洛閩以來義理之學尤爲維持世道人心之大不可誣也。顧學不博不可以述古,言無文不足以行遠。世之孤生徒抱俗儒講説,舉漢唐以來傳注屏棄不觀,斯固可厭;陋而矯之者,乃專以考訂訓詁制度爲實學,於身心性命之説則斥爲空疏無據;其文章之士,又喜逞才氣,放蕩禮法,以講學爲迂拙,是皆不免於偏蔽,思所以正之,則必破門户,敦實踐,倡明道義,維持雅正,乃著九經説以通義理、考訂之郵,選古文辭類纂以盡古今文體之變,選五七言詩以明振雅祛邪之旨。嘉定錢獻之以考證名,尤精小學,先生贈之序曰:『孔子没而大道微。漢儒承秦滅學之後,始立專門,各抱一經,師弟傳受,儕偶怨怒嫉妒不相通曉,其於聖人之道猶築墻垣而塞門巷也。久之,通儒漸出,貫穿羣經,左右證明,擇其長説。及其蔽也,雜之以讖緯,亂之以怪僻猥碎,世又譏之。蓋魏晉之間，空虛之談興，以清言爲高，以章句爲塵垢，放誕頹壞，迄亡天下，然世或愛其説辭，不忍廢也。自是南北乖分，學術異尚，五百餘年。唐一天下，兼採南北之長定爲義疏，明示統貫，而所取或是或非未有折衷。宋之時，真儒乃得聖人之旨，羣經略有定説。元明守之，著爲功令。當明，佚君亂政屢作，士大夫維持綱紀，明守節義，使明久而後亡，其宋儒論學之效哉！且夫天地之運久則必變，是故夏尚忠、商尚質、周尚文，學者之變也。有大儒操其本而齊其蔽，則所尚也賢於其故，否則不及其故，自漢以來皆然矣。明末至今日，學者頗厭功令所載爲習聞，又惡陋儒不考古而蔽於近，於是專求古人名物、制度、訓詁、書數，以博爲量，以闚隙攻難爲功，其甚者欲盡舍朱程而宗漢之士。枝之獵而去其根，細之蒐而遺其鉅，夫寧非蔽歟？』

又與魯賓之論文曰：『易曰：「吉人之辭寡。」夫內充而後發者，其言理得而情當；理得而情當，千萬言不可廢，猶之其寡矣。氣充而靜者，其聲閎而不蕩；志章以檢者，其色耀而不浮。邃而通者，義理也。雜以辨者，典章名物，凡天地之所有也，閔閔乎聚之於錙銖，夷懌以善虛志，若嬰兒之柔，若雞伏卵，其專於一，內候其節而時發焉。夫天地之間莫非文也，故文之至者通於造化之自然，然而驟以幾乎合之則愈離。今足下爲學之要在於涵養而已，聲華榮利之事曾不得以奸乎其中，而寬以期乎歲月之久，其必有以異乎今而達乎古也。』

既還江南，遼東朱子穎爲兩淮運使，延先生主講梅花書院。久之，書紱庭尚書總督兩江，延主鍾山書院。自是揚州則梅花，徽州則紫陽，安慶則敬敷，主講席者四十年。所至，士以受業先生爲幸，或越千里從學，四方賢雋，自達官以至學人士，過先生所在必求見焉。錢唐袁子才詞章盛一時，晚居江寧，先生故有舊，數與往還。子才好毀宋儒，先生與之書曰：『儒者生程朱之後，得程朱而明孔孟之旨，程朱猶吾父師也。然程朱言或有失，吾豈必曲從之哉？程朱亦豈不欲後人爲論而正之哉？正之可也，正之而詆毁之、詘笑之，是詆毁父師也。且其人生平不能爲程朱之所行，而其意乃欲與程朱爭名，安得不爲天之所惡乎？』

先生貌清而癯，而神采秀越，風儀閒遠，與人言終日不忤，而不可以鄙私干。自少及耄，未嘗廢學。雖宴處，常静坐終日，無惰容。有來問，則竭意告之。喜導人善，汲引才儁如恐不及，以是人益樂就而悦服，雖學術與先生異趣者見之必親。南康謝藴山方伯見先生，退而嘆曰：『姚先生如醴泉芝草，使人見之塵俗都盡。』青浦王蘭泉侍郎晚歲家居，集海内人詩，至先生，曰：『姬傳藹然孝弟，踐履純篤，有儒者氣象。』其見重如此。禮恭親王薨，遺教『必得姚某爲家傳』。德化陳東浦方伯未卒前一歲，屬先生曰：『某死，必得先生文以志吾墓。』新城魯絜非以文章名江右，始學於閩中朱梅崖先生。梅崖於當世文少所推許，獨心折先生，以爲不及。魯乃渡江就訪，使諸甥受業。

自康熙朝方望溪侍郎以文章稱海内，上接震川爲文章正軌，劉海峯繼之益振，天下無異詞矣。先生親問法於海峯，海峯贈序盛許之。然先生自以所得爲文，又不盡用海峯法，故世謂望溪文質，恒以理勝；海峯以才勝，學或不及；先生乃理文兼至。方、劉皆桐城人也，故世言文章者稱桐城云。

嘉慶十一年，復主鍾山書院。十五年，值鄉試，與陽湖趙甌北兵備重赴鹿鳴宴，詔加四品銜。先生年八十矣，神明如五六十時，行不撰杖；兵備年亦八十二，觀者以爲盛。先是，先生居江寧久，喜登攝山，嘗有卜居意，未決，遷延不果，歸。二十年七月微疾，九月一夕卒於院中，年八十五。門人共治其喪。

生平所修『四庫書』及廬州府志、江寧府志、六安州志官書别刻外，自著九經説十九卷、三傳補注三卷、老子章義一卷、莊子章義十卷、惜抱軒文集十六卷、文後集十二卷、詩集十卷、書録四卷、法帖題跋一卷、筆記十卷、古文辭類篹四十八卷、五七言今體詩鈔十六卷，門人爲鏤版行世。

先生兩主鄉試，一爲會試同考官，所得士爲多。涪州周興岱、昆明錢御史灃、曲阜孔檢討廣森，其最也。門人守其經學爲詩古文者十數輩，皆知名。尤愛潔行潛志之士。上元汪兆虹，志高而行芳，學必以程朱爲法，年二十六卒，先生深惜之，爲志其墓，謂『真能希古賢人而異乎世之學者生也』。先生之受經學於編修薑塢府君也。編修之學以博爲量，而取義必精，於書無所不窺，論辨條記甚多而不肯譔述。編修公已殁，先生欲修輯遺説編纂成書而不就，仿日知録例，成經史各一卷，曰援鶉堂筆記，以授瑩，使卒其業，且戒之曰：『纂輯筆記，此即著書，不可苟作，大約欲少而精，不欲多而蕪。近人著書以多爲貴，此但取欺俗人耳，吾閲之乃無有也。』瑩受教，未及成書而先生殁矣。

先生原配張宜人，故黄州府同知諱某公女，生一女而卒。繼娶宜人之從妹，故四川屏山縣知縣諱曾敏公女，生二子二女：長景衡，乾隆五十七年舉人，江蘇泰興縣知縣；次師古。長女嫁張元輯，次嫁張通理，三適潘玉。側室梁氏，生一子執雉。以執雉後從兄義輪，乾隆十八年舉人，廣西南寧府同知，編修仲子也。

十一月從孫瑩謹狀。

〔一〕本文據清代詩文集彙編東溟文集本點校整理。

桐城姚氏惜抱先生傳[一]

(清)李兆洛撰

惜抱先生諱鼐,字姬傳,薑塢先生弟淑之子。乾隆二十八年進士,以庶常散禮部儀制司主事。三十三年,充山東副考官。三十五年,充湖南副考官。明年,充會試同考官,升刑部廣東司郎中。充四庫全書館纂修官,尋乞病歸,主講席於鍾山、敬敷、紫陽、梅花各書院四十餘年。嘉慶二十年九月十三日卒,年八十五。

桐城當康熙、雍正間,方學士苞力講求古文義法,天下始知宗尚歸氏熙甫,以上追司馬子長、韓退之,卓然爲古文導師;劉上舍大櫆復繼起相應和,天下以爲古文之傳在桐城。薑塢先生與善,盡得學士緒綸。先生本所聞於家庭師友間者,而益充以浩博無涘之學,養之以從容中道之氣,遂以自成一家,爲後進典型。病時俗舍程朱而宗漢,以爲『枝之獵而去其根,細之蒐而遺其鉅』,時時爲學者重言之,故其修道據德,實允廸之品詣敦峻無纖毫纇,亦其文之所以粹美也。所著九經説十七卷、文集二十卷、詩集二十卷、三傳補注三卷、法帖題跋一卷、筆記四卷。學者循是以求,亦可以見先生體用之一焉。

李兆洛曰:『君子所尚躬行而已,躬行而知行之難,然後其心坦以謐、其氣潛以温、其識宏以淳,而其言自不得不訒。』凡爲言者皆宜如是也,而況讀聖賢之遺經,尋求其義類以自抒其所得者哉。明之時,學者不能行程朱之言;今之時,不屑言程朱之言而并蔑程朱之行,一襲取以爲名,一旁馳以求勝,大抵不足於内焉耳。薑塢先生淵詣極理，而欿然不肯著書以自襮；惜抱先生清明在躬，蓄雲洩雨，文章爲光嶽於天下，兩先生之躬行同也。故不言文而其言立，片語破惑，單義樹鵠，有若蓍蔡，其發而爲文，則明晰黑白，流示孚尹，穆然和順於道德也。讀先生遺書，求得行事始末，恨不得在弟子之列，故私録其概，時觀省焉。

〔一〕本文據清代詩文集彙編養一齋文集本點校整理。

姚先生墓志銘〔一〕

（清）毛嶽生撰

先生桐城姚氏，諱鼐，字姬傳，又字惜抱。元末遷自餘姚，始仕顯者曰明右參政公旭。伉直敢言，嘗上書訟于忠肅公冤。數傳爲國初刑部尚書端恪公文然，數論事利害，盡蠲煩苛，表定律令，是爲先生高祖。曾祖士基，湖北羅田縣知縣，有惠政，卒，官民立祠祀。祖孔鋠，贈編修，晉朝議大夫。考淑，贈禮部員外郎。皆砥節貞確。妣陳氏，封恭人。

先生德器簡亮，勤學閎邃。甫冠，材行已焯。乾隆十五年，舉於鄉。久之，成進士，選庶吉士。散館，改主事，分兵部。尋補禮部儀制司，再遷至刑部廣東司郎中。先後充山東、湖南副考官，又一充會試同考官。既乞歸，用重赴鹿鳴宴，加四品銜。

先生官刑部，平反重辟。爲考官，名得氣節通經士。四庫館啟，諸城劉文正公、大興朱學士筠，薦以所守官充纂修。時太夫人年益高，先生亟歸養；而于文襄敏中當國，欲先生一出其門不可，遽引疾去。書成，多改遷官者，先生先已舉御史中選，大臣亦屬所親諷之出，卒辭謝，以學教授東南，逾四十年。

嘉慶二十年九月十三日，卒於江寧鍾山書院，春秋八十五。越四年十一月某日，葬桐城南鄉大楊樹灣鐵門。

先生之學，不務表襮，根極性命，窮於道奥。昔儒碩究明德業，末流舛歧，迺益煩妄闇鄙，學者厭薄，闚隙掊擊，援據浩博，日譁衆追訴。先生惄然引爲己憂，綜貫奥賾，隱摧角距，體履誠篤，守危導微，爲文章深醇精潔，達於古今通變，用舍務黜險詖鈲亂，正人心、學術。先生既殁，其道益昌，幾遏絶寢，盛功孰與竝。然當論述蠭起，自天文、輿地、書數、訓詁、雜家，博鉅毛髮，罔弗窮殫，智奪義屈，匪或而尊，而獨不詸不撓，行軌言闢，抑亦偉已。性仁愛。雖貧乏，樂贍姻族。邑兩大祲，既書列荒政緩急，又出貲以倡。賓接後進，色怡氣凝。教弟子必先行誼，故士出輒端愨有文。所著經説、詩文、三傳補注、老莊章義、古文詞類篹、書録、題跋、雜記、詩鈔，共一百五十二卷，俱刊。

再娶皆張氏，側室梁氏。子女六人：長景衡，舉人，江蘇泰興縣知縣。次師古、執雉，監生。執雉後從兄。女適望族。孫三：誦、寶同、潢。曾孫聲。前夫人生一女。側室生執雉。後夫人不合祔，別葬長嶺先塋。先生世父編修君範，問學沈淹，善攷覈、傳記，爲世經師；又多聞師友賢者説文章要指。先生幼習其傳，用日恢燿。先生從孫瑩，編修君曾孫也，才智瓌異，克纂序。官江東，與嶽生善，嶽生又學於先生。龘議儀則，始葬，僅志歲月。瑩曰：『是不可無文詞。』乃追刻銘藏於廟。辭曰：

維德有勇，孔聖所臧。既紹兩開，形閲奚亡！匪虛是擴，匪賾是崇。性爲之防，學爲之墉。爰蕝爰濬，勿坎勿陂。已窆鑽石，式麗牲詞。

〔一〕本文據清代詩文集彙編休復居文集本點校整理。

姚惜抱先生墓表〔一〕

（清）吴德旋撰

德旋年二十餘，慕古人爲文而不知所以爲之之法，側聞今天下爲古文者惟桐城姚惜抱先生，學有原本而得其正，然無由一置身其側親承指授以爲恨。後得先生古文辭類篹讀之，而憬然悟，謂今而後治古文者可以不迷於向往矣。陽湖惲子居好持高論，於辭賦、古文必曰周秦、兩漢，至其論學，未嘗不推先生爲海内一人也。

先生諱鼐，字姬傳，號夢穀，一號惜抱。世桐城人。曾祖諱士基，羅田縣知縣。祖諱孔鋏，以子範貴贈翰林院編修。考諱淑，以先生貴贈刑部廣東司郎中。妣某氏，封宜人。

先生少學文於同邑劉才甫，才甫爲序贈之，期以王文成公之學，由是知名於時。乾隆十五年庚午，本省鄉試中式舉人。二十八年癸未，會試中式進士，改翰林院庶吉士。三十一年丙戌，散館以主事用，分兵部。尋補禮部儀制司。三十三年戊子，充山東鄉試副考官，遷禮部祠祭司員外郎。三十五年庚寅，充湖南鄉試副考官。三十六年辛卯，充會試同考官，遷刑部廣東司郎中。充四庫全書館纂修官，記名御史，年餘乞病歸。自是歷主講梅花、敬敷、紫陽、鍾山各書院，凡四十餘年。

嘉慶十五年庚午，重赴鹿鳴宴，欽加四品頂戴。二十年九月十三日卒，春秋八十有五。羣弟子祀之鍾山書院。道光十二年十月，崇祀鄉賢祠。配張氏，某官某之女；繼配張氏，某官某之女，並封宜人。

子三人：景衡、師古、雉。孫四人。曾孫二人。

先生外和而內介，義所不可確然不易其所守。官刑部時，廣東巡撫某，擬一重辟案不實，堂官與同列無異議，先生核其情，獨爭執平反之。乾隆、嘉慶之際，天下爭尚漢學，詆程朱爲空疏無用，先生毅然起而正其非，嘗以爲：『論繼孔孟之統，後世君子必歸程朱。』『士之欲與程朱立異者，縱於學有得焉，猶不免爲賢知之過，其下則肆焉爲邪説，以自飾其不肖者而已。』於戲！若先生者，謂非獨立不懼之君子也哉。先生於學無所遺，而尤工爲文。其文高潔深古，出自司馬子長、韓退之，而才斂於法，氣藴於味，斷然自成一家之文也。詩從明七子入，卒之兼體唐宋，模寫之迹不存焉。書逼董元宰，蒼逸時欲過之。

所著有九經説十七卷、三傳補注三卷、文集二十卷、詩集二十卷、筆記四卷、法帖題跋二卷、尺牘十卷，並刊行於世。

德旋既讀先生古文辭類纂，稍知爲文之法。其後獲見先生於鍾山而請益焉，先生以禪喻文，謂須得法外意。德旋聞之，而若有證也，而先生亦深許德旋爲可與言文。然今德旋年且老矣，業不加進，慙負先生，尚何言哉！尚何言哉！嘗竊以謂立言之士，自元明以來，才學兼擅，未有盛於先生也。雖然吾能言之，疇克聽之，先生將有待也耶？抑無待也耶？固無待也，而若仍不能無待。嗟乎！其又可慨也已。

先生以某年月日葬某所，時未有爲之銘者。今先生之從孫瑩，以先生行狀及崇祀鄉賢録視德旋，乃擇其尤要者次爲文，刻之外碑。先生既殁，而言立足以垂世行遠，無所藉於德旋之文，夫亦用是以志仰止之忱而已矣。

道光十二年十一月，門下後學宜興吴德旋撰。

〔一〕本文據清代詩文集彙編初月樓文續鈔本點校整理。

方儀衛先生年譜

(清)鄭福照輯　汪長林　查昌國點校

方東樹(一七七二—一八五一),初名䎖至,字植之,别號副墨子,以儀衛名軒,晚年號儀衛老人,學者稱『儀衛先生』,桐城(今安徽桐城市)人。二十二歲入縣學補弟子員,先後應鄉試十次,均困場屋,道光八年(一八二八)始不復應試,絶意於科舉之途。曾入幕於胡克家、阮元、鄧廷楨等。歷主安徽廬州、亳州、宿松、祁門及廣東廉州、韶州等處書院。曾師事姚鼐,受古文法,爲『姚門四杰』之一。爲學獨契於朱子。爲文好深湛之思,言必有物,窮源盡委,以簡潔之詞,達不盡之意,不盡拘於文家法律。

其年譜一卷,清鄭福照編纂。該譜記其治學及家事等。今據北京圖書館藏珍本年譜叢刊本整理點校。

乾隆三十七年壬辰，〔先生年一歲〕。

九月八日寅時，先生生。

先生姓方氏，諱東樹，字植之，晚年慕蘧伯玉五十知非、衛武公耄而好學之意，以儀衛名軒，遂自號儀衛老人。上世明洪武間由婺源遷桐城魯谼，代有潛德。高祖諱畯，好讀書，延名儒以古學教子，累世遂以學行顯。曾祖，諱澤，字苧川，晚自號待廬。乾隆丁卯優貢生。八旗官學教習，候選知縣。生平論學宗朱子，文宗明艾千子，詩似宋楊祕監。門人姚郎中鼐銘其墓，敍文行特詳。事載安徽通志文苑傳，詩文曾刊行於世。曾祖母洪氏。祖諱訓，字味書。處士。嘗讓産於兄而不居名。祖母胡氏。父諱績，字展卿。縣學生。著有經史札記、屈子正音、鶴鳴集。學行載安徽通志文苑傳，詩選入國朝正雅集、桐舊集、古桐鄉詩選。母，鄧氏，處士諱林女。繼母姚氏，國學生諱興易女。繼母吴氏，諱某，字西園女。

四十年乙未，先生年四歲。

二月二十六日，大父味書先生卒。

四十七年壬寅，先生年十一歲。

初學爲文。

效范雲作慎火樹〔一〕詩，鄉先輩咸歎異之。

四十八年癸卯，先生年十二歲。

八月十九日，母鄧孺人卒。

先生少體羸多疾，喪母後，依大母胡孺人以長。當鄧孺人没時，先生病瘇，至不勝喪。其後頻咯血，怔忡，三十外始稍壯健。

四十九年甲辰，先生年十三歲。

繼母姚孺人來歸於展卿先生。

五十一年丙午，先生年十五歲。

閏七月九日，繼母姚孺人卒。

展卿先生以孺人無出，渴葬之松窠尖祖兆近側。

五十二年丁未，先生年十六歲。

繼母吴孺人來歸於展卿先生。

五十四年己酉，先生年十八歲。

先生自少喜爲古文辭，十八九時讀孟子書，憮然悟學之更有其大者、遠者，遂不肯輕易作文。

五十八年癸丑，先生年二十二歲。

在江寧。

同里姚姬傳先生時主講鍾山書院。姚故待廬先生門人，展卿先生及先生皆受業焉，而先生隨侍講席最久。與上元梅伯言曾亮、管異之同、同里劉孟塗開，並爲姚先生所最稱許，世目爲『姚門四傑』。

入縣學補弟子員，踰數年補增廣生。

先生自二十後，多客四方，生平僅一應歲試。其年學使爲汪瑟庵尚書廷珍。應鄉試十次，道光戊子後，始不復應。

冬，配孫孺人來歸。乾隆癸未進士諱顔孫女，縣學生贈奉直大夫諱詹泰女。

先是，孺人叔父嘉慶辛酉進士起峘，與展卿先生友善，愛先生詩文，因繩於其兄嫂而以兄子妻焉。

嘉慶元年丙辰，先生年二十五歲。

二年丁巳，先生年二十六歲。

在江寧書院。冬，歸里。

三年戊午，先生年二十七歲。

授經江右新城陳石士侍郎用光家。

按詩集中過丹徒及西湖諸詩，皆由江寧赴江右途中作也。

八月十二日，長子聞生。

四年己未，先生年二十八歲。

授經陳侍郎家。

三月，自訂少作文，名櫟社雜篇，序之，其略曰：周秦以來諸子，各以英資茂實獵道裂術，散以爲文，咸自久於世，校其畛域廣狹，勝劣非一，然莫不本於壹而出之。後世之士，專欲工文章而不務本，道術敝跬，致役於文，遊心竄句，紛紜於百氏之場，於是其人與其言始離而爲二。既以離爲二，則象而累之，雖欲不雜焉不可得矣。今余自集其文，不敢自欺，而命之曰『雜』，取別於古之以壹出之者，且毋俾後有作者見而笑余，謂同處於雜而惡以議人爲也。又自記云：『時余年二十八歲，於後爲學，始壹正其趨向。雖未敢言能立本，而其於雜焉者亦庶免矣。』按是歲惜抱先生與胡雒君書云：『植之昨有書，云近大用功心性之學。若果爾，則爲今日第一等豪傑耳。』

四月，老子章義成，序之。

其略曰：老子之書，不可謂無見於道，特其用意之過，感衰世澆詑之俗，發辭偏激，遂若顯悖乎聖人。然究其恉，不過曰無爲而無不爲，使民無知無欲以相安於渾樸無事而已。魏晉清談，寄心高遠，而制行全與相戾，豈知老子者哉！嗣其道者既尠，善説其書者亦不可概見。朱子自言能得其義而不欲爲之，則以其説之流有害於道，故靳之耳。夫老子之言固易知也，解之者支離牽率，是以其義晦。今吾作解，合儒佛之理而通之，其本義則竊取之朱子，其分章則以吾所私見者斷之。老子曰：『吾言甚易知，甚易行。天下莫能知，莫能行。』凡求道者，但於近而易知處求之，則得所爲高遠；若於高遠求之，則有迂其難而卻阻者矣。老子豈欺我哉！

按先生少時，曾著屠龍子，又註陰符經，均未刊，不詳爲何年。老年作詩，有『發書陳篋汰陰符』之句。蓋先生少時爲學，無所不通，後則漸歸純粹耳。

六年辛酉，先生年三十歲。

授經同里汪稼門尚書志伊家。

七年壬戌，先生年三十一歲。

客阜陽王約齋大令署中。

九年甲子，先生年三十三歲。

閒居里中。

十年乙丑，先生年三十四歲。

授經六安。

十二年丁卯，先生年三十六歲。

在江寧書院。

姬傳先生邀往課其長孫誦。

三月一日，次子戌生。

十三年戊辰，先生年三十七歲。

客池州。

按半字集齊山及池陽雜詩皆是年作。

十五年庚午，先生年三十九歲。

在江寧書院。

十六年辛未，先生年四十歲。

江寧太守新安吕某修府志，延先生分纂。

十七年壬申，先生年四十一歲。

授經安徽巡撫胡果泉侍郎克家幕中。

按半字集和鄧中丞詩自注云『余依果泉中丞幕下凡五年〔二〕』，而贈許竹亭詩〔三〕自序又云『甲戌秋，（竹亭）與余相遇於池州太守署』，當是暫往閲試卷也。

二十一年丙子，先生年四十五歲。

閏六月四日，父展卿先生卒。

時先生隨胡中丞在江蘇，不及視含斂。

二十二年丁丑，先生年四十六歲。

十一月十三日，大母胡孺人卒。

是歲，先生旅困金陵，賃居青溪祇樹僧舍，自春徂冬。十一月，赴揚州，無所遇，復返金陵。聞大母喪，欲歸不得。除夕，典衾充寺僧賃值，而不能具薪米。

二十三年戊寅，先生年四十七歲。

著考正感應篇暢隱。

其序略曰：嘉慶丁丑戊寅，旅困金陵，端憂多暇。時寓居青溪祇樹庵，於僧徒几案偶見此書，嫌其亂雜無倫，則亦仍置之。夜思此書立意立名甚美，毋任其以出於道家見忽於世，遂取爲校正，並爲作注，未成。旋於五月赴宿州，乃攜之行笥而卒就之。

此序道光辛卯作，因書創稿於戊寅，故敘於此。自序又云：『己卯七月，復改爲於廣東通志局，始脱稿。辛卯至松滋書院，重取詳訂，刻而行之。』按先生是書，發明天道、人事、物理極爲詳盡，又引經義、史事及諸傳記以證明之。蓋借『感應』二字明聖賢正道，而辨正俗説之誣，極有益於世教，非如世俗善書可比也。甲午夏，佟敬堂方伯再刻於安慶。丁酉冬，重訂增改，

客宿州。

三刻於粤東。

是歲歸里,權厝大母於灣楊柳樹之墟。

二十四年己卯,先生年四十八歲。

三月,赴粤東。

時阮文達元總督兩粤,延先生修廣東通志。先生初任分纂,於所應編纂者一月内告竣。將辭去,文達留之,因屬以總纂事。

二十五年庚辰,先生年四十九歲。

在廣東通志局。

道光元年辛巳,先生年五十歲。

主粤東廉州海門書院。

二年壬午,先生年五十一歲。

四月,歸里。

九月，應羅月川太守之聘復適粵。

按先生與羅公書俱附刻羅所著嶺南集中。

三年癸未，先生年五十二歲。

主粵東韶州韶陽書院。

四年甲申，先生年五十三歲。

授經阮文達幕中。

著漢學商兑四卷。

大略謂：近世有爲漢學考證者，著書以闢宋儒、攻朱子爲本，首以言心、言性、言理爲厲禁。海内名卿鉅公、高才碩學數十家，遞相祖述，所以標宗旨，峻門户，衆口一舌，不出於訓詁小學、名物制度，棄本貴末，違戾詆誣，於聖人躬行求仁、修齊治平之教，一切抹摋。名爲治經，實足亂經；名爲衛道，實則畔道。某居恒感激，思有以彌縫其失，輒就知識所逮，掇拾辨論，以啟其端，俟後世有真儒出而大正焉。

又曰：漢學家所執爲宋儒之罪者有三：一曰以其空言窮理，恐墮狂禪。不知古今能辨儒、禪之分毫釐利害之介者莫如程、朱，豈慮守捉者反爲盜賊耶？其一則以宋人廢注疏，空言窮理,啟後學荒經蔑古之陋。考朱子教人,諄諄於漢魏諸儒,正音讀、通訓詁、考制度、釋名物,以爲當求之注疏不可略,何嘗如今漢學家所詈?其一則曰以其講學標榜門户分争,爲害於家國。夫自古亡國以用小人,近世議論,專以亡國之禍歸之君子,或謂之曰黨,曰道學,曰講學之家,曰講學門户,若以比於佞人宦寺。尤當戒者,而不聞一人議曰某代之亡以用小人之過也。可謂失其本矣。或云洛、蜀黨分而北宋亡,道學派盛而南宋亡。夫不咎蔡京、童貫而咎洛、蜀黨,不咎韓侂胄而咎道學派,不咎嚴、魏而咎東林,此果爲理實之言乎?學不講則道不明,道不明,安必躬行之皆出於是耶。自一身而至邦國,自一物而至萬類,何在非學?何在不當講?故曰學之不講是吾憂也,孰謂不當講學耶?

又曰:漢學家首以言理爲厲禁,是率天下而從於昏也。傾敗正道,簧鼓士心,疑誤來學,馴至横流奔放,人皆失其本心。學術之差爲人心世道之憂,所關至鉅,非細故也。

又曰:余生平觀書,不喜異説。少時亦嘗汎濫百家,惟於朱子之言有獨契。覺其言言當於人心,無毫髮不合,直與孔、曾、思、孟無二。以觀他家,則皆不能無疑滯焉。故見後人箸書,凡與朱子爲難者輒恚恨,以爲人性何以若是其蔽也。故凡今之所辨,惟在毒螫朱子、悖義理、誤學術者;至制度、名物、訓詁之異同是非,自漢唐傳注義疏所不能一,無關宏旨,不强論焉。

時阮文達方輯刻皇清經解,以漢學導世,先生以是書上之。按此書刊於辛卯,而創稿實在粤東,文集上阮宫保書可證。

八月,作待定録序。

先生嘗曰：『余所著待定録，於身心性命之旨，修己接物之方，體驗甚悉。』『嘗自爲之贊曰：博學篤志，切問近思。求仁之術，西河是師。追惟生平，否之匪人。維瘠思善，有獲必新。理本大同，心有先得。削其雷同，務絶剿説。雖知無文，行而不遠。惟布與菽，其又可貶。匪曰振德，惟以自薰。知德君子，庶鑑余勤。』按是書未梓行，其稿咸豐間燬於賊矣。又按己卯歲（與）答姚石甫書曰：『先時爲學，亦頗泛濫老、釋、雜家，或爲之撰述。近反求之吾身，所見似日益明。有所獲輒劄記之，名曰待定録。歲月既多，積（成）至七十餘卷。』據此，則先生之學，至適粵後益專精矣。

五年乙酉，先生年五十四歲。

授經阮文達幕中。

按先生在文達幕中，兼閱學海堂課文，有擬作數首，刻學海堂集中。

著書林揚觶二卷。

其序曰：『兩粵制府阮大司馬既創建學海堂，落成之明年乙酉初春，首以「學者願著何書」策堂中學徒。余慨後世著書太易而多，殆於有孔子所謂「不知而作」者，因誦往哲遺言及臆見所及，爲十有六論，以諗同志。知者或有取於鄙言也。』其終篇有曰：『藏書滿家，好而讀之；著書滿家，刊而傳之，誠爲學士之雅素。』然『苟學不知要，敝精耗神，與之畢世，驗之身心性命，試之國計民生，無些子益處』，『此祇謂之嗜好，不可謂之學』。『君子之學「崇德、脩慝、辨惑」，懲忿窒欲，遷善改過，修之於身，以齊家、治國、平天下；窮則獨善，達則兼善，明體達用，以求至善之止而已。不然，雖箸述等身，而世不可欺也。』按此書辛卯冬刊。

六年丙戌，先生年五十五歲。

自粤旋里。旋往浙右。

七年丁亥，先生年五十六歲。

主廬州廬陽書院。

七月，鄧嶰筠中丞廷楨校刊展卿先生屈子正音於皖城。

冬，歸里，葬考妣於武嶺龍井灣。

先是，先生家世貧困，曾王父母没七十餘年，大父没五十餘年，皆浮厝淹久未葬，嘗以爲痛，立意首葬曾王父母、大父母，次考妣，以爲所以安先人之心者，必如是而後爲得也。及是，從父鶴棲始爲卜得一穴於武嶺龍井灣，將葬曾王父母，而是歲考妣攢室生蟻，易材改斂，懼來歲蟻復生，於是從權而先葬考妣焉。又逾數年，從父敦化又爲卜得一穴於龍眠烏石巖下，葬曾王父母及大父味書先生。其年月不可詳。

八年戊子，先生年五十七歲。

主亳州泖湖書院。

九年己丑，先生年五十八歲。

客宣城。五月，旋里。

按半字集有宣州試院呈張文虎兒並諸同研詩，是往宣城乃閲郡試卷也。庚寅客宣城，當亦是閲卷。

十一月三十日，繼母吴孺人卒。

十年庚寅，先生年五十九歲。

客宣城。

五月，著未能録。

序之曰：『閩縣孟瓶庵先生以「損」「益」二卦歸之「復」卦，作求復録，曰懲忿、窒慾、遷善、改過，凡四篇，用意密切，至矣，善矣。然不逮蕺山先生人譜六言爲有始有卒。余參劑於劉、孟二書，「自鞭其所後」，爲十言以自程：曰謹獨，「曰」衛生，「曰」修内，「曰」慎動，「曰」敬事，「曰」

燭幾,[曰]盡倫,[曰]執義,[曰]安命,[曰]積德。』『以上十義,昔賢名理名言,至精且詳,不可勝舉,今日惟在自家切身檢點實踐而已,不作言銓也。』此書未刊。

八月二十四日,孫淵如生。

十一年辛卯,先生年六十歲。

主宿松松滋書院。

五月,著進修譜録。

序之略曰:進修者,本易『君子進德修業欲及時』之語以自劼毖也。君子之學,進德以事天,修業以事人,舍是無所致其力。夫百工技藝,皆待規矩繩墨,法式模範,以成其事,獨至爲人,自孩提至老,任情放意,各以私智蕩性,虚憍客慧,忿慾偏惑,苟妄行之,而無不予聖自狂焉,天下所以少成德全才也。即少有質美志學者,不得其門,又昧於所從事,誤用聰明,可哀可憫。此吾譜之所以作也。夫四子、六經、諸史、小學、近思録皆人譜也,吾曷爲復作之?此吾所私具也。義理,天下之公,曷爲有私?吾所謂私者,如人皆冠履,視之則同然,而吾所自具者,合吾首,適吾足,必不同於人之所有也。其譜之類凡八:窮理一,密察二,實三,巽宜四,節五,止六,借所七,恒八。此書未刊。

校訂宿松朱字緑先生書文集,並作序。

是歲，桐城大水，邑令楊大縉貪婪虐民，民大噪。令遂以民變愬大府。將調兵。先生適在巡撫鄧公幕，急以身家保。鄧公素敬信，事得寢，邑賴以安。

十二年壬辰，先生年六十一歲。

二月，自編詩二卷，名半字集。

後同里胡曉東太守方朔，爲刊於廣州。癸巳年刊。

四月，再適粵東，訪按察使某公不遇，旋歸。

八月望晨，舟過韶州曲江，江口墮水。

有對月遣悶雜書絶句十四首。

十三年癸巳，先生年六十二歲。

二月，赴常州。

時同里姚石甫廉訪瑩爲武進令，延先生編校其曾祖薑塢先生範援鶉堂筆記。

同里蘇惇元來受業。

七月二十九日，妻孫孺人卒。

十四年甲午，先生年六十三歲。

客姚公官廨中。

時姚爲元和令。按考槃集有滄浪亭詩，蓋是歲作。

十五年乙未，先生年六十四歲。

姚廉訪爲淮南監掣同知，先生偕之往真州。

八月三十日，孫龍光生。

校援鶉堂筆記畢。

書其後曰：『古人校定書籍，綜覽義旨，軌示前則，有大體，有細意。大體炳諸所裁，細意隨時而發，一出通賢之手，即爲凡例。故曰自揚雄、劉向，方稱斯職。歷覽古今，若馬、鄭、賈、服逮於陸元朗、孔沖遠等之於經，應、孟如徐逮於顔師古、胡身之等之於史，類皆以英敏之資，勤鋭之志，識明心專，反覆討論，鑒别精審，意辭方雅，採獲分散，貫穿齊一，周其藩籬，窺乎區蓋，脈絡次第，曲得其恉。故每編校一書，所費日力即與自著一書等。是以獨步邁俗，無愧雄、向。準此而論，求之近人，惟惠氏定宇、何氏屺瞻、盧氏抱經、錢氏竹汀四家，識精鑒密，差足與於斯流。顧三家書皆整雅，惟獨何氏之書體例乖俗，殊乏裁製，前人以紙尾譏之，良爲不虛。

閒取而衡之，似遠遜後來錢、盧二家條理淵密，枝葉扶蘇，精神焕發也。推尋其故，蓋由錢、盧手自訂著，何氏出後人弃次，不得其措注之宜故也。蓋傳其所僅傳，而其不傳者，與人俱亡矣。是知書非自訂而託之後人，多成增謗，少成減謗，尠不失其恉者。先生平日校勘羣籍，本以糾繆正誤、拾遺補闕爲旨趣，使編其書者納於謬誤闕陋之途，遺誚通識，比於誣謗，能無懼乎！編審既畢，特發斯義以諗來者。笑古人之未工，忘己事之已闕，不敏之愧，重爲口實矣。」

十六年丙申，先生年六十五歲。

居里中。

命門人蘇惇元重編張楊園先生年譜。

先生於近代真儒推陸清獻公及楊園先生爲得洛、閩正傳，惜陳古民梓所訂楊園年譜未盡善，屬惇元重編之。並啟告沈鼎甫侍郎維鐈，宜奏請從祀，且爲刊布遺書。

十七年丁酉，先生年六十六歲。

二月，復赴粤東，客總督鄧嶰筠尚書幕中。

六月，編校展卿先生鶴鳴集。

同里光律原方伯總諧爲刊行。

十八年戊戌，先生年六十七歲。

閏四月二十四日，孫濤生。

八月，刻援鶉堂筆記刊誤。

序之曰：『往歲癸巳、甲午，爲姚石甫撰其曾大父薑塢先生筆記，寡昧不學，多所繆盭，浩衷已行，不及削改，中心思之，如芒在背。一己之遺識通識，其事小；古義之疑誤來學，則其害大矣。故即其所已悟者，亟改正於此。其未悟者，則望之來哲。』

九月，粤海關監督豫某延先生修粤海關志。

漢學商兑、書林揚觶刊行後，先生檢其中尚有宜改正者，後觀書時有所獲，可以補入本條相發明者，隨劄記於本書之上下方。積久遂多，取而耆輯之，成刊誤補義二卷。十月，序而刊之。

校勘管異之七經紀聞。

時鄧尚書任爲刊行。先生於其致疑朱子者，附説於後，以正其誤。十二月，序之。

定族譜義例。

先是，辛卯歲已作族譜序、族譜後述。至是寄從父敦化、鶴棲及子聞書，屬以譜事。次年修成。

十九年己亥，先生年六十八歲。

在粵東。

四月，校刊同里胡雒君虔柿葉軒筆記。

因撰其行歷，並及同里先輩與展卿先生尤厚者，爲先友記。

著昭昧詹言十卷，論詩學旨要。

大略謂：學古人詩，當求之於義理蘊蓄，本領根源，精神氣脈，不可襲其形貌。宜力守韓公『陳言務去』之戒及山谷『隨人作計終後人』二語，而又以文從字順各識其職爲貴。卷一通論，二卷以下專論五言古詩，漢魏一卷，阮、陶、謝、鮑、小謝、杜、韓、黃各一卷。八月，序之。未刊。

二十年庚子，先生年六十九歲。

夏，歸里。

文漢光、戴鈞衡及從弟宗誠俱受業於門。

著大意尊聞，以教諸孫讀書行己、制心處事之要道。

據獵較正簿序及終制，是書蓋成於辛丑前。

二十一年辛丑，先生年七十歲。

著續昭昧詹言。

專論七言律詩。六月朔，序之。未刊。

二十二年壬寅，先生年七十一歲。

五月，著獵較正簿一卷示諸孫。

其序略曰：科舉八比時文，爲仕進始基，出身起家之切用。功令所昭，舉世奔命於此。特其源流得失，求一卓然通達解了者，率不易覯。故今粗爲説之，所謂叩兩端而語空空也，俾汝曹他日不爲歧途懵闇不知而亂道者所誤云爾。已刊。

作病榻罪言。

先是，十八年客粵時，大臣請厲禁洋煙，下督撫議。先生著匡民正俗對，陳所以禁之之道，勸制軍鄧公覆奏。不從。英夷公司領事義律，桀傲不受約，居省城夷館。先生勸制軍陳兵斬之，制軍慮啟釁，謝不敏。然終反覆生變者，義律也。及是，夷人犯順，東南數省皆被禍，大帥多退避。先生時時痛心切齒，因作此書，極論制夷之策，遣人上之浙江軍門。時浙藩卞公士筠，與先生相識，是書因卞公上之。惜方議撫不能用。

十月，自定文集十二卷，序之。

同治六年，從弟宗誠爲選刻之。

二十四年甲辰，先生年七十三歲。

取古人格言，去其膚傅，約其警切，成一卷，名曰山天衣聞，以示三孫。四月，序而刊之。

二十五年乙巳，先生年七十四歲。

九月，同里方仲山大令璋，招集里中諸老七十以上凡九人，爲九老會，先生以七十四與焉。

有詩紀之。

二十六年丙午，先生年七十五歲。

先生前因三世遺柩未葬，盡鬻生產買山。有謀佔之者，邑令史某忌先生伉直，置不爲理。本有一山長講席以贍朝夕，又與邑紳某讒沮於當事，遂被裁奪。由是貧益甚。

二十七年丁未，先生年七十六歲。

合葬祖母胡孺人暨繼母吴孺人於龍眠喻沖。

除日阡成，作詩記之。自注云：『三世遺柩七，今皆畢葬。』

著一得拳膺録。

已刊。

二十八年戊申，先生年七十七歲。

七月，作思適居鈴語序。

是書取經史所載古今述傳而義未安者，爲之辨論，凡四卷。僅刊首卷。

先生晚年詩名考槃集，隨時刊刻。

起癸巳訖戊申，五言古詩二卷，七言律詩一卷。

三十年庚戌，先生年七十九歲。

修改大意尊聞，述其指趣。

同治五年，從弟宗誠校刊於郡城。

咸豐元年辛亥，先生年八十歲。

〔五月二十四日申時，先生卒。〕

先是，句容唐魯泉大令治宰桐城，雅重先生。及移任祁門，延主東山書院。以二月初旬往，門人文漢光、甘紹盤從。五月二十二日，感微疾，與門人飲酒論學自若。二十四日時加寅，盥洗更衣冠，坐講堂。顧席微斜，命正之。又命僕持簡辭唐明府。漢光曰：『先生心内受用否？』曰：『甚安。』時加申，乃卒。

咸豐二年春，柩歸自祁門。其冬，葬於桐城西鄉掛車山吴家㘭祖墓側。

先生貌清臞，長身玉立，神采凝重。少承家學，又受文法於姚姬傳先生。然好爲深湛浩博之思，不專專於文字。故其文醇茂昌明，言必有本，隨事闡發，皆關世教。詩則沈雄堅實，深得於謝、杜、韓、黄之勝，而卓然自成一家。生平研精義理，最契朱子言。勤於學問，每日雞鳴起，秉燭讀書，至漏數下始就寢。嚴寒酷暑，精進靡閒，七十後猶不輟。

所著待定録凡百餘卷，自天道治法，物理人情，修齊之教，格致之方，省察存養之旨，諸儒學術之同異得失，以逮説經考史，詩文小學，無不探賾抉微，析非審是。嘗言：『立身爲學，固以修德制行、内全天理爲（極）要，而於（人世）世間一切事理，（亦）必［須］講明通貫以待用。』蓋『天下無道外之物，［即無性外之事］，〈凡〉此皆吾性［分中］所應有［之事］也。（惟當）此但［須］知本末先後之次，［而］不可〈以〉偏物［以］喪志勞心，［致］失其大者、遠者耳』。

既著漢學商兑，又慮漢學之變，將爲空談性命，不守孔子下學上達之序，乃著辨道論、跋南雷文定，以砭姚江、山陰牴牾朱子之誤。老年尤服膺二程遺書，日夕潛玩。嘗論：『儒者學聖人之道，徒正［固］不及中，中（必）或［不能］純粹以精，而純粹以精，必在於明辨晳。』又曰：『士君子行己素位而道中庸，亦曰行乎理之所安而已。使微有感激偏宕之意，則失中。失中，則失道。失中失道，君子不由也。』又曰：『人第供當時驅役，［而］不能爲法後世，恥也。鑽故紙，著書作文，冀傳後世，而不足膺世之用，亦恥也。必也才當世用，卓乎實（足）能濟世；不幸不用，而修身立言，足爲天下後世法。古之君子，未有不如此厲志力學［而能成德］者也。』

少補縣學生，鋭然有用世志。凡禮樂兵刑，河漕水利，錢穀關市，大經大法，皆嘗究心。然卒困於諸生，無所試。

性仁孝。十二歲喪母鄧孺人，事祖母胡孺人、繼母吴孺人，思慕終身，言及輒零涕。展卿先生卒時，先生客江蘇，慟含斂未親，誓宜没於外以自罰。將卒，猶命門人必薄斂。先世七喪未葬，先生内自疚，親跋涉卜兆，盡鬻生産，營葬畢而後安寢。又修族譜，立祠規，以尊祖收族。族戚、交遊、門人中有疾病患難者，驚惶憂懼，至廢寢食。自奉極菲，而遇人則厚。凶歲，更減食飲以周困窮。與人交，遇事據理直陳，或面折人非，無所顧忌。虚衷好學，時退然如不足。然擔當世教，辨論學術之純駁，則侃侃不撓。尤廉介，不務進取。邑令以禮先者，往答後，不輕造其室。姚石甫廉訪左遷入蜀，假數百金奉先生爲治生計。及聞廉訪使乍雅，按今作察雅，爲西藏東部縣名。歸券於其家。嘉興沈鼎甫侍郎督學安徽，告撫軍鄧公、方伯佟公景文，欲選拔先生貢成均，先生不就試。道光三十年，詔舉孝廉方正，姚廉訪首以先生行義告撫軍。先生曰：『吾耄矣，尚堪世用耶？何爲此虛名也。』

生平所與交遊，皆一時宏才碩學。如上元管異之、梅伯言，宜興吴仲倫德旋，陽湖陸祁孫繼輅，寶山毛生甫嶽生，祁門洪巽甫嘉木，建寧張亨父際亮，同里朱歌堂雅、馬元伯瑞辰、徐六驤璈、姚石甫、光律原、劉孟塗、馬公實樹華諸公，皆最爲縝密。阮文達公初與先生論學不合，晚年乃致書稱先生經術文章信今傳後。又極贊所撰三年喪辨〔四〕，謂其解『中月而禫』，『真解創獲，實前人所未及。其言未出，世莫能知；其言既出，世莫能廢。有功名教，（爲）實宇宙必不可少之言』。沈鼎甫侍郎讀先生書，始以不見爲憾。既見，則自恨年老不能從學，嘗以告於知先生者。鄧嶰筠尚書與先生論學，稱曰：『凡心有所疑，未敢口而君已先發之，覺義理原委，更加貫暢。』李申耆大令，推先生『負荷世教，廓清翳障，使程朱之道復明』。姚石甫廉訪稱先生『老而愈窮，見道愈篤，言義理［甚］粹密，有遠過元明諸儒者』。又謂先生『理究天人，（貫穴）學窮（古今）今古』，『博大精深，無所不學』。知者咸以爲無溢量之言。

自客遊四方，主講席及里居時，凡以詩文就正者，既告以法，必進以古人務本之義。尤重實行之士。韶州譚麗亭、同里許玉峯，闇修無知者，先生推爲君子之儒。教人作詩文，必曰：『精讀而出之，勿易［而已］。』晚歲家居十一年，專以成就後進爲事。從遊者，如蘇惇元、文漢光、戴鈞衡、江有蘭、甘紹盤、馬起升暨從弟宗誠，皆以學行知名於時。

子二人：聞、戌。孫三人：濤，聞生；淵如、龍光，戌生，皆能世其家學云。

先生老年家居所著書，尚有陶詩附考、解招魂、向果微言、述旨、最後微言，皆不知撰述年月，今附記之。

福照年十六七時，初學爲古今體詩，得讀先生昭昧詹言，因略辨塗轍。歲庚戌，以所作謁先生，過蒙獎譽，遂獲時承講授。辛亥春，先生赴祁門，臨行命從往代課其幼孫濤讀書，以家累不克應命。逾數月，先生捐館，遂不得復見，至今常以爲恨焉。先生生平行歷，具詳所著待定録中，今已燬於賊。其餘撰述，已刊者，亂後板片並不存；未刊者，稿亦多散失。每念先生之學，醇正精博，實近世諸儒所不逮，其行誼本末，不可以不詳，爰取方氏家譜及先生詩文集、雜著、從弟宗誠行狀、子聞行述，並同時諸公集與所聞於師友者，述年譜一卷，俾天下之士得以洞悉其質行文章之實。語皆有本，不敢臆撰一字，以蹈誣妄之咎。其四十以前遊歷事蹟，多不可考，姑從闕如之義云。

同治六年春二月，同里後學鄭福照識。

〔一〕慎火樹：原詩題作「詠慎火樹效范雲」。

〔二〕余依果泉中丞幕下凡五年：先生原句爲「胡果泉中丞撫皖日，余依幕下凡五年」。

〔三〕贈許竹亭詩：原詩題作「許竹亭文雄爲余作畫」。

〔四〕三年喪辨：載考槃集文録卷二，題作「三年之喪二十五月而畢説」。

姚石甫先生年譜

（清）姚濬昌撰　郭春陽　汪長林點校

姚瑩（一七八五—一八五三），字石甫，號明叔，晚號展和，又以『十幸』名齋，故自號幸翁，桐城（今安徽桐城市）人。嘉慶十三年（一八〇八）進士。嘉慶二十一年（一八一六）謁選福建平和知縣，調龍溪、臺灣。後累官至廣西、湖南按察使。少即師事從祖姚鼐，受古文法，爲『姚門四杰』之一。其爲詩、古文辭，洞達世務，激昂奮發。撰有識小録、東槎紀略、康輶紀行等史地筆記。其年譜一卷，爲其子姚濬昌所纂，附於中復堂全集後。該譜記其一生諸事，其中多有史料可備採擇。今據同治六年（一八六七）所刊中復堂全集本整理點校。

先府君於道光七八年間客漳州時,方居大母張太夫人憂,追憶弱歲轗軻,編年叙述爲一書,名痛定録。稿未成,惟十歲前事詳具焉。不孝濬昌重刊府君全集既竣,追念府君生平出處大節,吴、徐諸君纂表、志雖已備述,而嘉言懿行世所未悉者尚夥,深恐久漸湮没,謹即隨侍見聞及府君詩文筆記所載,考諸平日所遺筆跡,以至聞於兄長及鄉先生者,涕泣續纂爲年譜於左。語必徵實,不敢少涉虚誣。自維無似,未能仰承先業,兹之綴述,庶幾存什一於千百云爾。同治庚午五月,男濬昌謹識。

乾隆五十年乙巳十月七日時加丑,府君生。

府君諱瑩,字石甫,號明叔,晚號展和,又以『十幸』名齋,自號幸翁。世爲桐城麻谿姚氏。自前明景泰中先雲南布政使參政諱旭以循吏顯,先福建汀州府知府加按察副使銜諱之蘭,先兵部職方司主事前蘭溪縣知縣諱孫棐,皆爲循吏,卒祀名宦及鄉賢祠。至國朝,先刑部尚書謚端恪諱文然,事聖祖仁皇帝爲名臣,世宗憲皇帝特敕祀賢良祠。端恪公季子諱世基,爲湖廣羅田縣知縣,惠政愛民,卒祀名宦祠。羅田公次子贈朝議大夫增生諱孔鋏,是爲府君高祖;妣任,誥封恭人。欽旌節孝翰林院編修諱範,爲府君之曾祖,以詩、古文、經學著,入祀鄉賢,附傳國史,學者稱薑塢先生;妣張。邑增生諱斟元,爲府君之祖;妣張,繼妣徐。先大父諱騤;妣張,雲南尋甸州吏目諱曾輸公女。三代皆贈通奉大夫,妣皆贈夫人。府君兄弟四人:先伯父損軒府君諱朔,貤封江蘇高郵州知州;仲父諱鑾;季父諱四和,早卒。

痛定録曰:『某生於縣城内之北後街。大兄時年五歲,桐城大饑,死亡相繼於道。先祖春樹府君客廣東，主講香山書院；祖母徐太宜人已殁。醒庵府君年二十二，家居；張太宜人年二十四，操内政。日一飯一粥，減僕婢，内外惟留四人給役。』

五十五年庚戌，府君年六歲。

痛定録曰：『某年六歲始入學，與大兄同師方蘭蓀先生。季父萬庭府君生五弟謙。』

五十六年辛亥，府君年七歲。

痛定録曰：『是年，春樹府君在江寧，令醒庵府君鬻田宅償債。先是，春樹府君於祖行居八，兄弟五人：大伯祖亭人君諱昭宇，歲貢生；次二伯祖諱義輪，乾隆癸酉舉人，廣西南寧府同知；次五伯祖諱登，乾隆丙子舉人，景山官學教習；次七伯祖諱勵隆，邑庠生。自編修公以下，皆居北門之初復堂，薄田粗給，未嘗析爨。及後，老宅人多，南寧君乃别買宅於北後街，春樹府君亦置宅相通。雖分居，而春樹府君仍主家計，歲入財粟均之，固未有債也。及南寧君卒於署府任，春樹府君乃不克家居。時五伯祖、七伯祖已先亡，亭人伯祖主家計，數遭喪娶，歲又屢歉，家遂中落。春樹府君以乾隆四十九年之粤東，明年即無分粟。未幾，復畀以千金之債。醒庵府君支撑數年，至是益累。春樹府君乃命鬻宅及徐太宜人奩田以償，猶不足，并取七伯祖母張孺人遺田鬻三百金益之。其田載租百二十石，歲可入粟八十餘石。七伯祖無子，春樹府君以萬庭府君後之。是田，萬庭府君所應分也。季父時從春樹府君江寧，貽醒庵府君書曰：

「公債,五房宜均,今八房獨受其累,弟不敢私所有。」醒庵府君揮涕而鬻之。舊宅既鬻,乃典儒學前趙氏宅。不三月,而趙氏取還,倉卒未有居。張太宜人攜某兄弟假居於伯外祖菉園先生家,醒庵府君假於馬氏。是爲蕩析之始。其冬,乃典得南後街延陵市倪氏宅。移居不一月,醒庵府君遂之江寧。自是始幕游矣。』

五十七年壬子,府君年八歲。

痛定録曰:『春樹府君館揚州,醒庵府君居江寧。張太宜人初居延陵市宅,猶用老婦一人許氏。以教某兄弟爲急務,與荔香族伯祖共延張申儀先生。逾月,張先生出外,家伯環先生繼之,未終歲卒。乃定延家价人先生維藩。是年,庚甫堂叔中鄉式,彦容堂伯生子豫,亭人伯祖爲七十壽,初復堂賀客甚盛。張太宜人閉户蕭然,惟典鬻衣物自給,不以急乏告人。親戚中有知者,莫不嗟嘆以爲賢。』

五十八年癸丑,府君年九歲。

痛定録曰:『時家益乏,張太宜人悉遣僕婦,自臨炊汲。素不任操作,十指皆流血。性喜潔,門庭内外,灑掃修整。庭中有大樹,廣蔭數院,每旦落葉盈庭,太宜人必親自掃之。大兄時年十三,令掃其一而已。太宜人手持箕箒,未嘗不諄諄以好學讀書教某兄弟也。日延价人先生,供饌必精。夜則太宜人自課。某所讀詩及周官二經,皆太宜人口授。大兄初講書,太宜人隔窗聽之，或不慧而師貸者，必自撻之。族戚聞者，皆賢之，以爲是必能興起吾家矣。』

五十九年甲寅，府君年十歲。

痛定録曰：『夏，大水，室内水深三尺。張太宜人與某兄弟浮板以棲，斷炊竟日。及暮，伯外祖蒸園先生遣僕來知之，饋以斗米、薪炭，乃得食。秋七月，春樹府君卒於儀徵縣署。萬庭府君在側，主人爲顧君之荌，賻贈粗給。醒庵府君自江寧奔赴。八月，奉喪歸里。張太宜人初聞訃，大慟幾絶，老婦張氏救之得蘇。設位成禮，族戚來弔者，咸歎異焉。十二月，某患痘，甚危。大兄每日黎明往候醫，歲暮衣薄，風雪中立簷下以俟。醫者門啟，見之感動，爲先胗某，不責謝。某於是悲憤苦讀，朝以日曙，夜四鼓不休，倦惟伏案而已。母憐之。冬夜深，輒呼冷曰：「我足僵矣。」乃登牀抱母足而眠，遂以爲常。』

嘉慶元年丙辰，府君年十二歲。

時家落甚。府君與伯父損軒公附學於鄰塾，日懷二餅去，伺同學者飯，乃出餅對食，及暮始歸。

三年戊午，府君年十四歲。

吴子山遺詩（序）敘云，『子山少余一歲』，『余年十四，同學於价人先生，余已好爲詩歌矣』。

五年庚申，府君年十六歲。

時里中張阮林先生聰咸年十八〔一〕，能文，有才氣，睥睨同輩。見府君，與語，大驚，盡焚所作，曰：『世固有不朽之業〔二〕，此不可羞耶！』遂相欽善。

是歲，張蓀園先生召至其家，授舉業。

七年壬戌，府君年十八歲。

與同里張阮林、方履周遵道、吴子山庾、族兄易卿全，學古歌詩。

有蔗林五子詩鈔〔三〕。

九年甲子，府君年二十歲。

授經馬氏從母家。

先是，府君嘗見知於家健庵先生。先生亡，府君往哭之慟。先生故外祖綸齋公裕昆妹夫也，從母是日在其家見之，問曰：『弔者多矣，此少年何哭之慟乎？』姑曰：『是嘗見稱於亡者。』從母大異之。乃請於綸齋公，以先母字府君。既有沮者，從母力爭，得之。是歲因延府君課其二子。

十年乙丑，府君年二十一歲。

五月，補安慶府學附生。

初至郡，以資用乏借寓於戚某家。既察某意倦，逕歸。時從曾祖惜抱先生家居，問得故，畀白金，趣復往，遂以府試第一名入郡庠。

十月，先母方淑人來歸。

十一年丙寅，府君年二十二歲。

惜抱先生主講敬敷書院。府君歲試〔四〕，居院中，先生與言學問文章之事，始得其要歸，而爲之益力。

家多藏書，皆薑塢府君所丹鉛。府君博證精究，每有所作，不假思索，議論閎偉，與同里朱歌堂雅、方植之東樹、徐六襄璈、左匡叔朝第、方竹吾秉澄、光栗園聰諧、劉孟塗開、朱魯岑道文，爲文章道義之交。

十二年丁卯，府君年二十三歲。

四月，長姊生。

七月，赴試金陵，館鍾山書院。

一夕，同舍人見府君臥處火光照耀，一室驚起，則光從帳中出，府君寢方酣，久而漸隱。揭曉，中式第十八名。座主爲萍鄉劉公鳳誥、武陵趙公慎畛，房師聊城梁公本恭。

十三年戊辰，府君年二十四歲。

春，入都試禮部，中式第三十二名。殿試三甲，歸班銓選。

初至都，惜抱先生門人陳公用光方爲編修，時舉子以得見先達貴人爲幸。有勸往者，府君辭之曰：『試期且近，陳設爲房官，而某幸中，則嫌疑不可白矣。』

秋，假歸，以選期甚遠也。

有去京夜至津門〔五〕、至杭州謁德馨祠〔六〕等詩。

十一月，抵里。

十四年己巳，府君年二十五歲。

二月，往遊浙，謁座主劉侍郎。時督浙學。

百文敏百齡督粵，過桐，邀入幕〔七〕。

府君以醒庵公在粤，乃應其聘。

五月，由家徑江西度大庾嶺〔八〕。七月，抵粤。

海寇方擾，文敏日事招討，因得悉知海上事。

十五年庚午，府君年二十六歲。

在百文敏幕中。

時海寇張保新就撫，幕客競以詩文頌功德，府君獨無之，且進言曰：『保騷害七郡，仇怨甚多，留此必爲怨家所殺，釋、治兩不便；且四時之序，成功者退，盍暫息肩乎？』文敏愕然曰：『諾。』旋乞假攜保去。

六月，赴香山，主講欖山書院。

七月，有游欖山記。

十六年辛未，府君年二十七歲。

授經程鶴樵學使署中。

總督松筠公至，以與惜抱先生有舊，頗相接待。

十月，醒庵府君北歸，公贈贐金四百助行資。

十七年壬申，府君年二十八歲。

春，程學使任滿去，有述遇詩〔九〕。旋授經從化令王蓬壺署中。

編輯薑塢公援鶉堂詩文筆記，六月刊行。

是年夏，有勵志賦。

十八年癸酉，府君年二十九歲。

在從化。

有黄香石詩序〔一〇〕、復座師趙分巡書〔一一〕、遇梅莊士〔一二〕、雨夕懷家兄伯符〔一三〕等詩［文］。

十九年甲戌，府君年三十歲。

在從化。

春，往惠州謁座主趙公。時爲惠潮道。

留十日。有謁東坡遺像〔一四〕、玄妙觀等詩。

秋，病瘧。

有九日登大奎閣〔一五〕詩。

將赴選。是月辭王君去。

有留别詩〔一六〕、贈王栻序〔一七〕及二十一日至廣州聞張阮林殁於京師作長篇哭之〔一八〕、十月七日三十初度奴子進雞酒有感〔一九〕等詩［文］。

十一月，北歸。

有南至日［行］抵筠門嶺詩。

十二月杪，至里。

是冬，自敘後湘詩集〔二〇〕。與張阮林論家學書亦是年作。

二十年乙亥，府君年三十一歲。

三月，自里往浙。過金陵，省惜抱先生於鍾山書院。

有贈管異之、酬馬湘帆〔二一〕等詩。

秋，由河南赴都。

有舒城道中[二二]、鄧城道中、許昌懷古及再至京師呈諸公[二三]詩。聞惜抱先生歿,爲位於都城西哭之,作行狀[二四]。

二十一年丙子,府君三十二歲。

春,謁選,得福建平和縣知縣。

赴官,過錢塘,謁督學汪文端廷珍。

先是,文端嘗聞府君名未見,語劉金門侍郎曰:『吾督學安徽,佳士無所遺,而不能得姚某,君乃暗中得之,何快也!』及督浙學,數寓書所知問府君。至是謁見,縱談三日。索觀詩文,嘆曰:『國士也,慎自愛!』題辭卷首,有曰:『衆鳥啁啾中,獨見孤鳳皇。』府君重編文集時載之,以識知音最先。

夏,抵閩。閏六月,莅任。

平和俗好鬬健訟。府君受事後,嚴捕誅,鋤彊暴;聽斷勸諭,悉以至誠。每親臨四鄉,皆自出費用。即有圍捕,亦以身先,未嘗輕假營伍。所至雞犬不驚,民無擾攘,風俗一變。總督汪公志伊、巡撫王公[紹蘭],皆異之。

有復李按察書、復汪尚書書,皆莅任後兩月作。再復汪尚書書。

是歲,迎醒庵府君暨張太夫人就養。

二十二年丁丑，府君年三十三歲。

在平和任。

春，與九和書院，出養廉倡率。有勸修書院告示〔二五〕、諭各姓家長、捐簿題引、與吴孝廉光國書。

冬，調龍溪知縣。

龍溪悍風尤甚，械鬬仇殺無虚日，盜賊因之四出，官兵無如何。府君至，曰：『此亂民也，非繩以重典不可。然仇怨各有所由，比年民皆不見官，無以自達；官但據告詞捕犯，十九富人而當捕者反不在告中，何以服民？』乃請於道府及總兵官，舊案告犯，悉停拘捕；召徠鄉民入城，使自陳，日爲平斷曲直。更選民年二十以上、四十以下壯勇者，養之擊捕盜賊。手擒巨惡數人，訊實罪狀，臚榜郭門，使萬人環觀而斃之，遠近股栗。於是，循行田野，親至各社，曉以大義，經其疆理，字其幼孤。暇則課農、勸學。一時棄刃修和者七百餘社，漳人大悦。時閩督爲董文恪公教增，深器府君，嘗稱爲閩吏第一，屢見訪以大政。每守令至漳，必語曰『治法可問姚令』，而忌者自是起矣。

二十三年戊寅,府君年三十四歲。

在龍溪任。

漳守方穎齋傳檖訪求治法,府君爲陳其要,太守韙之,由是相得。

是歲,調臺灣知縣。

漳人上書乞留者日千百數,鎮道亦以爲言,制府許之,更留逾歲。

二十四年己卯,府君年三十五歲。

春,調臺灣。

臺灣孤懸海外,叛亂不常。府君不務苛細,惟一以恩、威、信撫之,深得士民心。旋兼理海防同知。

二十五年庚辰,府君年三十六歲。

在臺灣任。

正月,郡兵羣博於市,府君肩輿過,弗避,呵之,皆走。一兵誣縣役掠錢,相爭,府君命之跪而問之。衆散兵疑將責此兵，羣呼持械出者數十人，欲奪之去。府君乃下輿，手以鐵索縶此兵往迎之，曰：『汝敢抗拒，皆死矣！』衆愕然，不敢犯。乃手牽之，步至總兵官署。衆大懼，求免，不許。卒責黜十數人，而禁其博。自是所過，兵皆畏避。九月，興化、雲霄二營兵鬭，復謀夜摧殺。諸將倉卒戒嚴，府君亦夜出周視。衆兵見府君過，皆跪。好諭之曰：『吾知鬭非汝意，特恐爲人所刼，故自防耳。毋釋仗，毋妄出。出則不直在汝，彼乘虛入矣。』衆兵大喜曰：『縣主愛我。』竟夜寂然，天明罷散。總兵貫數人耳以殉，諸軍肅然。

臺灣俗信鬼，舊有五妖神祟。人民許某爲妖祟將死，其兄盛禮迎祀。府君聞之，乃作判，舁其像至，笞而毁之。妖遂絶。

道光元年辛巳，府君年三十七歲。

春，攝噶瑪蘭通判事。

六月癸未，大風甚雨，伐木壞屋，禾大傷，繼以疫。府君以事在郡，聞之，急馳回。周巡原野，撫恤災傷，爲請緩徵，并製藥療其病，民大悦。

淡水男子朱蔚，自稱明後，妄造妖言，入噶瑪蘭煽惑愚民，圖爲亂。府君訪獲之。或忌其事，倡言於郡曰：『小民顛疾耳。時方太平，焉有此事？』府君以黨證明確，妖書、木印、悖詩皆具，臺灣人情浮動，當以朱一貴、林爽文爲戒。將力爭之，大父醒庵公曰：『無事也。事關釀亂，有司之責。幸未起，獲其首逆，誅否聽於上官。且吾不願汝以多殺爲能也。』命出所獲物盡獻而焚之。蔚至郡，屢訊皆實，卒以狂疾抵罪。

府君之任臺灣縣也，臺灣戍兵皆自内地更調，數驕横不法。臺道葉公世倬欲改募臺人，府君曰：『如此，是無臺灣也。曩爲臺人反側，故戍以内兵，一百四十餘年矣。一旦改用臺人，誰與鎮守乎？』又以民船代運官穀爲商病，議罷之，改爲官運，府君曰：『曩以福、漳、泉三郡産穀少，兵食不足，而臺地乏銀多穀，故以有易無。臺運穀而司運餉，改之是兩乏也。且臺穀歲運十餘萬石，民船配載每舟百三十石，多者百八十石耳。其自載貨，皆三四千石。官給水脚，即有不敷，口員亦有所費，然尚不致於困。若罷爲官運，穀十萬石，舟以二千爲率，法當用五十艘；艘工料以五千爲率，當費金二十五萬。合弁兵、舵工、水手，每舟不下數十人，歲費金又數萬；海舟駕駛，三年當一修，費又數萬；重洋風濤不測，一有沈失，舟穀兩亡，是漕艘之外又增國家一病也。』葉以爲梗議，噶瑪蘭之調，實難府君也。及抵任，乃獲著名海盜林牛等十餘人。先是有詔提督羅公斯舉渡臺擒捕，至則府君已計誘獲之。羅公大喜，飛章以聞。道府欲沮之，臺鎮音登額公不可，乃奏，而府君已以龍溪别案去職矣。

先是，在龍溪時，總督董公有公事下道府州縣議。府君狀上，董公大悦，遽止道府勿再議。上官益忌之。縣民鄭源者，與族人有隙，率親衆斃之，掠其財物，府君獲源服罪。既報，未及解省去。逾二年，新漳守至，忌者毁之，乃反鄭源獄以爲盗，劾府君勘報未會營。時臺道葉公、汀漳龍道孫公已相繼爲藩撫矣。奏上，部胥索銀三千兩，府君不與，遂議革職。以獲盗事，特旨送部引見。

二年壬午，府君年三十八歲。

在臺灣。

府君之去臺邑也，臺人大失望，羣走道府乞留。噶瑪蘭人聞之，恐爲所奪，亦羣赴郡爭之。臺人猶望其返。及罷職，乃大冤之。府君旅寓甚乏，兩地士民魄薪米不絶，且醵金爲償官負。公私部署既竣，登舟内渡。醒庵府君疾忽大作，十月二十八日卒於鹿耳門舟中。乃扶櫬至福州。

是年，督撫以前臺灣道葉公言欲改班兵之制，臺鎮觀喜公疑不能決，就府君問策。爲議上之，鎮軍亟以爲然，而葉擢閩撫，面對，猶及此事。上命與總督籌之。及趙文恪督閩，見此議，乃罷。

顔惺甫尚書檢撫閩，察府君被議之枉，將奏白之，屬臺鎮音登額公促府君内渡，且曰：『薦牘已具，待若來即發矣。』府君牽於逋負未行，而顔督畿輔去。

三年癸未，府君年三十九歲。

春，抵福州。

將謀送先大父櫬歸，而困不能行。適趙文恪來督閩浙軍，留之，乃奉張太夫人寓省治。伯父損軒府君扶櫬歸里。

府君在閩日久,洞悉利弊,趙公多所咨訪,於是忌者日衆。乃力辭出省,遊福清,忌者不已。適穎齋方公調任臺灣,邀同往,遂渡海。

十月至臺,士民爭以鼓吹來迎。

府君感方公及文恪知遇,知無不言,所欲建白而未果者,悉白二公行之。時人以方藍廷珍之東征。

四年甲申,府君年四十歲。

在臺灣。

三月,有夷船私泊雞籠港,潛售鴉片,至八月未去。署總兵趙公裕福欲以巡視爲名,親赴南路。府君以爲示弱外夷,且供億浩繁,上書孔兵備昭虔止之。

五月,撫軍孫公爾準巡臺,欲開埔裏、水裏二社,如噶瑪蘭故事。方公詢之府君,府君曰:『必欲開二社,其要有八:和睦番民,一也;通事必求良善,二也;官課、番租不可混淆,三也;界址作何啟閉,四也;官荒招佃永除業户之名,五也;用佃萬人不可無頭人經理,六也;埔裏地在萬山中,爲全臺之要領、前後山海之關鍵,去彰化縣城窵遠,非微員所能鎮撫,不得不略如廳制,文武、廉俸、兵餉作何籌計?七也;開通北路一溪以便舟楫,八也。然又必得經理之人，才識足以幹事，操守足以信衆，乃可。』方公具陳其説，孫公見而難之，遂寢。

五年乙酉，府君年四十一歲。

正月，服闋。

三月朔，辭方太守内渡。

至澎湖，忽遇北風，舟南駛，不可收，兩日夜，達粤東之惠來，遂徑潮至漳。過平和，士民遮留，演劇相賀。再宿而去。

四月，至福州。

將赴都，大府不爲出考，顧作詩送行，辭意甚美。

五月，由閩登舟。七月，抵里。

十月，自里中起程入都。

六年丙戌，府君年四十二歲。

正月，至京引見。

奉旨以獲盜功改爲降二級調用，遵例捐復原官，歸部銓選。户部執閩中鹽課事，往返詰問。既白，九月吏部始注册。張太夫人命告近省〔二六〕。府君請於部，次年三月當選。

十二月二十六日，張太夫人卒於福州。

七年丁亥，府君年四十三歲。

三月，在都中，接張太夫人憂信。

十三日出都，閏五月二十日至福州。貧不能支。方穎齋觀察時爲汀漳龍道，招往。

六月，至漳州。

十二月，回福州。

八年戊子，府君年四十四歲。

二月，至漳州。

九月，回福州。遣眷屬回里。

十二月，復至漳州。

韓桂舲侍郎崧〔二七〕撫閩，莅任即詢府君近狀，並訪閩中時政得失，府君有答書〔二八〕。

九年己丑，府君年四十五歲。

在漳州。

四月，有游開元寺[二九]諸詩。

十月，至福州。

十二月，往寧波。

十年庚寅，府君年四十六歲。

正月，至寧波。

有宿建陽縣[三〇]等詩。

三月，自寧波還。

過杭州，修先副使公德馨祠。二十一日，於浄慈寺右側崖居庵後得小閣，有龕，祀公像。乃以二十六日祭於祠，二十八日祭於閣，爲文記之[三一]。

四月，返里。

八月，赴武陵。過荆州。

　　時光栗園先生方爲荆宜施道，留五日。有贈詩〔三二〕。

九月，至武陵。謁趙文恪公墓。舟至城下，是夜公季子敦詒有事先塋，夢公呼曰：『迪光，起，遠客至矣。』迪光，敦（貽）詒小字也。

十月二十七日，自武陵返棹。

　　有別趙惕吾兄弟〔三三〕詩。

十一年辛卯，府君年四十七歲。

二月二十四，自里中北上。三月，至京。

七月，江南水災。

　　總督陶公澍、巡撫程公祖洛奏請揀發知縣六人。初十日引見，奉旨發往江蘇。

八月朔，出京。二十八日，至江寧。

九月，方伯林公則徐邀入幕襄理公事，辭之。

初五日，制軍委隨往清江浦。

十九日，至禦黃埧。

督河會委會同廳營籌備糧船回空、開壩倒塘事宜。

十一月，糧艘全數渡黄。

初四日，回省，行至揚州。十一日，方伯趙公盛檄委隨行查賑，辭之。

武進訟棍莊午可，數致大獄，歷年拒捕，不能獲。程撫軍諭府君往密查。府君以莊午可姻族皆衣冠士類，聲氣廣遠，治之必遭非謗，請免給文札，蓋欲以計擒之也。及自蘇回常，而營縣已先二日以八百人輕進僨事。臬司額騰伊公委隨營詢商事宜，辭不獲已，適中丞有密諭，乃回蘇。及府君莅武進任，知用兵非計，以午可阻水自固，乃掘涸之；又設計離散其羽黨。午可窮蹙，逃入皖南境。府君稟請江蘇、安徽委員會緝，旋獲於宣城之某村。抵暮，無所繫，暫寄宣城獄中。知縣龔某，遂攘其功，即夜具報。及安撫察知，已入告矣。某竟以是超遷，不數年，至大官。

是年，兄孝生。

十二年壬辰，府君年四十八歲。

權武進知縣事，二月莅任〔三四〕。

先是，督撫奏濬孟瀆三河，以辛卯冬興工。未幾，雨雪盛，工壞，奏緩期。及府君受篆，撫軍檄速興修，府君曰：『水利之興，原以利農。今方春中，使民廢耕而工作，非便。且三河皆以淤不通江，故濬之以溉民田。若興工，則首尾築壩，涓滴不入三河。工長一百六十餘里，民田待灌者數十萬畝，今悉斷其流，利未興而受害已大矣。况竣工不止百日之期，已及盛夏，大雨時行，工必再壞。』〔三五〕力請改期，乃奏請秋後興工。

武進故當孔道，時值臺灣張丙之亂，豫陝官兵絡繹南下，供應浩繁；孟瀆三河大工，至冬未已，漕艘畢集，府君曉夜扁舟，與夫役奔走河干者三月。有示從役諸人詩。

是歲，題補金壇縣知縣。

十三年癸巳，府君年四十九歲。

在武進任。

二月，孟瀆三河工成。

初五日，不孝濬昌〔三六〕生。

八月，重刊東溟文集、後湘詩集成。

李申耆兆洛、毛生甫嶽生兩先生編校。

冬，調署元和知縣。

前任平大令瀚有賢名，虧白糧萬石，罣吏議。上官檄府君代之，而糧艘待兑急。府君貸於僚、拓於家，兼旬事辦。平君讁釋，而府君負累遂數萬矣。

是年，卜兆於桐城義津橋之尤沖。

請伯父損軒府君奉先曾大父春樹公，妣張太夫人、徐太夫人葬之，以祖姑、四姑坿張太夫人側。

重編先編修公援鶉堂筆記。

延同里方植之先生校勘。

十四年甲午，府君年五十歲。

在元和任。

是年，有詔中外大臣明保人才。江督陶公、蘇撫林公以府君名上，未引見。旋題升高郵州知州，未赴任，調署淮南監掣同知。

十五年乙未，府君年五十一歲。

在監制掣任。

是年題補。

七月，籌濬儀徵運鹽河。

十月興工，有挑工章程議狀〔三七〕。

重刊援鶉堂筆記成。

十一月，護理運司篆。

十六年丙申，府君年五十二歲。

在護運司任。

秋，入都引見。

十七年丁酉，府君年五十三歲。

二月，兩淮鹽運使劉公萬程以奏銷缺額憂極自盡〔三八〕。□□陶公奏請府君護理。

時商力疲乏，運司初亡，衆商莫知所措。府君請於陶公，應領給還窩價納現價六兩者，準窩價抵銀四兩，銀不出庫而坐收四十萬之利；又曉以利害，羣商悦服。旬日間，奏銷遂足八分以上。府君又以恤商乃能裕課，淮南殘引陳積，來年奏銷更加棘手，請以淮北溢額融銷淮南殘引。又建議請飭羣商於應買補鹽義倉穀款内，自行備穀交倉，每納穀一石，帶補虧五斗，倉庫兩裨，并舊虧穀亦完。

九月，奉上諭：『鍾祥等「奏臺灣道缺需員請旨揀放」一摺。臺灣爲海外要區，非熟習情形、才守兼優之員，不足以資表率。因思淮南監掣同知姚瑩，前經陶澍等保舉，朕於召見時，察其才具明白諳練，曾任臺灣縣知縣、噶瑪蘭通判，於該處情形較爲熟習，所有福建臺灣道員缺，即著以姚瑩升署，仍俟期滿再請實授，並著照例賞加按察使銜。欽此。』

十月二十日，卸運司篆。

十一月，承檄查舒、桐一帶緝私銷鹽情形。

十八年戊戌，府君年五十四歲。

閏四月十六日，莅臺灣道任。

臺灣民情浮動，外阻大海，内逼悍番，游民錯處，姦宄時作。自十二年張丙亂後，賊黨萬餘人散在民間，時思嘯聚。是年春夏間，嘉、彰一帶樹生形如刀劍，濁水忽清七日，民間以爲亂兆，謡言四起，人情洶洶。府君下車，首嚴捕盜之令，捕斬九十餘人，閭閻稍安。然匪徒甚衆，策其反謀未已，乃請於督撫，行聯莊收養游民之法。使嘉、彰二邑各莊頭人，查其本莊少壯無業而惰游者，除嘗爲亂首或大盜、殺人正兇三者不赦外，餘皆免究。籍其姓名、年貌以爲莊丁，各由本莊醵錢養之，使巡守田園，逐捕盜賊。頒示委員，周歷諸莊。自七月至於九月，所收游民八千有奇，次年乃至四萬，略以兵法部署之。由是，賊黨皆爲義勇，其勢乃衰。

及九月，聞北路賊將起，親至嘉、彰一路，督飭縣營捕斬二百餘人。南路賊起，亦馳檄臺、鳳二縣，會營捕獲百餘人。兩路皆平。府君以彰化最遠，親駐久之，無敢動者。至十一月，中路臺、嘉之間賊起，所召各路匪民已先爲莊人收養，無應賊者，乃約内山賊，出攻店仔口汛。總兵達洪阿公親統大軍出剿,賊奔潰。府君亦自彰化馳至軍中,督營縣先後獲賊首胡布等十二人,斬以徇。各路亦報獲匪百餘人。遂於十二月五日回郡。鎮軍復入内山搜剿餘匪,次年正月回郡。全臺大定。

十九年己亥,府君年五十五歲。

在臺灣道任。

五月,嘉義地大震。委員查勘,并捐廉撫恤。七月,以平胡布逆案,奉旨交部優敘。

二十年庚子,府君年五十六歲。

在臺灣道任。

時英夷方擾粤、浙,海疆告警。府君於八月初六日赴北路各海口相度形勢,添設礮墩、巡船,僱募鄉勇、水勇,沿途傳見紳耆等,諭令各莊團練壯勇。蓋以臺地人心浮動,游民最多,攘外必先靖内。多僱鄉勇,既得防夷之用,亦可收養游手,消其不靖之心也。夷犯各省,皆以漢奸内應償事,獨臺民無爲之用者,故數有功。

二十一年辛丑，府君年五十七歲。

在臺灣道任。

是時夷務，和議反復。府君與梅伯言郎中曾亮書，有曰：『夷人大局，一誤再誤，人所共知。（某）瑩則以爲畏葸者固非，而輕敵者亦未爲是。忠於謀國者，總當無立功好名之心，審量事勢機宜，善權終始，豈一言所能概耶？（某）瑩職在守土，惟知守土而已，不敢他及也。』七月十日，厦門失守，臺灣震動。八月十六日，有夷舟駛進雞籠海口，副將邱鎮功手發大礮擊折其桅，船毁於礁，官兵乘機亟進，獲黑夷百餘名，并夷礮十門、夷圖、夷書等件。奏聞，奉特賜花翎，交部優敘。九月十三日，夷人復犯雞籠，毁我兵房。礮臺伏兵發礮擊斃登岸之夷匪，添調兵勇守護，夷始退。是時嘉義匪徒江見等乘機作亂，南路鳳山匪徒聞風響應。府君會同達洪阿公督飭文武兵勇剿辦，各莊亦實力協拏。匝月之間，首從就擒，地方安謐。奏上，詔予雲騎尉世職。

制府屬泉州守致書，令解所獲夷囚至内地，欲以易厦門。府君以夷船徧布海中，解不能到，徒爲所奪覆之〔三九〕。制府謂鎮道欲專其功，不悦，奏請飭下臺灣鎮道將夷囚解省。府君奉廷寄後，具疏言不能解内之故。得旨允行。制軍乃大恚曰：『臺道竟力可回天乎？！』

二十二年壬寅，府君年五十八歲。

在臺灣道任。

正月二十四日，有三桅夷船三，在五汊港外洋向北駛去。府君密諭在事文武，不可與海上爭鋒，必須以計誘擒。三十日，有三桅夷船及舢版船在大安港外洋，見兵勇衆多，乃向北駛。經文武所募之漁船，粵人周梓與夷船上漢奸作土音招呼，誘從土地公港進口，擱於暗礁，伏兵齊起乘之，夷船遂破。夷落水死者甚衆，殺斃十人〔四〇〕，生擒白夷十八人、紅夷一人、黑夷三十人、廣東漢奸五名，獲夷礮十門，又獲鐵礮、鳥鎗、腰刀、文書等，皆鎮海、寧波營中之物。奏上，詔賜二品冠服，仍交部優敘。

尋奉廷寄，以廣帥奏言夷在粵揚言將以大幫來臺『滋擾』，諭詢兵勇『是否足資抵禦？［其］如何（決策定議）定謀決策，［層層布置］，可操必勝之權？』府君乃與鎮軍籌計『五事』〔四一〕以聞。又以夷囚『在郡監者一百六十八（人）名，解省既有不可，久禁亦非善策，甫經奏請訓示，設未奉到硃批［回］而大幫猝至，惟有先行正法以除內患』。疏入，得旨允行。大安所獲夷囚顛林者，爲夷官呷嗶呥，頗識海國情形，能繪圖。大安擒夷奏入，上命詢其國情形，府君乃詳取供辭，並作圖說入告。

五月，定擬夷犯顛林等九人及漢奸黃舟、鄭阿二遵旨禁錮，其餘悉在臺正法；而各口文武稟報復有夷船一、二隻至九、十隻不等，各在外洋游奕潛結草鳥，匪船乘機向導，府君益激勵文武，隨宜堵剿，擊沈匪船多隻，擒獲百餘名，夷船乃悉遁去。又有彰化匪徒陳勇、黄馬等聚衆謀反。府君會商鎮軍，選調兵勇，攻破賊巢，生擒首從。訊明後即分别凌遲斬決，傳首所在地方梟示。全臺遂靖。

七月，夷船由鎮江至江寧，官兵失利。朝議罷兵與夷和，而夷人會議條款，將臺灣所獲夷犯及漢姦一體懇恩釋放。上亦厭兵，允其請。十月，夷人遣其屬至臺，持總督給其統領印文，求入城投遞。府君督府、廳、縣及三營游擊於城外傳見，夷官六人皆行免冠禮，求給領兩次所獲夷人，而執督文爲據。府君諭以大皇帝以德柔遠之意，夷喜形於色。

先是，九月有夷船一，在滬尾港遭風，經地方官救獲二十五人解郡。至是，夷官懇請給與領回，且求一登其舟。府君以其恭順，且已就撫也，許之。時泉、厦之間或謂臺灣擒斬夷衆，夷必報復。至是，人情洶懼，僉謂登舟禍不測，府君曰：『如此，愈不可不許之以定人心也。且自古馭夷，不外恩、威、信。臺灣兩次擒斬夷囚，已足示威；生釋夷俘，已足示恩；今若不許所請，彼將謂我恇怯，且不足以示信也。』遂同熊太守一本、仝司馬卜年及營員數人往登舟。夷官五人，長衣，率兵持械鵠立，鳴九礮，懸綵旗百面，以迎，云爲彼國時最尊貴者之禮。將歸，夷官持酒一甌，言此天下太平酒，感天朝恩，自此不敢有異志。府君歸，而浮言息。

二十三年癸卯，府君年五十九歲。

在臺灣道任。

顛林等既釋還,厦門夷酋忽生異議,謂臺灣兩次夷俘皆係遭風,鎮道冒功飾奏。大帥不察,彈章相繼。上乃命總督怡良渡海查辦。正月二十六日,制軍至臺,即傳旨革職拏問,以所聞於夷人者,令鎮道具對。府君乃謂達洪阿公曰:『夷人强梁反覆,今一切(乞)已權宜區處,膚(受)訴之辭,非口舌所能折辯。鎮道不去,夷或别有要求,又煩聖廑,大局不可不顧也。且訴出夷人,若以爲誣,夷必不服。鎮道,天朝大臣,不能與夷對質辱國。諸文武即不以爲功,豈可更使獲咎,失忠義心?惟有鎮道引咎而已。』〔四二〕遂具辭請罪。時郡兵不服,勢洶洶,鎮軍親自撫循乃散。翌日,衆兵猶入,持一香赴制府行署泣訴,而全臺士民遠近奔赴具狀,爲府君及鎮軍申理,不下數千人。制軍懼犯衆怒,陽許入奏,竟匿之。供張未具,不戒而去。覆奏上,上命逮至京。

三月,内渡。五月,自福州就逮北上。

七月,過蘇州。

伯父損軒府君先至,俟月餘,買舟送至清江而别。建寧張亨甫孝廉際亮、同里張竹虛文學紹偕行。亨甫謂事若不測,將鳴臺諫求昭雪。竹虛偕入獄護持之。

八月十三日,入刑部獄。

時臺諫交章論救,而粵督耆英致書京師要人,謂『不殺臺灣鎮道,我輩無立足之地』。幸天子仁聖,深鑒枉曲,既入獄,命大學士查取親供。府君依實敍,辭末云:『臣未能逆料夷人有就撫之事，以致思慮疏忽，誠未能防患於未然，臣實有應得之咎，惟有請皇上從嚴治罪！』宰臣以爲詞意未洽，宜權辭以對。府君乃更易案情字句，而前語不易。供上，上曰：『臺灣事朕已知之，毋庸閱也。』

二十五日，奉旨出獄。

十月，奉旨以同知知州發四川用。

府君請假回籍省墓，十一月抵里。

二十四年甲辰，府君年六十歲。

三月十五日，自里赴蜀。六月至成都〔四三〕。

初，乍雅蕃僧第五輩呼圖克圖死，其下輩圖布丹濟克美曲濟嘉木參幼，駐藏大臣奏請以勅印交副呼圖克圖羅布藏丹臻江錯護理。及曲濟嘉木參長〔大〕，〔丹臻江錯〕已交還勅印矣，而頭人達末唆使攻殺丹臻江錯，不勝，轉喪其地，搆兵數年不解。川藏大臣數委員查辦，不能蕆事。及府君至，大吏委理其事。

十月一日，發成都。

時正呼圖克圖在裏塘。

十一月十三日,府君至。

檄令赴乍雅候訊。不肯行,但稟求革逐副呼圖克圖,重治屬蕃諸人罪,意頗要挾。府君以正呼圖克圖不至乍雅『已無憑質訊,復堅執一面之辭,徒往不能結案,[往]無益也』,乃諭之曰:『即日回省,爲若請之。異日大皇帝别有他旨,無悔也。』乃大懼,乞駐防文武,轉求發還原稟。不許。上書於川督曰:『此案曲在正呼圖久矣。夷情狡詐,今委員回省,彼必深懼。若發兵數百,進駐裏塘,聲言剿辦;又給唐古忒印札,飭其有呼圖克圖民人入境即行拏送,則事濟矣。』

十二月二十二日,至成都,復面陳之。不許,且以爲未奉札飭,不應中途折回。奏請摘去頂戴。更委宣太守瑛、丁别駕淦,往察木多訊辦,仍令府君同往。

府君之初至川也,大府言奉上命以直隸知州用。既而有所索,府君峻辭拒之,大怒,故有乍雅之行。

是年,補順慶府屬之蓬州。

二十五年乙巳,府君年六十一歲。

二月二十五日,偕丁别駕發成都,六月三日至察木多。

其地去成都三千六百餘里。

十二月二十八日，東還。

宣太守以兩呼圖克圖不遵判斷，稟奉大府諭令東還也。

二十六年丙午，府君年六十二歲。

三月二十六日，至成都。

制府奏以夷情桀驁，非口舌所能折服，已令委員回省。惟姚某前於具稟後不待回報即自轉回，究屬非是，請旨開復頂戴，仍交部議處。

府君兩次奉使，往返萬里，冰山雪窖中，崎嶇備至，處之恬如，途中誦讀吟詠不輟。所至，於地方道里遠近、山川風俗，詳考博證，而於西洋各國情事及諸教源流，尤深致意焉。成書十五卷，名曰康輶紀行，坿中外四海地形圖説一卷。

五月，莅蓬州任。

蓬俗，鬻業必鳴於官，始立券納税；亦有買主無力或不願買，爲人搆訟者，官吏因以爲利，民頗病之。府君遇來控，一聽買者之願否，被抑勒者恒能自伸，訟風頓息，胥役多乞退者。

二十七年丁未，府君年六十三歲。

在蓬州任。

二月，始建玉環書院於州城北。

七月，建龍神祠於城東北隅玉環山麓。

蓬州地僻事簡，府君公餘多暇，讀書有得，輒筆録之，成寸陰叢録四卷。

二十八年戊申，府君年六十四歲。

二月，赴成都。

先是，英夷求西藏通市，大臣許之。駐藏大臣斌良公密奏薦府君爲前藏糧臺，府君以素爲夷所忌，若預和市，夷必藉口啟釁，於邊事無益而有損，非忠於謀國之誼。會斌良公以憂憤卒，川督琦善亦不欲府君往，乃引疾乞歸。

三月，回蓬州，卸州事〔四四〕。將行，適書院落成，士民請留十日。

時川北道胡恕堂觀察興仁以事過蓬，蓬人爲府君立位仁廉祠，喧闐走送，觀察嗟嘆久之，曰：『君可謂大用之而大效，小用之而小效矣！』〔四五〕

五月杪，抵里。

府君之入蜀也，濬昌隨侍，每有遊賞必從。府君雖處遷謫，而興致不衰，吟詠益豪，時人以比東坡之在海南。

歸里後，江督李文恭星沅，三以手書相召。府君辭不獲已，約以次年往。

二十九年己酉，府君年六十五歲。

正月二十四日，伯父損軒公卒。

三月，赴金陵。

李公旋以疾去。繼任者陸公建瀛，留府君編海運紀略後編，成二卷，紀道光二十八年海運事。其前編，則道光六年陶文毅爲蘇撫時所辦也。

時淮南鹽法疲壞，制軍議改行票鹽，府君謂『淮南異於淮北，更張非善策』，爲議上之，不用。辭歸，不許。

淮南監掣同知童公濂延請修南北史注。

三十年庚戌，府君年六十六歲。

在金陵。

文宗顯皇帝登極，有詔中外大臣各舉所知。大學士潘公世恩、尚書魏公元烺先後奏薦，會陸制軍先奏爲九江鹽卡委員，奉旨：『俟鹽務辦有起色，送部引見。』

八月，至九江。

九月，大學士穆彰阿、耆英以罪免〔四六〕。

硃諭中有云：『如達洪阿、姚瑩（前在臺灣盡）〔之〕忠盡力，〔有礙於己〕，必欲陷之。』〔四七〕

天下益知臺灣之事由於大臣，非先帝意矣。

十月，制軍以南鹽辦有成效，欲爲府君請復道職。府君上書力辭，乃止。

十二月，奉旨授湖北鹽法道。

咸豐元年辛亥，府君年六十七歲。

正月，奉旨馳驛前往廣西贊理軍務〔四八〕。

二月，爲不孝濬昌娶婦光氏。直隸布政使栗園先生聰諧次女。

五月，抵桂林。尋奉旨授廣西按察使。

六月，大學士賽尚阿公以欽差大臣至軍。

時逆首洪秀全踞紫荆山，府君上議八面環攻之，未行。閏八月，賊潰圍出，陷永安州。府君方在署，聞報，夤夜告大帥，請往督進攻。帥及同官皆止之，不聽。馳往永安，擇北路要隘新墟地方駐之，撫軍鄒公鳴鶴以勇三百爲之護。凡監督、攻剿、探報軍情及支發糧饟、犒賞、器械、往來籌商，常一日數發書，心無停思，手無停筆，營於畦壟間六閱月。有勸借居民房者，弗納也。

賊之在永安也，精鋭皆在水竇、莫家村二處。府君議進剿必先拔城外兩壘，拔水竇必一由黄村入，一由佛子村出，不惟破水竇，并可免其南竄，此上策也。不則，一由仙回嶺攻莫村，一攻水竇，此中策也。時都統烏蘭泰公亦持此論，先據佛子村，欲向提軍榮由黄村進兵夾攻。向不從，由龍寮嶺進，敗回。遂欲放開水竇一路，縱賊使逃，然後追擊之。府君復上書大帥，力辯其不可。又與向書曰：『自古兩賢不可相扼。賢臣名將無不和衷協力，共成大功，未有各自一見而能成功者。賊之輜重盡在水竇，聞其備兵於外，以爲竄逸之計，故須閣下一軍守黄村山門隘，由外攻入；烏兵由内攻出，此上策也。閣下進兵既不能迅速，復於大計依違其間，可乎？』卒不聽。大帥惑向言，亦主其議，反謂都統言不實。府君申辯，不聽。請斬僨事將官以激將士，復不聽。

二年壬子，府君年六十八歲。

二月十六日夜，賊自永安東竄。

向提軍督軍從後追擊，遇伏大敗，亡四總兵。烏蘭泰公連戰皆捷，追至桂林南境將軍廟，中礮傷殁。府君隨大帥駐陽朔。

二十九日，賊撲廣西省城。

向提軍先一日至，守禦得無恙，賊遂陷興安、全州。府君赴興、全安撫。道州、江華相繼失守。府君卸翼長事，辦理糧臺，上議請速進兵，大帥不能用。俄而，賊連陷湖南州縣，遂圍長沙。時賽尚阿公逮入都，詔以廣督徐公廣縉代之。賊圍長沙數月，以西北無備，遂竄益陽，轉陷岳州。府君辭糧臺，欲回粵西本任，湖南撫軍張公亮基奏留權湖南按察使。

方府君在新墟，日坐臥畦壟間，暑寒、風雨、濕氣浸淫，焦勞憂鬱。逮至永州，遂患痺痿。旋經醫藥，亦已可步武矣，猶冀湖南臬署藉資調理。仰望蒼穹，其猶假餘年也，豈知旬日之間，舊疾復作，竟以十二月十六日棄不孝而長逝耶！

不孝濬昌聞耗，星夜奔赴任所。扶櫬歸至鄱陽，而桐城又陷，路大阻，遂殯於鄱。同治元年三月，始克扶櫬返里，即以是年十二月葬於龍眠山小河口山麓。

府君子女三人：長姊適福建按察司經歷張匯，妣方淑人出也。又撫族叔獻之女爲女，適吴祝康。生母蕭宜人生兄孝及不孝濬昌。兄孝殤。濬昌以軍功補江西安福縣知縣加同知銜。孫三：長永檢，次永樸，次永樞。女孫二。

府君性嚴正，不爲苟容，遇事直言無隱，事過輒忘之。宦四十年，常以濟人利物爲念。族戚中貧乏者，月給錢米。歲終，踵門告困者三數百家，常負貸應之。歲時必親詣其家，問疾苦，爲之籌計。故所助雖有豐儉，而人之感同深。嘗欲置義莊、義學，上祀祖宗，下濟族衆，手書捐公簿寄示不孝曰：『吾欲三年後廉俸之餘了此，世方多故，不識果如願否？』建寧張孝廉際亮，偕府君至都而卒，府君經紀其喪，攜櫬至桐，召其子付之以歸。孝廉詩稿三十餘卷，府君任爲刊行未果，常以爲憾。同治八年，濬昌始校梓於安福。卸臺灣令時，繼任某讒於道府，多被扼抑。及某卸任，虧公帑鉅萬，莫能歸。府君適客於臺，憫之，倡捐番銀五百以助償官負；又言於上官同僚，遂免劾去。嘗爲從祖置數百金，存戚某所。某殁，負債甚多，無以償，府君慨然曰：『此金無不償之理，然某與吾爲至戚，今身殁而家若此，何忍困其後，惟吾有以全之耳。』遂索券焚之，而別贈從祖如數。生平慷慨好施與，大率類此。

府君自弱冠時，即以經世自任。爲政務因地制宜，無所偏執。初任平和、龍溪，政尚猛烈，巨猾斂戢。同里方植之先生自粤寄詩，有『王渙陽球各有名，荀香仇鳳猶堪惜』之句，蓋有叔向貽書之意。及府君至江南，一以拊循爲事，方先生贈詩，又有『消息與時遷』之句，皆紀實也。所至尤以立學校、敦士習爲務。當臺灣軍事倥偬之際，猶興修海東書院，延同里左石僑廣文德慧主之；并出家藏書目，屬左君編次，以示肄業諸生，使海外士子咸知向學。又以府學祭典荒陋，出廉俸依據禮經製之，籩、豆、鐘、簴之屬咸備。更勸富民捐金二千，歲收其息，以供祀事，泐石紀之。

歷仕多見扼於上官，然名臣如董文恪、趙文恪、陶文毅、林文忠及劉撫軍鴻翺、程簡敬祖洛、鄧制軍廷楨、魏尚書元烺、鍾制軍祥、汪尚書志伊，皆極信任，言無不從，故能行其意。臺灣總兵達洪阿公，性過剛，同官鮮與合。府君初至，亦見齟齬。凡歷二年，務交以誠。一旦，詣謝曰：『武人不學，爲君姑容久矣，自後諸事悉聽君，死生禍福願與共之！』遂結兄弟交。夷數犯臺灣，皆擊退，文武同心故也。及在廣西，事多掣肘。府君竭力維持，辛苦焦勞，艱難險阻，苟有益於國，罔不盡瘁爲之。都統烏蘭泰公，忠勇有謀，以諸將不能和衷，致孤軍戰殁。府君嘗與之書曰：『君子之用心，與烈男子之志氣，無非行其所安。所異於世俗鄙夫者，惟不避艱難，不貪榮利耳。某以將就木之年，復何所貪？惟念主憂臣辱之義，無以報國家。祗此蔬食惡處，下共士卒之辛勞，上對九重之宵旰幸數十年。貧賤憂患，本無寧居，今日寢處,一如我素。是以尚能耐此日霜,未有疾病,可慰知己,無以爲念。』又曰:『我輩矢此一心,惟知君父。吾力有一分未盡,即是此心有一分未忠,豈如世俗鄙夫與同輩爭勝負、角短長哉?夫功敗於垂成,病加於小愈。前者武宣之事,賊已將就擒,徒以狃於大捷之後,計慮稍疏,遂使困禽脱網。今幸兵威再振,賊勢又窮,而我師愈久愈疲,賊又日懷奔逸之計,無論勞師糜餉,不能久持,萬一再有疏虞,復蹈前轍,不但無以對皇上,天下後世謂閣下何如人哉?某以垂老之年,恨不能介胄馳驅,搴旗斬將,然受命從戎,不敢不竭其心力耳!』府君之意,蓋明知言不見聽,於事無裨,徒以身受兩朝知遇,不得不效力行閒,以冀報稱萬一,所以抑鬱悲憤至於二年不忍乞退也。

府君之使西域也,雅州守余公坤諷以退,府君與之書曰:『嘗念五倫中惟父子、兄弟、夫婦不言報施,若君臣、朋友,則有視所施爲報者矣。居嘗歎士大夫及世太平,爭取通顯,一旦有事,即思爲潔身之計,何其薄耶?某自通籍以來,三見黜矣。前者爲貧,欲得微禄養親,亦思有所樹立,以大臣薦,遂受知遇。臺灣力守,所以報也。英夷之獄,議和諸帥皆欲甘心鎮道以謝夷人。賴上仁明,供辭甫上,立出之獄,復予官,使避夷入蜀,此豈尋常恩遇哉?所如不合,則命爲之,非上意也,不得以此遂忘其大夫臣子用心,不必求知於君父,要當自盡其道,孤行其志。儻竟不及報,而以黜退或衰病也,吾心亦可無負矣。』

府君生平出處,忠誠不苟如此。

府君於書無所不窺,顧不好經生章句。平居慕賈誼、王文成之爲人爲學,體用兼備,不爲空談。文章善持論,指陳時事利病,慷慨深切。詩自明七子入,而以盛唐爲宗,大抵於古人善處别有會心,不肯貌襲,往往成一家言。或以與先儒稍異疑之,府君笑而不答。

所交同里諸先生外，上元管異之同、梅伯言曾亮，甘泉汪孟慈喜孫，江右吴蘭雪嵩梁，湖南鄧湘皋顯鶴，鄱陽陳伯游方海，番禺張南山維屏，光澤高雨農澍然，建寧張怡亭紳及其弟亨甫際亮，武進李申耆兆洛，山陽潘四農德輿，臨桂朱伯韓琦，晉江陳頌南慶鏞，益陽湯海秋鵬，南豐吴子序嘉賓，道州何子貞紹基，寶山毛生甫嶽生，宜興吴仲倫德旋，江都梅藴生植之，龍溪鄭雲麓開禧，龍巖饒嘯漁廷襄，皆以文章經濟見推重。又有龍溪李太守威，夙望頗高，其學出於陸、王，先儒名宿，少所許可，晚遇府君，獨敬禮之，以爲所談不足爲外人道也。所著嶺雲軒瑣記，府君任爲刊行未果，濬昌刊於安福。

府君詩文皆自訂，凡東溟文集六卷、東溟外集四卷、東溟文後集十四卷、文外集二卷；後湘詩集九卷、二集五卷、續集七卷；東溟奏稿四卷；東槎紀略五卷、康輶紀行十六卷；寸陰叢録四卷、識小録八卷；姚氏先德傳六卷，俱刊行，版燬於兵。同治六年，不孝濬昌重刻於安福。晚年文七首及粤西軍中狀牘，濬昌謹編次爲中復堂遺稿五卷、遺稿續編三卷，總九十八卷，名曰中復堂全集。

〔一〕年十八：東溟文集張阮林傳作「年十九」。

〔二〕業：東溟文集張阮林傳作「學」。

〔三〕蔗林五子詩鈔：東溟文集吴子山遺詩敘作「蔗林五子詩選」，且未及張阮林。

〔四〕歲試：清代院試乃三年兩次，由學政於各地主考。辰、戌、丑、未年稱歲試；寅、申、巳、亥年稱科試，故丙寅年當稱科試。

〔五〕去京夜至津門：後湘詩集卷一題作「去京邑夜至津門還寄徐六襄光律原」。

〔六〕至杭州謁德馨祠：後湘詩集卷六題作「謁先芳麓公德馨祠」。詩序云：「歲戊辰，瑩自都中歸，至杭，適祀事甫畢，士人爲説先政，有感作此示之。』

〔七〕百文敏百齡督粤過桐邀入幕：據施立業姚瑩年譜稱『姚瑩與百齡可能没有相會，其「過桐邀入幕」或是通過其他方式進行的』。

〔八〕度大庾嶺：姚瑩年譜作『六月二十七日(八月八日)，過江西大庾嶺』。

〔九〕述遇詩：後湘詩集卷八有述遇五十韵呈程鶴樵學使。

〔一〇〕黄香石詩序：此乃文，非詩。見東溟外集卷一。

〔一一〕復座師趙分巡書：此乃書信，非詩。東溟文集卷三有上座師趙分巡書、再復趙分巡書，東溟外集卷二有復座師趙分巡書，均作於此時。

〔一二〕遇梅莊士：後湘詩集卷四題作觀梅舞劍行贈梅壯士有序。

〔一三〕雨夕懷家兄伯符：後湘詩集卷二題作雨夕悵然有懷家兄伯符。

〔一四〕謁東坡遺像：後湘詩集卷七題作惠州西湖謁東坡遺像。

〔一五〕九日登大奎閣：後湘詩集卷四有甲戌九日王蓬壺明府集宴大奎閣時余病初起爲長歌紀遊。

〔一六〕留别詩：後湘詩集卷四有翻疊九日韻留别王蓬壺明府宋青城贊府徐奕巖王嘯雲竹齋諸同舍。

〔一七〕贈王栻序：見東溟文集卷二。

〔一八〕二十一日……哭之：後湘詩集卷二題作九月二十一日至羊城謀歸忽聞故人張阮林殁於京師驚哀有作成七十四韻。

〔一九〕十月七日……有感：後湘詩集卷七題作甲戌十月七日余年三十奴子蚤起進雞酒爲饍有感。

〔二〇〕自敘後湘詩集：東溟文集卷二題作後湘集自敘。

〔二一〕酬馬湘帆：後湘詩集卷二題作酬馬湘帆飲餘霞閣見贈。

〔二二〕舒城道中：後湘詩集卷七題作舒城道中與伯山同讀阮林遺集。

〔二三〕再至京師呈諸公：後湘詩集卷七題作乙亥再至京師有作呈諸公。

〔二四〕行狀：東溟文集卷六題作朝議大夫刑部郎中加四級品銜從祖惜抱先生行狀。

〔二五〕勸修書院告示：東溟外集卷四題作勸修九和書院告示。

〔二六〕近省：先太宜人行略：『太宜人聞之，曰：「閩既不還，則近地宜。」』

〔二七〕韓崧：據姚瑩年譜所考當爲『韓克均』之誤。

〔二八〕答書：東溟文集卷四有上韓中丞書。

〔二九〕游開元寺：後湘二集卷四有己丑四月方竹吾來漳州邀同汪味根二丈胡曉峯同年陳澧西滕藍郇二明府文謙之貳尹遊開元寺觀唐咸通石塔遂登芝山謁道原堂還至僧寮聽蔡香谷秀才彈琴蔡石坪明府後至。

〔三〇〕宿建陽縣：後湘二集卷五題作庚寅正月宿建陽縣。

〔三一〕爲文記之：東溟文集卷五有先副使公西湖德馨祠記。

〔三二〕有贈詩：後湘二集卷五有荆州晤光律原（二首）、再呈律原。

〔三三〕別趙惕吾兄弟：後湘二集卷五題作十月二十七日武陵臨沅門外別趙惕吾敦訓鄜麓敦詒兄弟。

〔三四〕二月莅任：關於本次莅任時間尚有『正月』『四月』之異，辨見姚瑩年譜。

〔三五〕水利之興……再壞：文字與康輶紀行卷二程制軍所録有差異。

〔三六〕濬昌：姚瑩年譜：『以適逢孟瀆疏浚工程完成，故其子名「濬昌」，字「孟成」。』

〔三七〕挑工章程議狀：東溟文外集卷一題作儀河挑工章程議狀。此外尚有議挑儀河章程十二則、儀河委員督工狀，東溟文後集卷二有儀河情形亟要先事籌濬議等。

〔三八〕盡：底本字跡脱落殆盡，據姚永樸舊聞隨筆補。又陶澍集劉運使急公出缺請派大臣查辦淮鹺摺子作『縊』。

〔三九〕府君……覆之：東溟文後集卷七有復泉州沈太守書。

〔四〇〕殺斃十人：據姚瑩奏報計破再犯臺灣之英船並斬俘獲勝摺所稱乃爲『殺斃白夷一人、紅黑夷數十人』（見鴉片戰爭檔案史料第五册第七十二～七十三頁）。

〔四一〕五事：見東溟奏稿卷三遵旨籌議復奏。

（四二）夷人……引咎而已：見東溟文後集卷七奉逮入都別劉中丞書，文字略有出入。

（四三）六月至成都：東溟文外集卷一潘東庵遺集序云『以道光甲辰七月至蜀』，又後湘續集卷三七月間初至成都僦寓爲一聯語揭室中云智常無礙須彌小心自能亨蜀道平今晨行火竹卡道中忽有所觸卒成一律，所述時間有異。

（四四）卸州事：東溟文後集卷八又與梅伯言書作『即於二月三日卸事矣』。

（四五）君可謂……小效矣：後湘續集卷六有胡恕堂觀察過蓬州是日蓬人爲余立位仁廉祠士庶喧闐走送觀察嗟歎久之曰君可謂大用之而大效小用之而小效矣感其言有作賦呈爲别一詩。

（四六）九月……罪免：據鴉片戰爭檔案史料第七册所載清文宗布告穆彰阿及耆英罪行事朱諭作『十月二十八日』。

（四七）如……意矣：見鴉片戰爭檔案史料第七册清文宗布告穆彰阿及耆英罪行事朱諭。

（四八）正月……軍務：清史編年第九卷作：『二月二十二日（三月二十四日），命廣州副都統烏蘭泰幫辦廣西軍務，並酌帶火器前往。又命湖北鹽法道姚瑩馳往軍營，交李星沅等差遣委用。』

廣西按察使前福建臺灣道姚公傳

（清）吴嘉賓撰

今上登極未及改元，即黜大學士穆彰阿，起用總督林則徐，以撫夷之議執政者主之，非上意也，故下詔宣示中外，并及達洪阿、姚瑩前在臺灣盡忠盡力，而穆彰阿等妒其成功，必欲陷之。二臣皆起用。當是時，中外臣工莫不額手稱慶，下及士庶，皆若有將出水火、登衽席者。天未厭禍，林公即世，而粤西之寇遂猖獗莫能制。二臣者，亦皆不竟其用。悲夫！

先是，姚公以進士任福建縣令，即以才著聲海上。由臺灣令權海防同知、噶瑪蘭通判，亦以能爲衆所忌，摭他事中之，遂褫職。以噶瑪蘭任内獲盜引見，復官，簡發江南。爲陶文毅公所賞，洊擢至淮南同知，權運使事。未幾，奉特旨命爲臺灣道，加按察使銜。先是，御史黄爵滋請禁民吸食鴉片煙，罪至重辟。天子下其議，而林公爲兩湖總督，行之，法嚴而民不擾。天子賢之，畀以經理海疆大臣之任，使絶其源。責外夷無以酖毒入中國陷民於死，林公遂以大臣專駐粤，威服各夷，絶其通市。各夷已願服矣，林公請分别逆順，兼示以恩。會中朝大臣欲沮林公事，堅請勿許，反謂公持兩端，令務得夷主名乃許通市，故激而生變。已而夷船犯粤，林公又以計擊卻之。乃犯浙，陷定海，入至餘姚。又以兵船犯天津。天津距京師不三百里，朝議驟改用琦善督粤，而林公得罪。

公以道光十七年九月奉命，十八年至臺灣。又一年，而御史奏請禁銀出洋，不許民吸食鴉片。海疆事起，與島夷通市者皆閩、粤人也，反爲之耳目，詗中國故事，卒以無成。公素得臺灣民心，民畏威懷德，無敢以間諜至者,夷船數至,皆擊敗之。

二十一年八月,夷船至鷄籠海口,副將邱鎮功擊折其桅,船毁於礁,獲其人。事聞,得旨嘉賞。九月,賊復至,又卻之。詔予雲騎尉世職。明年正月,夷船至大安港,公誘沈之,獲鐵礮、文書,皆夷陷寧波、鎮海所得者。詔進公秩二品。是年七月,夷船由鎮江至江寧,兩江總督牛鑑師失利,朝議罷兵與夷和。夷目訴以臺灣所獲船皆遭風,各官俘難人冒功,欺罔天子,難之;而執政大臣恐失夷人意,公遂逮問。公以爲訴自夷人無可質,且羣議定矣,即自置對引咎。赦不治,出獄,以同知知州發四川用。督臣又遣令出西藏治獄,往返六七千里,道經絶漠。事竣,責令再往,且劾以畏難規避,奪其官。其所以困苦公者如此。逾兩年,始補蓬州。在州三年,引疾歸。至上登極,乃復用公。

在臺灣道時,海上多事,南北路土寇亦乘機竊發響應,皆公與達公剿平之。達公,武人,始與公齟齬,既而大服謝過,約爲兄弟,故卒能同濟艱難以稱天子意,論者并稱焉。

及公復起,任湖北鹽法道,未至,遂命馳驛往廣西贊理軍務,授按察使。大學士賽尚阿至軍,以公爲翼長。當時諸將以都統烏蘭泰、提督向榮爲最,大帥待二將各有輕重,二將又以爭功相忌,公亦不能行其意。圍永安不克,烏蘭泰卒於軍,寇遂熾。向榮追寇至江寧,與相持五年,迄無功。

始,寇以紫荆山爲巢穴,公議八面攻之,未行,而賊潰圍,陷永安州。公馳駐新墟,防其北。寇之竄永安也,精鋭皆在水竇、莫家村二處。公議:進剿必先拔城外兩壘。先拔水竇,必一由黄村入,一由佛子村出,成夾攻之勢,此上策也。否則,一由仙回嶺攻莫村,一攻水竇,此中策也。烏蘭泰駐佛子村,向榮乃自由龍寮嶺進,遂敗。又議開水竇一路,縱賊出,追擊之。公上書帥府,力陳其不可。與向榮書曰,『自古兩賢不可相阨』,『未有各自一見而能成功者[也]』。『賊[之]輜重(盡)多在水竇,聞其備船[於外以]爲外逸[之]計，故須〈公〉一軍守黄村山門隘口，由外攻入；烏兵由内攻出，此上策也』。『(公)閣[下既進兵]不能迅速〈進兵〉，(又依違於此大計)復於此大計依違其間，可乎？』卒不聽。大帥方主向榮，故烏蘭泰卒受傷，憤激死。公又與向榮書曰：『我兵出隊，賊堅閉不出，聞其礮子已盡，必走。但賊情詭詐，不肯作一路，我軍必分路預備追剿堵截。』未幾，賊果竄攻桂林，適向榮先至，得無失，遂陷興安、全州，至湖南據道州。公奉命隨辦糧臺。請速進兵，爲書上之大帥，不能用。寇至湖南，驟猖獗，圍長沙。有詔徵賽尚阿還京師，公留湖南權按察使。以疾卒。

公在軍中，與烏蘭泰書[一]曰：『某就木之年，無以報國，惟念主憂臣辱之義，疏食惡處，與士卒共苦。幸數十年，貧賤憂患，本無定居，今日一如我素。夫功敗於垂成，病加於小愈。前者武宣之事，賊已將就擒，徒以狃於大捷之後，計慮稍疏，遂使[困禽]脱網。今我師愈久愈疲，賊又日懷奔逸，萬一復蹈前轍，不但無以對君父，天下後世其謂之何？』蓋公之先見如此。使先皇帝卒用林公與公等，天下事何至有今日哉！余故因公子濬昌之請，次公生平大節，爲之傳。

舊史氏曰：余識公於京師，公方以縣令被議，始復官。蓋公官閩爲能吏，有名久矣，而與閩詩人張亨甫爲昆弟交。亨甫蓋弱冠一諸生耳，與余弟同年貢京師，余以是識公。然亨甫卒不遇。公下獄時，亨甫隨至都，欲與公同患難。公既出獄，亨甫樂甚，日從公飲，遂以醉死。公爲治其喪，恤其後人。二人者，皆古之人也。公於一死友不欺其志如此，況忍欺君父乎！夷人誣公不足責，讀庚戌九月詔書，可爲太息也。

[一]與烏蘭泰書：收於中復堂遺稿卷五，題作『與烏都統』。引文與原書文字有出入。

誥授通議大夫廣西按察使司按察使姚公墓志銘

(清)徐子苓撰

桐城姚先生諱瑩,字石甫,一字明叔,天下知先生者咸曰石甫先生云。姚族望桐城,前明至國朝,代有巨人。曾祖範,翰林院編修;妣張。祖斟元,縣增生;妣張,繼徐。父騤;妣張。三代皆以先生贈通奉大夫,妣夫人。

先生年踰冠,中嘉慶戊辰科進士。試數縣,皆『最』。旋由高郵州知州轉淮南監掣同知,權兩淮鹽運使,『最』如前。道光十八年,擢臺灣兵備道。是時,英夷犯順,粵東、閩、浙皆被兵。朝廷命上公佩大經略印,副以宗親貴臣都逗留一二宿將,戰不利。臺灣地孤形便,姦民相扇引,先生與僚吏設方略斬俘,奏可。方是時,臺灣軍聲壯天下。頃大吏力主款,詔臺灣歸所俘。夷俘挾前憤訟,時相穆彰阿陰持之,趣對狀。先生以夷方就款,大臣囚服對吏重辱國,乃極引咎赴刑部獄。時道光二十三年九月事也。

英夷既就款,上念功,左官蜀。兩使西藏,補蓬州知州。假歸。時鹽政久弛,兩江制軍議行淮綱,檄監九江鹽務。咸豐初元,以大臣薦,有武昌鹽法道之命,未行,詔以廣西按察司使,參大學士賽尚阿軍。其明年,賽尚阿無功逮。先生方籌餉湖南,撫軍張亮基奏留署按察使。以其年積勞,卒官。

先生狀短悍,視炯炯,發聲如鐘。少學於其從祖姬傳先生,與其鄉方先生植之、劉太學孟塗友善。博聞多通,議論嶽嶽不少挫。自爲縣官時,數不獲志於長官。臺灣之功既齕於吏議。其在廣西,大帥懦不能兵，部將都統烏蘭泰、提軍向榮皆驍將，不相能。紫荆山之圍，賊就擒矣。先生以爲流賊如水，宜環攻以斷其逸，因條舉利害累百餘言，不果用。比竄永安，則又爲書白幕府，請明法飭將，并力合剿，戒前失。永安東北有隘名水竇，徑阻薈，緣之可以達桂林。賊壁隘死鬭，而自軍興，將嚚士玩，賊善閒，屢持金錢與我軍媾。永安城小而卑，方是時烏都統軍西南，向提軍軍東北，合滇、黔、楚、蜀之軍總四萬餘，水竇賊數千，屢敗衄。水竇者，向軍門分守處也。先生既白於幕府，則又力疾馳叩軍門，數譬解之，皆不果用。未幾，賊突圍，并水竇，犯桂林，摧鋒遂前，勢益振。

夫廣西之役，天下猶全盛也。向使先生之説行，夫安有今日事哉？士大夫居恒雍容方幅，而武夫悍將快私憤以縱巨寇，遂至一隅之毒，痛於天下。彼英夷者，回翔審顧，操兩端以坐觀其弊。嗚呼，世事果孰爲之而至是哉！上下才十餘年間，亂日多，生人死亡日益衆，而予今者從烽火煨燼之餘，誦先生之功緒，以論述其事行，獨非幸歟！

往余販鹽九江，先生約共爲賈，因師事焉。既別去，而皖禍作。又數年，識其遺孤濬昌於安慶行營。昨歸葬，濬以狀請補銘其墓。

按狀，先生生於乾隆乙巳十月，卒於咸豐壬子十二月十六日，年六十有八。配方，後四年卒。以同治壬戌之十二月，合葬於龍眠山小河口之麓。一女，適里人按察使經歷張滙，其倅蕭。有子二：孝，早世。季濬昌，有學行，與余好，見官江西湖口縣知縣。

先生坦懷樂善，老而彌篤。其在九江，孟塗已前死。余識方先生於桐城，爲埘書。先生讀書未竟，面赤，鬚怒張，曰：『咄！植之與我都老大，乃屢呵我如小兒！』徐謝曰：『頃失辭。植之，直亮多聞，君子也。微植之,夫孰鐫吾過?』嘗被知於趙文恪公,文恪死,走武陵拜其墓。其他振寒、字孤,天下知先生者都能道之,故不具録。先生文之刊行者總四部:曰奏議,曰紀行,曰詩文集。建寧張際亮,好大言,少許可,讀而序之,謂『簡明似王文成』。

銘曰:維昔乾嘉,人材輩進。武臣元老,天壽龐駿。先生數奇,載丁陽九。出門張弧,跋前疐後。潯陽之晏,矢言江水。旅櫬歸來,故鄉荆杞。荆杞蕭條,轉屍蔽野。握節簽樞,彼何人者?伐石刻銘,以寫我思。後有攬者,視吾銘詞。

誥授通議大夫署湖南按察使廣西按察使姚公墓表

（清）徐宗亮撰

道光三十年，今皇帝初御政，詔以湖北鹽法道起桐城姚公瑩於家，往參大學士賽尚阿軍。尋擢廣西按察使。蓋是時廣西姦民洪秀泉、楊秀清以邪教惑衆作亂，上以公夙著志略風節，特以軍事屬之。公亦慨然以滅賊自任，拜命即行，天下士大夫皆喜相告。已而賊猖獗，浸尋入兩湖，蔓江淮，而公以調任湖南，卒長沙。於是士大夫嘖嘖爭歸咎公，而不知公在軍始終三年，其言議施爲多受制而不見用，至於憂勞憤鬱，繼之以死，其志事固可質於天地日月者也。

公初至軍，上滅賊方略六事〔一〕，而『八面環攻』之議，尤得賊要領，相國不納。公見軍政廢弛，無以鼓士氣，請斬一僨事將官示警，復不用。然相國夙重公，遇事必相咨，公極言，卒又不用，公憤懣無計，請自督戰。是時，諸將惟都統烏蘭泰公忠勇有謀，可倚以辦賊；向提督榮亦名將也，然與都統不相能。提督握重兵，相國意鄉之，公屈己相下，期和衷以濟。先後致書二人，引汾陽、臨淮事爲喻，都統以爲然，而提督意不可解。方圍永安時，公與都統皆主擊水竇，絶賊外援，而提督必欲開水竇使逸，從而尾追。公上書幕府，力辨其失，而相國卒聽向計。於是，賊果逸出，圍桂林，都統以赴援戰死。賊勢益不可支，而公遂鬱鬱得疾，踰年而卒。

公少以文章名。年三十，以進士外用，知福建平和縣。調龍溪、臺灣二縣，署海防同知、噶瑪蘭通判。尋丁艱罷歸。服闋,改江蘇金壇縣知縣。歷元和、武進,擢高郵州知州。尋轉兩淮鹽務監掣同知,遂護理鹽運使事。未幾,超擢福建臺灣道,加按察使銜。

始嘉慶、道光間,直省大吏如武陵趙文恪公、安化陶文毅公、侯官林文忠公,皆天下名臣,公先後爲屬吏,以循能見知,爭薦公,謂可大用。其擢臺灣道也,先皇帝蓋深倚之。會英夷入寇東南,内地諸郡縣,望風潰。中外大臣,因倡爲和議,以求息事。公孤懸海外,獨訓練士卒,陰爲戰守計。英夷來犯,數力戰卻之,斬獲甚衆。奏入,特賜花翎兼二品冠服,蔭一子雲騎尉以旌其功,而公由是爲中外大臣所嫉。尋用夷人言,誣以冒功,奪職下獄議罪。不數日,先皇帝特赦原之,以同知直隸州知州發往四川効用。大吏不説公,奏補蓬州。使乍雅,往返萬里,遍考西域風土、形勢。越二年,乞病歸。

今皇帝之再召也,首頒明諭,亟稱公與林公則徐攘夷之功,而罷黜當日嫉公之大臣。蓋猶推廣先皇帝矜憫保全之遺意以行之,此萬邦黎獻所共歎爲大孝親賢,而公以垂暮之年,義不得不効死行,間以冀報稱兩朝知遇於萬一者。世顧以不得其言不去責公,豈知公之深哉?公自牧令至監司,所至有賢聲。其政蹟在民,不可勝紀,而英夷之役,無賢不肖皆知公之忠。其得罪,爭爲頌冤。惟公暮年志事之光明顯大,至今爲浮言所蔽晦,是宜特表焉,以示後之君子。

公字石甫,號展和。卒於咸豐二年冬十月,年六十有八。其世系、葬地、子姓、戚屬、政蹟、著述,具公子濬昌之狀,將求有道能文者,志以納諸壙,茲姑弗詳列焉。

〔一〕滅賊方略六事:見中復堂遺稿平賊事宜狀。